PETER MEISENBERG

Kölsch Poker

KOMMISSAR LÖHRS SECHSTER FALL

emons:

MIX
Papier aus verantwortungsvollen Quellen
FSC® C083411

Umschlaggestaltung: Tobias Doetsch, Berlin
Druck und Bindung: CPI – Clausen & Bosse, Leck
Printed in Germany 2011
ISBN 978-3-89705-831-6
Originalausgabe

Für Alfred, Anno, Helmut und Roman

1.

Der Typ musste zum ersten Mal in der Germaniaschänke sein. Jedenfalls schien er nicht zu wissen, wen er neben sich hatte, als er seine Zigarette nachlässig im Aschenbecher ausdrückte. Deren Qualm stieg dem unscheinbaren, etwas rundlichen Mann mit den angegrauten Schläfen, der neben ihm am Tresen stand und in die Lektüre des Stadt-Anzeigers vertieft war, zuerst in die empfindliche Nase und dann in die Region seiner noch empfindlicheren Augenlider. Munter klopfte der Raucher eine neue Kippe aus der Packung, während die vorige bei ihrem Todeskampf beißende Schwaden Rauch von sich gab; er griff nach dem Feuerzeug und wollte es gerade zur Zigarette in seinem Mund führen, als sich eine eiserne Klammer um sein Handgelenk legte.

»Würden Sie bitte zuerst die alte Zigarette ganz ausmachen?« Der Zeitungsleser sah dem Raucher in die Augen und verstärkte dabei den Griff um dessen Handgelenk gerade so weit, um klarzumachen, dass es sich bei der Frage nicht um eine Bitte, sondern um eine Aufforderung handelte. Ein kurzes Erstaunen ging über die Miene des Rauchers, dann drückte er mit der freien Hand die erstickende Kippe auf den Grund des Aschenbechers, bis nicht einmal mehr die leiseste Rauchschwade zu sehen war.

»Danke«, sagte der Zeitungsleser, ließ die Hand des Rauchers los, erklärte noch freundlich, dass er leider sehr, sehr empfindliche Augenlider habe, und setzte dann seine Lektüre fort, als wäre nichts geschehen. Der Raucher dagegen verzichtete auf die nächste Zigarette, trank sein Kölsch aus, legte zwei Euro auf den Tresen und ging.

Löhrs Augenlider waren in den letzten Jahren tatsächlich ziemlich empfindlich geworden, und wenn er nicht höllisch darauf aufpasste, wurden sie rot wie die eines alten Säufers, und im schlechtesten Fall entzündeten sie sich. Deshalb wählte er in der Germaniaschänke, in der sehr viel geraucht wurde, stets einen Thekenplatz nahe am Fenster, das Georgi, der Wirt, extra für ihn immer halb geöffnet hielt.

Der Augenarzt hatte ihm erklärt, die Empfindlichkeit seiner Lider hänge mit seinem Hauttyp zusammen, der zur Talgbildung neige, die wiederum leider nicht vor den Poren der Lider haltmache – etwas, was auch mit dem fortschreitenden Alter zu tun haben könnte. Nach dieser Auskunft hätte Löhr sich am liebsten einen anderen Augenarzt gesucht, sah dann aber ein, dass es auf Dauer keinen Sinn haben würde, vor dem Alter die Augen zu verschließen. Andererseits, sagte er sich, waren fünfzig Jahre noch kein Alter, und wenn doch, dann hatte das Alter in seinem Fall auch etwas Gutes. Denn möglicherweise hing es zwar mit dem Alter zusammen, dass er seit drei Jahren seiner Arbeit nicht mehr in dem für Tötungsdelikte zuständigen Kriminalkommissariat nachging, und möglicherweise hing es auch mit dem Alter zusammen, dass seine Frau Irmgard ihre temporären Absenzen seit einem Jahr in eine dauerhafte Abwesenheit umgewandelt hatte. Andererseits hatte er aber Qualitäten hinzugewonnen, über die er in jüngeren Jahren nicht so ohne Weiteres verfügt hatte. Dabei handelte es sich, auch wenn das paradox anmutete, um ebenjene Qualitäten, die dazu beigetragen haben mochten, dass er sowohl seinen alten Job wie seine Frau verloren hatte. Beides nur vorübergehend, wie er in optimistisch gestimmten Augenblicken vermutete, aber jedenfalls arbeitete er im Augenblick statt im KK11 in dem für Wohnungseinbrüche zuständigen KK 72 und lebte allein in der Wohnung auf der Mozartstraße.

Beide Umstände boten ausreichend Gründe dafür, dass er die Germaniaschänke inzwischen als eine Art zweites Wohnzimmer betrachtete, in dem er, wenn es darauf ankam, durchaus auch mal Hausherrenrechte beanspruchte. Im Großen und Ganzen aber, davon war Löhr überzeugt, hatte ihm das fortschreitende Alter Eigenschaften zuwachsen lassen, die bisher in ihm nur geschlummert hatten. Als größten Zugewinn betrachtete er seine größere Entschiedenheit bei allen Dingen des alltäglichen Lebens. Es erschien ihm jetzt rätselhaft, wie verzweifelt skrupulös er früher selbst bei lächerlich unwichtigen Fragen das Für und Wider gegeneinander hatte abwiegen können, wie zögernd und vorsichtig er zu Werke gegangen war, seine mühsam ergrübelten Entschlüsse anschließend auch in die Tat umzusetzen. Möglicherweise hatte dies etwas damit zu tun, dass Löhr nach Irmgards Auszug seine alte Leidenschaft für Schach wiederentdeckt hatte, ein Spiel, in dem Zögern und Zaudern unweigerlich in die Katastrophe führte. Rudi Esser, sein alter Freund und Kollege aus dem KK11, dagegen behauptete, Löhrs gewachsene Entschlussfreude könne man, da sie mit einem gewissen Unwillen verbunden sei, alternative Möglichkeiten in Betracht zu ziehen, auch als Altersstarrsinn bezeichnen. Doch Esser hatte in Löhrs Augen noch nie über die Menschenkenntnis verfügt, die man im Beruf eines Kriminalkommissars eigentlich besitzen müsste.

Nachdem der rauchende Störenfried die Germaniaschänke verlassen hatte, widmete Löhr sich wieder dem Zeitungsartikel, aus dessen Lektüre er eben gerissen worden war. Es ging darin darum, dass der Europäische Gerichtshof die Stadt Köln nachdrücklich aufforderte, sowohl den Bau- wie den Mietvertrag der Kölner Messehallen rückabzuwickeln, da er nicht korrekt ausgeschrieben worden sei. Leider stand in dem Artikel nichts zu der Frage, die Löhr schon seit dem Beginn der Aufdeckung der Messehallen Affäre bewegte: was um alles in der Welt die Ratspolitiker dazu bewogen haben mochte, sich mit dem Investor der Messehallen auf ein Geschäft einzulassen, das die Stadt in allen Punkten so offensichtlich benachteiligte und im Gegenzug dem Investor nicht nur einen dreißigjährigen Geldregen aus überhöhten Mieten garantierte, sondern ihm die Messehallen anschließend auch noch zum Geschenk machte. Was überhaupt mochte die Kölner Ratsherren dazu bringen, ihre Stadt Stück für Stück an eine Handvoll Leute zu verkaufen, die ihre Gewinne an vielen schönen, bunten Orten auf der Welt, aber ganz gewiss nicht in Köln investierten?

Löhr kam nicht mehr dazu, diese Frage weiterzuventilieren, denn eine mächtige Pranke legte sich auf seine Schulter. Er drehte sich um und sah in das lachende Gesicht von Heinz Höttges, dem Mann seiner Tante Trudi, einer Schwester seiner Mutter, von Löhr seit seiner Kindheit »Onkel Heinz« genannt. Onkel Heinz war in der Germaniaschänke wahrscheinlich schon Stammgast gewesen, als Löhr noch die Schulbank gedrückt hatte. Den Rest seiner Zeit hatte er auf der Weidenpescher Rennbahn oder in der Wettannahme nebenan verbracht, wo er offenbar seinen Lebensunterhalt bestritt. Davon, dass Onkel Heinz jemals einer regelmäßigen anderen Arbeit nachgegangen sei, hatte Löhr noch nie gehört. Dafür galt er in der Familie als mit einem Alkoholproblem belastet, was Löhr mittlerweile für ein von seiner Frau Trudi böswillig in die Welt gesetztes Gerücht hielt. Nachdem er einen Einblick in das Familienleben der beiden gewonnen hatte, war er zu der Auffassung gelangt, dass Heinz' ausgiebiger Kölschgenuss in direktem Zusammenhang mit dem herrischen Ordnungsfanatismus seiner Frau stand. Tante Trudi duldete nicht das kleinste Staubkorn in ihrer Wohnung, setzte von früh bis spät unter lautstarken Beschwörungs- und Verfluchungsritualen Batterien antiseptischer Mittel ein, um alles in ihrem Umkreis »keimfrei« zu halten. Auch weniger gutwillige Beobachter als Löhr konnten darin einen mehr als hinreichenden Grund für Heinz' Bestreben erblicken, in seiner Stammkneipe um Dauerasyl nachzusuchen. Außerdem war Löhr inzwischen zu dem Schluss gekommen, dass Onkel Heinz über eine Physis verfügte, der die zwanzig bis dreißig täglichen Kölsch eher zu- als abträglich waren: Selten hatte Löhr einen bald Siebzigjährigen erlebt, der kräftiger und gesünder aussah als Onkel Heinz.

»Wie isset dir, Jakob?«, fragte Onkel Heinz.

»Gut. Und selbst?«

»Es läuft. Jedenfalls sind die Pferdchen ganz gut gelaufen heut' Nachmittag.«

»Und den Gewinn willst du jetzt investieren?« Löhr machte eine Bewegung in den Schankraum der Germaniaschänke, wo unter dichten Rauchwolken an fast allen Tischen gespielt wurde.

»Da ist heut Abend ein nettes Ründchen angesagt«, nickte Onkel Heinz, und seiner Miene war die Überzeugung anzusehen, dass seine Glückssträhne weiter anhalten würde.

»Viel Glück«, rief Löhr Onkel Heinz nach, der bereits auf dem Weg zu den Tischen war. Heinz drehte sich noch einmal um, zwinkerte Löhr zu und grinste siegesgewiss. Es war das letzte Mal für eine sehr lange Zeit, dass Löhr Onkel Heinz grinsen sah.

2.

Löhr bestellte bei Georgi, der in seiner Ecke hinter dem Tresen im Express blätterte, noch ein Kölsch und wandte sich dem Gastraum zu. Er sah, wie Onkel Heinz sich an einen der in der Germaniaschänke stets mit einer rot-weiß karierten Tischdecke bedeckten Tische setzte, an dem zwei andere Männer offensichtlich auf ihn gewartet hatten. Den einen hatte Löhr bisher noch nicht in der Germaniaschänke gesehen, der zweite war Conny, ein relativ junger Typ, vielleicht Mitte dreißig, der fast jeden Abend auf eine Runde Rommé Hand oder Klammerjass oder eine Partie Backgammon vorbeikam. Conny hatte den Ruf eines überaus gewieften Spielers, manche behaupteten, er hätte in der Zeit, als Backgammon die große Mode in Zockerkreisen gewesen war, ein paar Jahre als Profi davon gelebt.

Sobald Onkel Heinz sich gesetzt hatte, begann der Fremde am Tisch die Karten zu mischen, ließ Onkel Heinz abheben und verteilte dann. Da er selbst kein Spieler war, hatte Löhr von all dem, was in der Germaniaschänke gespielt wurde, nicht allzu viel Ahnung; aber soweit er erkennen konnte, handelte es sich beim Spiel an Onkel Heinz' Tisch um Rommé Hand, denn es ging den Spielern nicht darum, Stiche zu machen, sondern Karten zu sammeln.

Ihrem Namen zum Trotz war die Germaniaschänke ursprünglich und eigentlich immer noch ein griechisches Speiselokal. Mit allem, was zu einem griechischen Speiselokal dazugehörte, und nach Auffassung des Wirtes Georgi gehörten vor allem die rot-weiß karierten Tischdecken und ein Väschen mit roten Plastiknelken auf jedem Tisch dazu. Im hinteren Raum umrahmten eingestaubte grüne Plastikweinreben dunkel verräucherte Wandgemälde, auf denen zur Rechten in leichter perspektivischer Verzerrung die Akropolis und auf der Linken eine realistisch gehaltene Szene aus dem Trojanischen Krieg zu sehen war, in der ein Krieger den eben abgeschlagenen Kopf eines Feindes in die Höhe reckte. Auf der Getränke- und Speisekarte der Germaniaschänke standen Retsina, Gyros, Moussaka, Pastitsio, Stifado und Bifteki. Doch obwohl es alle diese Speisen tatsächlich gab und sie im ersten Stock über der Kneipe von einer uralten Köchin namens Ioánna in Rekordgeschwindigkeit zubereitet wurden – gegessen wurde hier eher selten. Ioánna brauchte meist nur dann an ihren Herd zu treten, wenn besonders hungrige oder hartnäckig neugierige Touristen oder einer der wenigen völlig unempfindlich gewordenen Stammgäste einen Weg durch den von dichten Rauschwaden verhängten vorderen Teil des Lokals in den hinteren und meist leer stehenden Gastraum fanden, und das war nicht für jeden das reine Vergnügen. Denn nicht nur die zum Zerschneiden dicke Luft, auch das Gemurmel und Geraune und zeitweilig aufbrausende Gegröle und Geschrei der bis zu zwei Dutzend unrasierten und nicht durchweg freundlich dreinblickenden Männer, die von Mittag an die vordere Hälfte der Germaniaschänke bevölkerten, wirkte auf melancholische Sirtaki-Klänge und gastronomische Extravaganzen suchende Gäste eher einschüchternd.

Die eine Hälfte der Gäste in der vorderen Abteilung der Germaniaschänke bestand aus Pferdewettern. Ihr Hauptquartier war eigentlich die benachbarte Wettannahme. Sie suchten die Germaniaschänke nur dann auf, wenn die Wettannahme noch nicht geöffnet oder schon geschlossen hatte oder wenn dort gerade kein Rennen lief und sie sich mit Hilfe der »Sportwelt« und einiger Kölsch auf die kommenden Ereignisse in Longchamp, Hoppegarten oder Baden-Baden vorbereiten wollten. Die andere Hälfte, die sich mit der ersten kaum vermischte, bestand aus Klammerjass-, Rommé-Hand- und Backgammon-Spielern. Sie saßen an den fünf Tischen gegenüber der Theke, und zwar in einer bemerkenswert konstanten Besetzung. Fast jedes Gesicht war Löhr bekannt, und mit fast jedem von ihnen hatte er in dem Jahr, in dem er nun hier sein Feierabend- oder sein Mir-fällt-die-Decke-auf-den-Kopf-Kölsch zu trinken pflegte, ein paar Worte gewechselt. Am häufigsten mit Mirko, einem lang aufgeschossenen, unwirschen Serben, der in der Germaniaschänke zu wohnen und der Spielsucht ganz und gar verfallen schien. Wenn er keine Mitspieler fand, fütterte er den Spielautomaten, bis Georgi ihn gegen halb zwei aus der Kneipe warf. Früher, wurde gesagt, hatte Mirkos Frau abends immer mal wieder ein oder zwei ihrer fünf gemeinsamen Kinder geschickt, um Mirko dazu zu bewegen, zum Abendessen oder überhaupt mal nach Hause zu kommen. Das schien sie inzwischen aufgegeben zu haben. Löhr jedenfalls war in Mirkos Nähe noch nie ein Kind zu Gesicht gekommen.

Der Stammgastschenk, mit dem Löhr bisher am wenigsten gesprochen hatte, war Olli, was aber nicht an Löhr, sondern an Olli lag, der generell nicht groß zum Reden geneigt schien. Es ging das Gerücht, dass Olli einmal Fußballprofi gewesen war. Sichtbar davon übrig geblieben war, dass in seinem dichten, fast schwarzen Haar immer genau jener Hauch von Brillantine schimmerte, der es aussehen ließ, als käme er gerade aus der Dusche. Olli gehörte nicht zu den Spielern – Löhr hatte ihn noch nie bei irgendeinem Spiel gesehen –, sondern saß immer allein an einem kleinen Tisch, und zwar so, dass er den Fernseher im Auge hatte, der in der Germaniaschänke gleich über der Eingangstür hing und der nie ausgeschaltet wurde. Olli war der Herr der Fernbedienung, er bestimmte, welcher der Sportkanäle lief, er schaltete zwischendurch auf Teletext, um nachzuschauen, wie es in der englischen Premier League oder sonst wo im europäischen Fußball stand. Während er den Teletext las, bewegten sich kaum merklich seine Lippen, sodass es schien, als speichere er jede einzelne Textzeile und notiere anschließend nur das, was ihm absolut wichtig erschien. Vor ihm auf dem Tisch, neben der Fernbedienung, seinem Handy und einem Kugelschreiber, lag immer der zugeklappte »Kicker«. Wenn er etwas Notierenswertes im Teletext gelesen hatte oder irgendjemand an seinen Tisch trat, ihm etwas ins Ohr flüsterte oder ihm einen Zettel zuschob, klappte Olli den Kicker auf und schrieb etwas hinein. Das Innere des Kicker barg Ollis Büro, die Listen mit seinen Quoten und die Zettel mit den abgegebenen Wetten. Olli war der Mann, bei dem ein weiterer Teil der Stammgäste, sozusagen die Laufkundschaft, die Wetten abgab, die sie weder im Wettbüro nebenan noch bei der Oddset-Wettannahme unterbringen konnten.

Beide saßen an diesem Abend an ihren gewohnten Plätzen. Olli hatte wenig zu tun, da es ein Abend war, an dem in den Sportkanälen nur Darts oder Schwimmen geboten wurde, beides Sportarten, die Wetter nicht gerade in Scharen zu illegalen Buchmachern trieben. Mirko war in ein Backgammonspiel mit einem hageren Perser namens Reza vertieft, und wie Löhr seiner Miene entnehmen konnte, stand es nicht gut um sein Spiel.

An den anderen Tischen saßen Männer, die Löhr zwar vom Sehen, aber nicht mit Namen kannte, abgesehen von Alex, einem bleichen, etwas schwammigen Mann, der an den Spielen oft nur als Kiebitz teilnahm, weil ihm das nötige Kleingeld fehlte. Denn in der Germaniaschänke wurde kein Pfennigskat gespielt; es ging um richtiges Geld, auch wenn man auf den Tischen davon natürlich nichts sah. Ausgezahlt wurde vor der Tür.

Löhr wollte sich gerade wieder seiner Zeitungslektüre widmen, als er bemerkte, wie sich die Kneipentür öffnete und darin ein Mann erschien, den er hier noch nie zuvor gesehen hatte. Der Fremde hatte symmetrische, markant geschnittene Gesichtszüge, glatt zurückgekämmte dunkle Haare, und um seinen Mund schien die Andeutung eines wissenden Lächelns eingraviert zu sein. Was Löhr dazu brachte, nicht gleich wieder in seine Zeitung zu schauen, sondern den Neuankömmling eine Weile zu beobachten, war dessen Blick. Es war ein außergewöhnlich konzentrierter Blick, der Blick eines Mannes, dem nichts entging. Dieser Blick, die sparsame Mimik und das eingefrorene Lächeln erinnerten Löhr an jemanden. Ihm fiel allerdings nicht ein, an wen.

Er behielt den Mann, der regungslos im Eingang stehen blieb, im Auge, versuchte sich zu erinnern, aber es gelang ihm nicht. Er wollte gerade seine Zeitungslektüre fortsetzen, als er sah, dass der suchende Blick des Fremden seinem Onkel Heinz gegolten hatte. Löhr verschob die Zeitungslektüre noch einmal und beobachtete, wie der Fremde sich durch das Gewühl der

Spieler zu dem Tisch durchmanövrierte, an dem Heinz mit Conny und dem anderen Fremden Rommé-Hand spielte. Ohne dass er seine Miene und das darin eingefrorene Lächeln veränderte, schüttelte er den am Tisch Sitzenden einem nach dem anderen die Hand, wobei Löhr auffiel, dass Onkel Heinz offenbar der Einzige von ihnen war, der den Mann nicht kannte. Dann setzte sich der Neue mit an den Tisch, kreuzte die Arme über der Brust und sah mit der Gelassenheit eines Mannes, der abwarten kann, den dreien beim Spiel zu.

Wahrscheinlich jemand, dachte Löhr, der später in die Runde mit einsteigen will. Conny arrangierte ab und zu solche Runden mit Fremden in der Germaniaschänke, wenn er glaubte, jemanden gefunden zu haben, den man über den Tisch ziehen konnte. Nichts Außergewöhnliches also. Abgesehen davon, dass der Neue nicht wie jemand aussah, den man über den Tisch ziehen konnte. Aber das war Connys Problem.

Als Löhr den Lokalteil des Stadt-Anzeigers zu Ende gelesen und nichts weiter erfahren hatte, was ihn auf irgendeine Weise hätte klüger oder auch nur informierter werden lassen, warf er noch einmal einen Blick auf die Tische der Spieler und sah, dass Conny und der erste fremde Spieler allein an ihrem Rommé-Hand-Tisch saßen. Onkel Heinz und der Neuankömmling schienen auf der Toilette oder draußen zum Luftschnappen zu sein.

Löhr nahm sich den Politikteil vor, langweilte sich bei einem weiteren Kölsch eine Weile mit Berichten und Kommentaren zu den Fallstricken in der geplanten Gesundheitsreform, bis er fand, dass es Zeit wurde, nach Hause zu gehen. Er zahlte seine vier Kölsch, erhob sich vom Barhocker und wollte Onkel Heinz zum Abschied winken, da sah er, dass sowohl Heinz wie der Fremde immer noch nicht am Tisch saßen. Er ging hinüber und tippte Conny auf die Schulter.

»Ist der Heinz etwa schon nach Hause gegangen?«

Conny drehte sich zu Löhr um und hob die Schulter. »Nee. Soweit ich weiß, ist der zum Klo.«

»Soweit du weißt?« Löhr wurde misstrauisch. Kein Spieler

nimmt es so gelassen hin, wenn einer seiner Mitspieler sich für länger als einen Pinkelgang vom Tisch verabschiedet. Und Onkel Heinz war jetzt bestimmt schon zehn Minuten verschwunden.

Löhr wandte sich den Toiletten zu, die sich im rückwärtigen Teil des hinteren Gastraums hinter einem Mauervorsprung befanden.

»Vielleicht hat er Dünnpfiff«, rief Conny ihm hinterher. Es klang so, als wolle er Löhr davon abhalten, auf der Toilette nach Onkel Heinz zu sehen. Was Löhr noch misstrauischer machte und ihn darin bestärkte, nachzusehen. Das aber war nicht so einfach, denn die Tür zur Herrentoilette blockierte. Allerdings nicht, weil sie abgeschlossen gewesen wäre, sondern etwas blockierte sie von innen, ein Gewicht, das sich nicht ohne Weiteres bewegen ließ, obwohl Löhr sich mit der Schulter gegen die Tür lehnte.

»Heinz!«, rief er. »Onkel Heinz? Alles in Ordnung?«

Statt einer Antwort hörte er ein leises Röcheln von der anderen Seite, ein Röcheln, das zweifelsfrei von seinem Onkel Heinz stammte. Mit dem ganzen Gewicht seines Körpers stemmte Löhr sich gegen die Toilettentür, und tatsächlich, sie gab langsam nach. Die Kraft, die sie zuerst blockiert hatte, schien langsam zu erlahmen.

»Gehen Sie auf die Damentoilette! Hier ist besetzt!« Das war nicht die Stimme von Onkel Heinz, sondern das war die scharfe Stimme eines Mannes, der es gewohnt war, dass man tat, was er sagte. Da war er bei Löhr am Richtigen. Er verdoppelte seine Kraft und schob mit einer gewaltigen Anstrengung die Tür jetzt so weit auf, dass er sehen konnte, was sie blockiert hatte.

Es war der zitternde Körper seines Onkels Heinz; er lag auf dem Boden, hielt mit der rechten seine blutüberströmte linke Hand, starrte sie mit vorquellenden Augen an und brachte nichts weiter als jenes Röcheln hervor, das Löhr schon von draußen gehört hatte. Löhr hob den Blick und sah dem Fremden, der vorhin in die Germaniaschänke gekommen war, ins lächelnde

Gesicht. Und wieder war es Löhr, als käme ihm dieses Gesicht und dieses Lächeln bekannt, ja vertraut vor.

»Ist das Ihr Onkel?«, fragte der Mann ruhig und so, als würde es ihn wirklich interessieren.

Löhr konnte nur stumm nicken, denn das, was er sah, verschlug ihm die Sprache. Der Lächler wischte gerade mit Toilettenpapier Blut von einer verchromten Gartenschere und steckte sie dann seelenruhig in die Seitentasche seiner dreiviertellangen schwarzen Lederjacke.

»Was ... was haben Sie getan?«, stammelte Löhr.

»Nichts Schönes. Aber ich hab Ihnen ja gesagt, Sie sollen auf die Damentoilette. Den Anblick hätten Sie sich wirklich ersparen können.«

Das veranlasste Löhr, noch einmal hinab auf seinen auf dem Boden liegenden Onkel Heinz zu schauen, und jetzt erst bemerkte er, dass neben dessen blutender linken Hand ein bleicher kleiner Finger auf den schwarz-weißen und nicht eben klinisch sauberen Fliesen lag.

Mit einem lauten Schrei wütender Verzweiflung hechtete Löhr über den Körper seines Onkels und sprang mit zum Würgegriff ausgestreckten Händen an den Hals des Lächlers. Er kam nie an. Jedenfalls nicht dort, wo er hinwollte.

3.

Als er das nächste Mal die Augen öffnete, fand sich Löhr auf einem ganz leicht nach antiseptischen Mitteln duftenden weißen Kopfkissen wieder. Wahrscheinlich war es dieser Geruch, der ihn ins Bewusstsein zurückgetrieben hatte. Denn es war ein ihm nicht sehr angenehmer Geruch, der Geruch des Krankenhauses nämlich, in dem er in den letzten beiden Jahren seine Mutter hatte besuchen müssen, wenn sie ihr Hausarzt wegen verschiedener Altersbeschwerden wieder einmal eingewiesen hatte.

Löhr wollte seinen Verdacht überprüfen, indem er sich durch das Drehen des Kopfes einen Überblick verschaffte. Doch das erwies sich als schwieriger als erwartet. Etwas hinderte ihn daran, den Kopf zu drehen und mehr zu sehen als den Rand des weißen Kissens und einen merkwürdigen, galgenähnlichen Bügel genau über ihm. Von dem Bügel hing eine Art Telefon herab; es hatte allerdings keine normale Tastatur, sondern lediglich drei oder vier Knöpfe – wie viele genau, konnte Löhr nicht erkennen, irgendetwas schien auch mit seinen Augen nicht zu stimmen, sie gaben ihm nur einen leicht verschwommenen Eindruck der ihn umgebenden Wirklichkeit.

Jedenfalls aber konnte er unter den Knöpfen des Telefons einen roten Knopf ausmachen, und von dem hatte er den Eindruck, dass er irgendwie für ihn bestimmt zu sein schien. Er streckte die rechte Hand danach aus, das heißt, er wollte die rechte Hand danach ausstrecken, doch auch das erwies sich als leichter gewollt denn getan. Die Hand gehorchte nicht sofort, sondern hatte Schwierigkeiten, sich von der Matratze, auf der sie lag, in die Höhe zu heben. Löhr musste sehr viel Willen und sehr viel Kraft aufbringen, um sie auf ihrem Weg zum baumelnden Telefon sozusagen bei der Stange zu halten; wäre es nach der Hand und dem dazugehörigen Arm gegangen, wären sie am liebsten der Schwerkraft gefolgt und liegen geblieben.

Es dauerte eine weitere Unendlichkeit, bis Löhr dann auch

noch seinen Zeigefinger gleichsam überredet hatte, den roten Knopf zu drücken, bevor er mitsamt Hand und Arm wieder zurück auf die Matratze sauste.

Doch nicht nur Finger, Hand und Arm, sondern der ganze Löhr war von der übermenschlichen Anstrengung, die das Drücken des roten Knopfes gekostet hatte, so ermattet, dass er umgehend in die bodenlose Schwärze zurückkehrte, aus der er aufgetaucht war.

»Herr Löhr? Sie hatten gerufen?«

Gerne hätte Löhr weitergeschlummert, doch dann wurde ihm klar, dass er selbst es gewesen war, der mittels des roten Knopfes die Unterbrechung angefordert hatte. Neben seinem Bett stand eine weiß gekleidete, ein wenig pummelige Krankenschwester.

»Wo bin ich?«, krächzte Löhr. Auch seine Stimme war, das merkte er erst jetzt, als er sie zu gebrauchen versuchte, in Mitleidenschaft gezogen.

»Im St.-Marien-Hospital«, antwortete die Schwester freundlich mit schwerem, vielleicht russischem, aber auf jeden Fall slawischem Akzent.

»Kunibertsklösterchen?«, krächzte Löhr.

»Genau da«, nickte die Schwester.

Hatte er den Geruch also richtig gedeutet. Er lag im selben Krankenhaus, in dem seine Mutter in den letzten Jahren sozusagen zur Stammkundin geworden war.

»Und wieso bin ich hier?«

»Sie hatten einen Unfall, Herr Löhr.«

»Einen Unfall?«

»Nun ja, so kann man wohl sagen, wenn jemand so verprügelt worden ist wie Sie.«

»Verprügelt?«

»Anders sind Ihre Verletzungen nicht zu erklären, Herr Löhr. Sie haben ein Hämatom an der linken Schläfe, eine schwere Gehirnerschütterung und einen Bandscheibenvorfall zwischen dem dritten und vierten Halswirbel.«

»Deshalb kann ich meine Arme so schlecht bewegen?«

»Ja. Aber das wird sich bald wieder geben. Ruhen Sie sich nur weiter aus, Herr Löhr.«

Das nächste Mal wurde Löhr von einem Quietschen wach. Er öffnete die Augen und wusste immerhin im selben Augenblick, wo er war. Auch seine Augen funktionierten wieder einigermaßen, jedenfalls konnte er seinen Blick auf den Galgen über sich scharf stellen. Und er konnte den Kopf eine Idee weiter drehen als beim ersten Aufwachen, sodass er nun seines früheren Kollegen Klütsch aus dem KK11 ansichtig wurde. Er musste mit seinem Stuhl das Quietschen verursacht haben, das Löhr geweckt hatte. In seiner Zeit im KK11 hatte Löhr wenig mit Klütsch zu tun gehabt. Er kannte ihn bloß als einen jüngeren, besonnenen Kommissar ohne irgendwelche Auffälligkeiten im negativen wie im positiven Sinne.

»Hallo, Jakob!«, sagte Klütsch mit rücksichtsvoll gedämpfter Stimme.

»Hallo, Ansgar«, sagte Löhr, immer noch krächzend.

»Du machst ja Sachen, Jakob …«

»Kennst mich doch, Ansgar …«

In der Tat hatte Klütsch – wie die meisten Kollegen des KK11 – ziemlich hautnah die Geschichte miterlebt, wegen der Löhr nach einem Disziplinarverfahren seinen Dienst bei der Todesursachenermittlung quittieren musste und noch froh sein konnte, dass man ihn beim Wohnungseinbruch unterkommen ließ.

»Aber diesmal warst du nicht wieder hinter Klenk her, oder?«, fragte Klütsch.

Löhr schüttelte den Kopf, was erstaunlich schmerzfrei möglich war. Klenk, der frühere Vorsitzende der CDU-Fraktion im Kölner Stadtrat und spätere Bundestagsabgeordnete, war die eigentliche Ursache für das gegen Löhr verhängte Disziplinarverfahren gewesen. Über ein Jahr hatte er gegen den Mann ermittelt, der sein Geld als Kopf einer riesigen Rechtsanwaltskanzlei verdiente. Einer seiner zahlreichen Nebenerwerbe war, dass er seine in die Stadtverwaltung hineinreichende Macht dazu gebrauchte, Pächter oder Mieter städtischen Eigentums dazu zu nötigen, mit seiner Kanzlei Beraterverträge abzuschließen. Verträge allerdings, in denen eine Nebenklausel festlegte, dass eine Leistung seitens der Kanzlei nicht vorgesehen war. Im Rahmen eines Totschlagverfahrens, das nur am Rande mit Klenks Geschäften zu tun hatte, war Löhr hinter diese erpresserischen Machenschaften gekommen und hatte – quasi außerdienstlich – monatelang erfolglos versucht, einen der von Klenk Genötigten zu einer Aussage gegen ihn zu bewegen. Schließlich hatte er die Geduld verloren und einen Zeugen zu einer nur im Prinzip der Wahrheit entsprechenden Aussage gegen Klenk verleitet, was Klenks Anwälte prompt als Falschaussage auslegten, womit sie beim Staatsanwalt durchkamen. Die Geschichte kostete Löhr seinen Job und sorgte außerdem dafür, dass es nie zur Einleitung eines Verfahrens gegen Klenk kam – was Löhr mehr ärgerte als alles andere.

»Keine Ahnung, hinter wem ich her war«, sagte Löhr, räusperte sich und fuhr dann, fast ohne zu krächzen, fort: »Ich weiß noch nicht mal, was überhaupt passiert ist.«

»Eigentlich bin ich hier, um dich genau danach zu fragen«, sagte Klütsch.

»Doch nicht Todesermittlung?«

»Nein, aber schwere Körperverletzung, schätze ich mal«, antwortete Klütsch und legte dabei den Kopf schief, als begutachte er Löhrs Zustand.

»Das heißt, du befragst mich als Zeugen und nicht als Verdächtigen?«

»Ich bitte dich, Jakob!«

»Ich befürchte nur, lieber Ansgar, dass ich dir überhaupt nichts sagen kann.«

»Du erinnerst dich wirklich nicht daran, was gestern Abend in der Germaniaschänke passiert ist?«

In dem Augenblick, in dem Klütsch das Wort »Germaniaschänke« aussprach, kehrte bei Löhr die Erinnerung an den vergangenen Abend allmählich zurück. Er hütete sich jedoch, Klütsch das merken oder gar wissen zu lassen. In Anbetracht der Tatsache, dass er hier verhört wurde, wollte er das, was geschehen war, zuerst aus dessen Sicht erfahren.

»Tut mir leid«, sagte er. »Ich weiß nur noch, dass ich da abends zwei, drei Bier getrunken habe …«

»Hattest du Streit mit jemandem?«

»Ich? Streit? Wie kommst du da drauf?«

»Wenn du dich im Spiegel anschauen könntest, würdest du dir die Frage wahrscheinlich selbst stellen.«

»Stimmt. Hat mir schon die Krankenschwester erzählt. Da muss mich irgendwer nicht besonders gemocht haben …« Löhr tat so, als strenge er sich an, die Erinnerung an den vergangenen Abend heraufzubeschwören. Tatsächlich hatte er kaum Mühe, aus seinem Gedächtnis das Bild abzurufen, wie der Lächler die blutige Gartenschere abwischte und in seine Lederjacke steckte.

»Und du hast keine Ahnung, wer das war?«

Löhr schüttelte den Kopf.

»Dann hast du auch keine Ahnung, wie es dazu gekommen ist?«

»Ich erinnere mich, wie gesagt, nur daran, abends auf ein, zwei Kölsch in die Germaniaschänke gegangen zu sein.« Wer wusste, in welcher Geschichte Onkel Heinz steckte. Besser überhaupt nichts wissen!

»Und an einen Mann namens Heinz Höttges erinnerst du dich auch nicht?«

»Ach? Der war auch dabei?«

»Den kennst du also?«

»Er ist Stammgast in der Germaniaschänke, na klar.«

»Ja, der war gestern Abend auch da, auch ein Opfer unseres unbekannten Täters.«

»Auch ein Opfer? Was ist mit ihm passiert?«

»Der Täter hat ihm einen kleinen Finger abgeschnitten, auf derselben Herrentoilette, auf der auch du vom Notarzt gefunden wurdest.«

»Den Finger abgeschnitten? – Nein!«

»Doch. Ziemlich scharfer Typ, der euch beide da in der Mangel hatte. Auch die Art, wie er dich verfrühstückt hat – sieht alles ein bisschen nach einem Fall für die organisierte Kriminalität aus ...«

»Was hat er denn mit mir angestellt? Die Schwester hat was von Hämatom und Halswirbeln erzählt ...«

»Der hat dir zuerst einen Volltreffer an die Schläfe verpasst und dir anschließend wahrscheinlich mit irgendeinem Nahkampftrick die Halswirbel so verrenkt, dass du ein bisschen länger schlafen konntest.«

»Warum, denkst du, macht einer so was?«

Klütsch hob die Schulter. »Vermutlich, damit er in aller Ruhe aus dem Laden rausspazieren konnte und nicht zu befürchten brauchte, dass du ihm in den Nacken springst.«

Löhr überlegte, schwieg ein paar Augenblicke. »Stimmt«, sagte er schließlich, »das sieht ziemlich nach OK aus. Aber wieso ermittelt dann ihr und nicht die Kollegen von der organisierten Kriminalität?«

Wieder zuckte Klütsch mit den Schultern. »Zuerst muss ja überhaupt der Tatbestand geklärt sein, und da sind wir für zuständig – weißt du doch.«

»Ja, verstehe«, nickte Löhr. Was hatte Onkel Heinz angestellt? Was um alles in der Welt hatte ihn in Kontakt mit Verbrechern solchen Kalibers gebracht?

»Du erinnerst dich also an nichts?«, fragte Klütsch.

»Tut mir leid, Ansgar. Habt ihr denn gar nichts? Keine Beschreibung vom Verdächtigen? Der Laden ist doch abends immer voll.«

»Als wir hinkamen, war er leer bis auf den Wirt. Und der hat nichts gesehen.«

»Und dieser Heinz Höttges? Was ist überhaupt mit dem passiert?«

»Den haben sie gestern Nacht noch mitsamt seinem Finger in die Uniklinik gefahren, wahrscheinlich ist der inzwischen wieder dran, der kleine Finger ...«

»Kann der euch denn keine Beschreibung vom Täter liefern?«

»Ich hoffe, dass er das kann. Die Uniklinik ruft uns an, sobald er wieder vernehmungsfähig ist.«

Klütsch schob mit dem gleichen Quietschen, das Löhr vorhin geweckt hatte, seinen Stuhl über das frisch gebohnerte Krankenhauslinoleum und erhob sich. »Und wenn dir was einfällt – du hast ja unsere Nummer …«

»Sicher«, antwortete Löhr. »*Wenn* mir was einfällt …«

4.

Nach wenigen Minuten auf der Straße kam Löhr zu dem Schluss, dass die Schaumstoff-Halskrause, die man ihm zur Behandlung seines Halswirbelvorfalls angelegt hat, wahrscheinlich eine größere Gefahr für ihn darstellte als der Vorfall selbst. Ständig rempelte er auf dem Bürgersteig jemanden an oder musste von fürsorglichen Menschen in letzter Sekunde zurückgerissen werden, um beim Überqueren einer Straße nicht in ein heranzischendes Fahrrad zu laufen. Es konnte nur eine Frage von Stunden sein, bis er im nächsten Krankenhaus landete. Insofern hatte es etwas durchaus Beruhigendes, dass dies ohnehin sein Ziel war, wenn auch nicht dasselbe, dem er gerade entflohen war.

Kaum hatte Klütsch die Krankenzimmertür hinter sich zugezogen, war Löhr aus dem Bett geklettert und hatte sich angezogen. Das war zwar ein unendlich mühsames Unterfangen – sein Gleichgewichtssinn schien nicht ganz in Ordnung, außerdem ging bei jeder Bewegung ein schmerzhaftes Pochen wie von einer Dampframme durch seinen Kopf –, aber er hatte die Zähne zusammengebissen und es nach einer halben Unendlichkeit geschafft, am Schluss auch noch in seine Schuhe zu steigen. Als die Schwester noch einmal in sein Zimmer kam, entglitten ihr die Gesichtszüge, so schockiert war sie, ihren vor einer Stunde noch quasi komatös im Bett liegenden Patienten völlig angekleidet und in unternehmungslustiger Stimmung vor sich zu sehen. Doch alles Gezeter und selbst die Drohung, den Chefarzt zu holen, fruchtete nichts: Löhr bestand auf seiner Selbstentlassung, unterschrieb ein entsprechendes Papier und gestattete der Schwester lediglich, ihm die hässliche fleischfarbene Halskrause wieder anzulegen, die er sich beim Ankleiden abgenommen hatte, und ihm eine Handvoll Tabletten gegen die Schmerzen mitzugeben.

Als er um zwei Uhr nachmittags mit leicht zitternden Knien vor dem Informationsschalter der Uniklinik stand, fühlte er sich reif für den nächsten eigenen Krankenhausaufenthalt. Am liebsten hätte er sich ein Taxi gerufen und sich zurück ins Kunibertsklösterchen fahren lassen. Doch wieder biss er die Zähne zusammen; er war kurz vor dem Ziel, mit Onkel Heinz zu sprechen, bevor die Leute vom KK 11 dazu kamen.

Nicht dass er den ehemaligen Kollegen nicht zugetraut hätte, irgendwann einmal den Schläger zu identifizieren. Im Gegenteil: Er musste sich anstrengen, einen Tick schneller zu sein als sie. Denn er hatte ein größeres Interesse als sie, zu erfahren, wer ihn so zugerichtet hatte und vor allem: wer seinem armen Onkel Heinz so brutal mitgespielt hatte und warum. Außerdem war es wohl seine Neffenpflicht, zu verhindern, dass Heinz sich so in den Stricken kriminalpolizeilicher Ermittlungen verwickelte, dass man ihm womöglich etwas anhängen konnte.

Die Anstrengung schien sich gelohnt zu haben: Onkel Heinz, erfuhr er, war am frühen Morgen operiert worden – ob mit Erfolg, konnte die Frau am Informationsschalter nicht sagen – und lag jetzt auf der unfallchirurgischen Station.

Die Halskrause erwies sich als eine gute Tarnung. Jeder, dem Löhr im Gewirr der Flure, Aufzüge und Zwischentreppen der Uniklinik begegnete, hielt ihn für einen Patienten, und auch auf der Station selbst fragte ihn niemand, wo er hinwolle. Im Krankenzimmer traf er Onkel Heinz zwar reichlich blass, aber bei vollem Bewusstsein und mit einem blau-grün gestreiften Schlafanzug bekleidet in seinem Bett sitzend und Pfefferminztee trinkend. Die Tasse in seiner Hand begann heftig zu zittern, als er Löhr vor sich stehen sah.

»Jakob! Wie siehst du denn aus?«

»Das könnte ich dich auch fragen.« Löhr wies grinsend auf Heinz' eingegipste Linke.

»Ach! Der Finger!« Heinz stellte mit der Rechten die Teetasse auf das Wägelchen neben sich, um sie dann für ein demonstratives Abwinken zu benutzen: »Der ist schon längst wieder dran. War für die kein Problem. Dat sind echte Profis hier!«

Nicht zum ersten Mal war Löhr Onkel Heinz' Unverwüstlichkeit unheimlich. Aus welchen Kraftquellen schöpfte dieser Mann, dass er jahrelangen Alkoholmissbrauch bei gleichzeitigem völligem Bewegungsmangel – mehr als die drei mal drei Schritte zwischen Wettbüro und Germaniaschänke legte er pro Tag nicht zurück – und jetzt diese Amputation mit anschließender, wahrscheinlich mehrstündiger Operation so unbeschadet überstand? Welchen geistigen Born zapfte dieser alte Kerl an, um mit all der Unbill, die das Leben für ihn bisher schon bereitgehalten hatte, fertig zu werden – angefangen bei seiner unerträglich putzsüchtigen Frau bis zu seiner langjährigen Arbeitslosigkeit, die allerdings nicht allzu tiefe psychische Wunden geschlagen haben mochte.

»Das hat also wirklich geklappt mit dem Finger?«, hakte Löhr nach.

»Haben die mir jedenfalls gesagt, als ich nach der Operation wieder wach geworden bin«, bestätigte Heinz, hob zum Beweis seine Linke mit dem Gips, setzte dann aber mit schiefem Grinsen hinzu: »Sehen kann man et zwar nit, aber ich glaube denen …«

»Jetzt erzähl mir mal …« Löhr zog sich einen Stuhl heran und beugte sich zu Heinz hinüber, seine Stimme zwar absenkend, den Ton dabei aber in der Lage fürsorglicher Strenge haltend. Vorher hatte er sich vergewissert, dass Heinz' Zimmernachbar, in dem ein Dutzend Schläuche steckte, selig schlief. »Was ist das für eine Geschichte, in der du da steckst?«

Heinz antwortete nicht gleich, griff stattdessen wieder nach der Teetasse und betrachtete deren Inhalt, als könne der ihm eine ausreichend plausibel klingende Antwort verraten.

»Kannst dir ja vorstellen, hab mich verzockt«, begann er schließlich stockend und legte erst einmal eine längere Denkpause ein. Löhr unterbrach sie nicht, sondern setzte ihn durch sein Schweigen unter Zugzwang. »Spielschulden sind ja in den Kreisen kein Kavaliersdelikt, wie man so sagt …«, fuhr Heinz fort und schwieg dann wieder.

»Welche Kreise? Doch nicht etwa Olli?«

»Du weißt genau, dass hinter dem Olli ganz andere Leute stecken.«

In der Tat war in der Germaniaschänke seit einiger Zeit rundgegangen, dass Olli sein Geschäft nicht auf eigene Rechnung, sondern für einen ziemlich dicken Fisch die Buchmacherei betrieb, wie Alex, einer der Spieler, herausgefunden hatte. Alex fuhr ab und zu für eine Wäscherei frisch gebügelte Hemden aus, die mit »eins a Handbügeln« warb. So verkehrte er quasi in den Kreisen, die für das Bügeln eines Hemdes acht Euro bezahlen konnten, und war dabei eines Tages auch in das Büro eines Gebrauchtwagenhändlers gelangt, der es sich leisten konnte, ein metallic smaragdgrünes 280er SEL-Cabrio-Coupé, Baujahr 1963, für hundertvierzigtausend Euro geschlagene anderthalb Jahre im Schaufenster seines Ladens stehen zu lassen. Als einziges Ausstellungsstück und ohne in der ganzen Zeit einen Cent mit dem Preis runterzugehen. So jemand, das war für Alex sonnenklar, schwamm in riesigen Mengen Schwarzgeld. Und ausgerechnet im Büro dieses Typen erwischte Alex Olli beim Abrechnen seiner Wettkasse.

»Dieser Gebrauchtwagenhändler?«, fragte Löhr.

Heinz winkte ab. »Der ist doch auch nur ein Strohmann, auch nur ein Kassierer von vielen für ganz andere, für Leute, die noch keiner gesehen hat ...«

»Aber das war doch wohl Olli, der das Spiel gestern Abend eingefädelt hat, zu dem dieser Killer gekommen ist?«

Heinz schwieg und betrachtete den Inhalt seiner Teetasse mit so nachhaltigem Interesse, als führten exotische Fische darin einen nur alle zwanzig Jahre stattfindenden Balztanz auf.

»Oder war es Conny? Der saß doch mit bei euch am Tisch.«

Heinz blieb bei seinem Schweigen, wechselte allerdings die Blickrichtung und starrte statt in die Teetasse jetzt seine eingegipste linke Hand an. Doch auch die schien ihm keinen Rat geben zu können, was er Löhr sagen und was er besser verschweigen sollte.

»Worum ging es denn bei dem Spiel?«, fragte Löhr.

»Letzte Chance, meine Schulden zu bezahlen.«

»Ihr habt also um alles gespielt?« Löhr wusste immerhin so viel von den Gepflogenheiten der Spieler, dass ab und zu einem Schuldner die Chance geboten wurde, um »alles« zu spielen, also um die Summe dessen, was er seinen Mitspielern schuldete.

Heinz nickte sanft seiner Gipshand zu.

»Das heißt, du hast jetzt doppelt so viele Schulden wie vorher?«

Heinz stoppte sein Nicken, und sein Blick auf die Gipshand wurde starr. Um Himmels willen, dachte Löhr. Um welche Summen ging es da, wenn seinem sonst so unerschütterlichen Onkel Heinz beim Gedanken daran das Blut in den Adern gefror?

»Und wie soll das weitergehen, Onkel Heinz?«

Ein, zwei Minuten lang herrschte Schweigen im Krankenzimmer. Löhr wandte seinen Blick von Heinz ab, sah zum Fenster hinaus und brauchte ein paar Augenblicke, um festzustellen, dass es sich um ein Fenster handelte, durch das man nicht hinausschauen konnte. Das Glas war von außen von einer rostbraunen Schicht überzogen; es sah so aus, als hätte jemand mit Eimern Farbe dagegengeschüttet, was allerdings schwer vorstellbar war, da sie sich hier auf der fünfzehnten Etage befanden. Löhr erinnerte sich schwach daran, dass auch die Uniklinik in das dichte Netz von Bauskandalen eingewoben war, das Köln fest umschlungen hielt. Aber vielleicht hatte auch jemand bei der Planung des Gebäudes bloß nicht bedacht, dass die Stahlkonstruktion irgendwann einmal anfangen würde zu rosten und der Rost mit dem Regen abwärtstransportiert würde.

Als Heinz nach drei Minuten immer noch keine Antwort zustande gebracht hatte, begann Löhr, die Geduld zu verlieren. Er erhob sich, trat einen Schritt auf das Krankenbett zu, beugte sich über Heinz und flüsterte: »Du verrätst mir jetzt auf der Stelle, wie ich diesen Killer finde, der dir den Finger abgeschnitten und mir den Hals verrenkt hat!«

»Jakob!«, flüsterte Heinz rau zurück. »Halt dich da um Gottes willen raus! Die Typen sind ‘ne Nummer zu groß für Leute wie uns!«

»Du vergisst, dass ich immer noch bei der Polizei bin, Onkel Heinz!«

Heinz stieß ein krächzendes Kichern aus. »Und du meinst, so was kratzt die?«

»Und du meinst, ich tu einfach so, als wenn nichts gewesen wäre, wenn sie dir 'nen Finger abschneiden?«

»Der ist doch wieder dran, Jakob!«

»Oder es wär mir egal, wenn der Drecksack mir den Hals verrenkt und ich wie ein Idiot mit so 'ner Halskrause durch die Stadt laufen muss?« Löhr zupfte demonstrativ an dem lästigen Utensil.

»Jakob!« Heinz' Stimme wurde zittrig und flehend. Das war eine Tonlage, die Löhr bisher noch nie bei ihm gehört hatte. »Lass et, Jakob, halt dich da raus! Ich sag et dir! Gegen die kommst auch du nicht an!«

5.

Manchmal, dachte Löhr, als er den Sushi-Laden Ecke Brüsseler und Aachener Straße betrat und Conny an einem der Stehtische über einen Sushi-Teller gebeugt sah, können die feine Nase des professionellen Ermittlers und der nicht minder feine Magen des Feinschmeckers zum selben Ziel führen, vorausgesetzt, sie gehören zur selben Person. Im selben Moment, in dem ihm der Gedanke kam, musste er auch schon leichte Abstriche an dessen Wahrheitsgehalt vornehmen. Denn die wütende Grobschlächtigkeit, die ihn seinen Job beim KK11 gekostet hatte, hatte einen nicht geringen Zweifel in ihm entstehen lassen, ob er tatsächlich über eine so feine Ermittlernase verfügte. Und mit seiner Eigenschaft als Gourmet war es wahrscheinlich auch nicht mehr so weit her. Jedenfalls hatte er, seitdem Irmgard nicht mehr bei ihm wohnte, das Kochen eingestellt und wahrscheinlich den Großteil der Kniffe einer gehobenen Küche wieder vergessen. Außerdem schmeckten ihm schlichte Sachen wie die California-Rolls hier oder Ioánnas griechische Hausmannskost in der Germaniaschänke inzwischen wieder besser als jedes Zanderfilet an Sauerkrautschaum.

Connys Miene zeigte nicht die geringste Spur von Überraschung, als er Löhr auf sich zukommen sah. Bevor er Löhr begrüßte, bugsierte er schnell noch einen Reishappen mit einem rohen Garnelenschwanz in den Mund.

»Alles klar mit Heinz?«, fragte er kauend, während Löhr sich mit der Rechten einen Barhocker heranzog und mit der Linken nach der Speisekarte auf dem Stehtisch griff.

»Der Finger ist wieder dran«, nickte er.

»Und was ist mit deinem Hals passiert?« Conny legte den Kopf schief, um Löhrs Halskrause besser in Augenschein nehmen zu können.

»Deswegen wollte ich ein paar Takte mit dir sprechen.«

Conny machte eine Handbewegung, die als »Von mir aus …« zu deuten war, und Löhr fragte sich, ob Connys Gleichgültigkeit nur zur Schau gestellt war und etwas anderes verdecken sollte oder ob sie ihm als Spieler zur zweiten Natur geworden war und er gar nicht mehr anders konnte.

Die Kellnerin kam, und Löhr bestellte eine Mischung aus drei verschiedenen Sorten California-Rolls und ein Mineralwasser.

»Ich hab mit der ganzen Geschichte nichts zu tun«, nahm Conny Löhrs Frage vorweg. »Das Spiel gestern Abend hat Olli arrangiert. Der hat mich gefragt, ob ich mit von der Partie bin, und weil er sagte, der dritte Mann wär richtig flüssig, bin ich natürlich mit eingestiegen.«

»Mit dem dritten Mann meinst du den, der mit euch gespielt hat, und nicht den, der Heinz den Finger abgeschnitten hat?«

Conny gab ein knappes Bestätigungsseufzen von sich und schob das nächste Reisbällchen, diesmal eines mit dunkelrotem Thunfisch, in seinen Mund.

»Wer war der Kerl?«

Kauend schob Conny die Augenbrauen nach oben. »Hab den Typen noch nie vorher gesehen.«

»Aber er kam von Olli?«

»Glaub ich nicht.« Conny schluckte sein Sushi hinunter und spülte mit Cola nach. »Auf die Tour hat Olli noch nie was eingetrieben. Der regelt das immer auf seine Art. Außerdem hat Heinz seine Spielschulden auch nicht bei ihm.«

»Sondern bei wem?«

»Typen, die ich nicht kenne und die ich auch nicht kennenlernen will.« Conny machte eine Pause, betrachtete den Teller vor sich, dann hob er den Blick und sah Löhr an: »Ich an deiner Stelle würde die auch nicht unbedingt kennenlernen wollen.«

»Danke für den Tipp. Trotzdem die nächste Frage: Wie kommt Heinz an diese Typen?«

»Keine Ahnung, Jakob. Ich schätze, Heinz war mal ordentlich frisch und hat gemeint, er müsste an 'nem größeren Rad drehen, und dann hat Olli was für ihn arrangiert.«

»Also meinst du, Olli wäre meine Adresse?«

»Zuerst mal ja, wenn er dir was stecken will. Aber wie gesagt – ich an deiner Stelle würd die Geschichte ganz schnell vergessen.«

»Und zusehen, wie sie Heinz beim nächsten Mal die ganze Hand abschneiden?«

Conny, der vom Verwandtschaftsverhältnis zwischen Löhr und Heinz vermutlich nichts wusste, winkte ab. »Der ist doch wohl alt genug, um auf sich selbst aufzupassen.«

Die Kellnerin brachte Löhrs California-Rolls. Er machte sich gleich darüber her, aß schweigend. Seit gestern Abend hatte er nichts Festes mehr zu sich genommen. Als er bei der dritten Rolle anlangte, hatte Conny seine Mahlzeit beendet, legte einen Zehneuroschein auf den Stehtisch, tippte zum Abschied mit dem Zeigefinger kurz an seine Stirn und wandte sich zum Gehen. Doch Löhr hielt ihn zurück.

»Jetzt mal ehrlich, Conny: Heinz kann doch nicht so irre Schulden haben, dass die so eine Wahnsinnsaktion starten, oder?«

»Kam mir reichlich abgewichst vor.«

»Was meinst du mit ›abgewichst‹?«

»Übertrieben. Absolut übertrieben. Total nicht normal. Von so was hab ich hier in Köln noch nie gehört.«

»Also steckt Heinz vielleicht in einer ganz anderen Scheiße?«

»Kein Ahnung, Jakob. Frag Olli. Du weißt ja, wo du den gleich finden kannst.«

Doch statt in die Germaniaschänke ging Löhr nach Hause. Als Erstes trennte er sich von seiner Halskrause, drehte ein paarmal vorsichtig den Kopf, und als feststand, dass das ohne größere Schmerzen ging, legte er sich zu einem kleinen Mittagsschlaf auf die Couch.

Als er wieder aufwachte, war es vier Uhr nachmittags. Er hatte fast zwei Stunden tief und traumlos geschlafen. Er stand auf, trat vor den Spiegel im Badezimmer und inspizierte die tiefrote Beule an seiner linken Schläfe. Um sie herum begann sich schon ein hellerer gelber Rand abzuzeichnen, die Verletzung würde also ganz normal abheilen.

Noch einmal drehte er den Kopf – auch das ging besser als vor dem Mittagsschlaf. Offenbar hatten inzwischen auch die Pillen gewirkt, die er am Morgen von der Krankenschwester bekommen hatte und von denen er bisher zwei geschluckt hatte. Löhr befand, dass er wieder einsatzfähig sei, rief trotzdem in der Geschäftsstelle des KK 72 an und meldete sich bis auf Weiteres krank, ohne dem Diensthabenden zu erklären, wieso. Da würde sich sein Hausarzt etwas einfallen lassen müssen. Bevor er sich den Fingerabschneider nicht zur Brust genommen hatte, würde er jedenfalls keine Wohnungseinbrüche mehr bearbeiten. Was ohnehin verlorene Liebesmühe war. Die allermeisten Wohnungseinbrüche wurden einfach nicht aufgeklärt. Der Job im KK 72 war mehr oder weniger Beschäftigungstherapie.

Er hatte gerade den Hörer aufgelegt, da klingelte das Telefon. Er nahm den Hörer wieder auf. Es war seine Schwester Ursula mit der Nachricht, dass ihre Mutter vor einer Stunde ins Krankenhaus gebracht worden sei. Natürlich ins Kunibertsklösterchen. Löhr brauchte eine Zeit, um aus seiner aufgeregten Schwester herauszukriegen, dass der Zustand ihrer Mutter nicht lebensbedrohlich war und es sich um einen der inzwischen schon notorischen Schwächeanfälle handelte. Er konnte den Krankenbesuch also auf den Abend verschieben.

Als er die bis auf ein paar Backgammon-Spieler an den vorderen Tischen fast leere Germaniaschänke betrat, nickte ihm Georgi hinterm Tresen zu, platzierte den Joint, den er sich gerade angesteckt hatte, mit äußerster Sorgfalt auf der Spitze eines Besenstiels, der an die Tür zum Treppenaufgang gelehnt stand, und begab sich zum Zapfhahn. Löhr winkte ab.

»Jetzt noch kein Kölsch, Georgi. Ich such Olli.«

»Olli? Olli war hier, ist jetzt weg.«

Abgesehen davon, dass er ein unglaublicher Umstandskrämer war, sprach Georgi, obwohl er schon seit dreißig Jahren in Köln lebte, nur ein sehr gebrochenes und zudem kaum verständliches Deutsch. Was bei einem Wirt, bei dem man bloß Kölsch bestellte, nicht weiter ins Gewicht fiele. Als Auskunftsperson oder als Überbringer von Botschaften gar war Georgi allerdings ein Totalausfall, denn er verstand noch weniger Deutsch, als er sprach.

»Und weißt du auch, wohin Olli ist?« Löhr buchstabierte jedes Wort.

»Vielleicht ist in Wettbüro? ...«

Das Wettbüro bestand aus nur einem übersichtlichen, fast quadratischen Raum. In der Mitte stand ein Kiefernholztisch mit ein paar Stühlen. An den beiden Längswänden waren unterhalb der unter der Decke hängenden Fernsehmonitore resopalbeschichtete Borde angebracht, auf denen man die Tippscheine ausfüllen konnte. In Augenhöhe über den Borden hing, Seite für Seite, die neueste Ausgabe der Sportwelt mit den Tipps für die aktuellen Rennen. An der dem Eingang gegenüberliegenden Wand befand sich der sogenannte Schalter, ein Tresen, der mit einer bis zur Decke reichenden Plexiglasscheibe eher pro forma gegen Raub gesichert war. Dahinter wechselten sich im Lauf der Woche Rita und Ännchen ab. Sie nahmen die Tippscheine in Empfang, steckten sie in einen mit dem Totalisator auf der Rennbahn verbundenen Computer, kassierten die Einsätze und zahlten die Gewinne aus.

Es war nichts los heute im Wettbüro. Donnerstags tat sich nicht viel auf den Galopprennplätzen, außerdem waren es nur noch ein paar Tage bis Ostern, wo einige große Rennen stattfanden und man deshalb vorher die Geläufe schonte. Olli, den obligatorischen Kicker vor sich, saß mit einem seiner Kunden am Tisch in der Mitte, anscheinend in eine wichtige Beratung vertieft. Er blickte auf und winkte Löhr kurz mit dem Kinn zu – eine Geste, die bedeutete, dass er wusste, dass Löhr wegen ihm hier war und dass er gleich für ihn zu sprechen sein würde. Löhr nickte zurück und richtete seinen Blick in die Höhe zu den Monitoren. Nur zwei davon waren an. Auf dem einen lief ein Hunderennen in England, für das sich keine der drei, vier Gestalten, die außer Olli und seinem Kunden das Wettbüro bevölkerten, zu interessieren schien. An dem anderen Monitor war der Lautsprecher angeschaltet. Dem Kommentar daraus war zu entnehmen, dass in Gelsenkirchen-Horst das zweite Rennen gestartet war, das Feld sich der ersten Kurve näherte, Favoritin »Elegant Lady« innen eingeklemmt wurde und sich auf der ersten Gerade nicht befreien konnte, andere die Pace machten und sich schließlich »Altana« mit einer Länge vor das Feld setzte. Aber auch das schien bis auf den bleichen Alex, der auch in der Germaniaschänke Stammgast war, niemanden zu interessieren.

Löhr wandte sich ab, trat ans Schaufenster, das neben der Eingangstür die ganze Stirnwand des Wettbüros einnahm, und schaute auf die Aachener Straße. Der Frühling ließ immer noch auf sich warten. Seit Mitte März, wo es ein paar warme Tage gegeben hatte, blieb es kalt, die Leute trugen immer noch ihre Wintersachen.

»Tut mir leid, die Geschichte gestern Abend«, hörte er Ollis sanfte, fast gehauchte Stimme hinter sich. Er drehte sich um, sah dem Buchmacher ins sonnenbankgebräunte Gesicht und sich außerstande, darin Anzeichen grober Heuchelei zu entdecken. Wenn einer, der so cool war wie Olli, sagte, dass es ihm leidtue, könnte vielleicht tatsächlich etwas daran sein.

»Okay, du bist es nicht schuld. Du hast die Partie nur arrangiert. Aber immerhin weißt du, mit wem, oder?«

»Klar weiß ich das.«

»Dann weißt du auch, wie ich an den Typen komme, der Heinz und mich so zugerichtet hat.«

Olli antwortete nicht gleich, sondern sah Löhr einen Augenblick lang in die Augen. Löhr glaubte, eine homöopathische Dosis von Mitleid um seine Mundwinkel zucken zu sehen. Aber als er dann anfing zu sprechen, klang er ernst, fast besorgt.

»Du weißt, dass ich so was nie machen würde, Polizist.« Olli nannte Löhr meistens beim Vornamen, nur in quasioffiziellen Angelegenheiten wie dieser hier »Polizist«. Es war nicht auszumachen, ob Respekt oder Verachtung in dieser Anrede lag.

»Wo du das gerade mit dem Polizisten erwähnst«, Löhr senkte die Stimme, »ich könnte an die Sache auch sozusagen offiziell rangehen. Meine Kollegen vom KK 11 interessieren sich schon dafür.«

Diesmal bestand Ollis Reaktion in einem unverhohlen mitleidigen Lächeln. »Du weißt doch, das bringt keinen weiter«, sagte er müde.

Löhr beschloss, diesen Punkt im Augenblick nicht weiter zu vertiefen; er befürchtete, dass Olli mit seiner Bemerkung recht haben könnte. Er würde abwarten müssen, bis sich eine andere Gelegenheit ergab, an den Mann mit der Gartenschere zu kommen.

»Was ich nicht verstehe«, sagte er stattdessen, »ist, warum du Heinz da mit reingezogen hast.«

»Ich hab Heinz nirgendwo mit reingezogen, Polizist.« Olli legte eine fein dosierte Schärfe in seine Stimme. »Eher hat der mich da reingezogen. Der hat mich tagelang bequatscht, dass ich ihm 'nen potenten Partner besorge.«

»Einen, der hoch spielt, okay. Aber doch keinen, der gleich mit 'ner Gartenschere in der Jackentasche anrückt.«

»Das hatte ich auch nicht so ganz im Blick. Hab bisher bloß einmal mit den Typen zu tun gehabt. Deshalb tut's mir auch leid für Heinz.«

»Wie viel schuldet er denen?«

»Zwanzig Riesen.«

»Oh«, machte Löhr, schwieg eine Weile und betrachtete die am Schaufenster vorüberziehenden Passanten.

Die Kommentarstimme aus dem Lautsprecher verkündete den Start des dritten Rennens in Gelsenkirchen-Horst und dass der Favorit »Silky Oak« sich gleich in einer vierköpfigen Führungsgruppe vor das Feld gesetzt habe.

»Gibt's 'ne Chance, dass er da noch mal rauskommt?«, fragte Löhr schließlich.

Olli war neben ihm stehen geblieben und beobachtete ebenfalls die Passanten. Offenbar hatte er auf eine solche Frage gewartet.

»Ich hör mich mal um«, sagte er. »Wenn ich was rausfinde, ruf ich dich an.«

6.

Als Löhr nach Hause kam, führte ihn sein erster Gang zu dem Sekretär im Wohnzimmer, in dem er seinen Whiskey und seine Zigarren verwahrte. Er goss sich einen großen Tullamore Dew ein, trank ihn mit einem Schluck, wobei er den Kopf so weit zurücklegte, bis seine lädierte Bandscheibe ihn zum Innehalten zwang, und goss gleich einen zweiten nach. Der Besuch bei seiner Mutter im Krankenhaus hatte ihn erschüttert. Er hatte sie kaum wiedererkannt. War es möglich, dass ein Mensch innerhalb nur weniger Tage so viel abnehmen konnte, dass er auf die Hälfte seines ursprünglichen Gewichts und seiner ursprünglichen Größe schrumpfte? Hatte Löhr früher immer, wenn er ihr die Hand gab, das Gefühl gehabt, ein noch nicht flügges Vögelchen zu berühren, so schien ihm jetzt ihre ganze Gestalt in einen zarten kleinen Vogel verwandelt, den man nur ganz vorsichtig anfassen durfte.

Sie hatte geschlafen, als er in ihr Zimmer gekommen war, und während er sie betrachtet hatte, wie sie leicht gekrümmt in Embryonalhaltung lag und fast in den Kissen verschwand, waren ihm die Tränen übers Gesicht gelaufen. Man konnte fast dabei zusehen, wie sich das Leben aus ihr zurückzog. Ihr Atem war nur mehr ein flaches Hauchen, Löhr musste sich tief über sie beugen, um ihn überhaupt wahrnehmen zu können. Als seine Tränen getrocknet waren und er sich der Festigkeit seiner Stimme wieder sicher war, berührte er sie leicht an der Schulter. Sofort schlug sie die Augen auf, und es dauerte nur ein paar Augenblicke, bis sie ihn erkannte.

»Jakob!«, flüsterte sie und lächelte dabei.

Es blieb das Einzige, was sie sagte. Gleich danach fielen ihr die Augen zu, und sie schlief wieder ein. Noch einmal schossen Löhr die Tränen in die Augen. Er wischte sie nicht ab.

Im Flur vor dem Krankenzimmer warteten seine Schwester Ursula und sein zweitältester Bruder Robert auf ihn. Sie hatten beschlossen, nur einzeln ins Zimmer zu gehen, um den Schlaf ihrer Mutter nicht zu stören. Ursula hatte die Organisation in die Hand genommen und unter den fünf Geschwistern den Besuchsdienst so aufgeteilt, dass rund um die Uhr jemand bei der Mutter war und die anderen rufen konnte, wenn es so weit war. Sie hatte auch ausführlich mit dem Stationsarzt gesprochen. Offenbar ging es tatsächlich mit ihr zu Ende, Ursache war ein fortgeschrittenes und seit Längerem schon nicht mehr behandelbares Lungenemphysem. Nach Auffassung des Arztes konnte es allerdings noch einige Tage dauern, denn ihr Herz zeigte sich, obwohl bereits stark angegriffen, noch erstaunlich stabil.

Beim Abschied drückte Ursula Löhr einen Zettel in die Hand, auf dem sie notiert hatte, wann er das nächste Mal mit seiner fünfstündigen »Wache« an der Reihe sei. Das war am nächsten Tag, Karfreitag, von zweiundzwanzig Uhr bis zum Samstagmorgen um drei.

Anschließend, auf dem Weg an der Kunibertkirche vorbei Richtung Hauptbahnhof, hatte Löhr noch eine etwas unangenehme Begegnung mit seiner Cousine Mechthild gehabt, die auch vom Zustand ihrer Tante Anita Löhr gehört hatte und auf dem Weg zum Krankenbesuch bei ihr war. Mechthild war eine der beiden Töchter Onkel Tonis, des ältesten Bruders seiner Mutter, und schon immer ein Ausbund an Überheblichkeit gewesen.

»Gut, dass ich dich treffe, Jakob«, hatte Mechthild gleich losgeplappert, ohne sich mit einem einzigen Wort nach seiner Mutter zu erkundigen. »Ich hab da ein winzig kleines Problemchen, das ich gerne mal mit dir besprechen würde, ich glaube nämlich, dass du genau der Richtige wärst, mir da behilflich zu sein, ich meine, das sollte auch dein Schaden nicht sein, du weißt ja, umsonst ist der Tod, oder *rien ne sort de rien*, wie die Franzosen sagen, also wann, meinst du, könnte ich dich mal anrufen, Jakob, dauert bestimmt nicht lange, denn wie gesagt, es ist nur ein winzig kleines Problemchen.«

Löhr hatte ihr die Hand auf den Arm legen müssen, um ihren Redefluss zu unterbrechen. Denn das war neben ihrer Hochnäsigkeit die zweite unerträgliche Eigenschaft seiner Cousine: Sie quasselte ohne Punkt und Komma, und zwar ausschließlich über ein einziges Thema, und das war sie selbst.

»Ich hab wirklich im Moment überhaupt keine Zeit, Mechthild. Tut mir leid.«

»Och, das ist aber schade, Jakob!« Mechthild zog einen Flunsch, der kokett wirken sollte, jedoch nur den Falten um ihren Mund ein noch tieferes Profil verlieh, sodass Löhr sich sehr gut vorstellen konnte, wie Mechthild, die gerade einmal fünf oder sechs Jahre jünger war als er, als alte Frau aussehen würde. Ohne weitere Erklärung wandte er sich zum Gehen, rief ihr dann aber nach zwei, drei Schritten hinterher, sie könne ihn vielleicht in einer Woche mal anrufen. Ganz so abweisend wollte er doch nicht erscheinen, schließlich hatte er einmal den Ruf eines gutmütigen und hilfsbereiten Familienmenschen besessen.

Das dritte, diesmal aber nur anderthalb Finger breit gefüllte Glas Tullamore Dew in der Hand, ließ er sich in seinem Ohrensessel nieder. Auf eine Zigarre verzichtete er. Abgesehen davon, dass er wegen seiner empfindlicher gewordenen Augen den Rauch nicht mehr vertrug und sich deshalb immer seltener eine ansteckte, war ihm jetzt einfach nicht nach der gemütlichen Stimmung, in die er sich sonst immer beim Rauchen begab. Das Bild seiner gekrümmt im Bett liegenden Mutter, die kaum mehr eine Wölbung des sie bedeckenden Bettzeugs verursachte, wollte nicht weichen.

Er nippte in kleinen Schlucken an dem Whiskey und versuchte das Krankenbettbild durch andere zu verdrängen, erinnerte sich an seine Mutter, wie sie in ihrem ewig geblümten Haushaltskittel in der Küche an der Spüle stand und versuchte, beim Abwasch möglichst wenig Geräusche zu machen, weil sie glaubte, Löhr halte auf der Küchencouch noch seinen kleinen Mittagsschlaf. Dabei war er, wie so oft, schon eine Weile wach, blieb aber weiter in seiner Schlafstellung – die Füße ragten dabei über die Couchlehne –, um ihr blinzelnd bei der Arbeit zu-

zuschauen und dabei das wohlige Kindheitsgefühl von Geborgenheit und Versorgtsein zu genießen.

Ein entferntes Zirpen riss ihn aus seinem Tagtraum. Erst beim zweiten Mal konnte er es als den Klingelton seines Handys identifizieren, das im Flur in seiner Manteltasche steckte. In der Erwartung, dass er wie üblich zu spät abheben würde, beeilte er sich nicht, rechtzeitig dranzugehen. Doch der Anrufer hatte Geduld. Es war Olli.

Es war zehn Uhr abends durch, als Löhr sich in der bis auf die Tische im hinteren Gastraum gut gefüllten Germaniaschänke aus seinem Regenmantel pellte. Er war zum zweiten Mal heute nass geworden – das klassische Wetter für einen 1. April. Olli saß an seinem üblichen Tisch, den üblichen Kicker vor sich. Neben ihm saß Bluna, auch eine Stammkundin der Germaniaschänke. Bluna war Anfang vierzig und besaß neben einer üppigen Figur und einem recht hübschen Gesicht ebenjene zwischen Blond und Rot changierende Haarfarbe, die an das Erfrischungsgetränk aus den sechziger Jahren erinnerte. Löhr hatte Bluna als Klammerjass-Partnerin von Onkel Heinz kennengelernt und mochte ihr leicht melodramatisches und trotzdem nicht ganz humorfreies Wesen, aber besonders mochte er ihre Fähigkeit, gelegentlich in ein fließendes, ein wenig altertümlich klingendes Kölsch zu verfallen. Als Löhr sich dem Tisch näherte, stand sie auf und gab ihm die Hand, etwas, was unter den Stammkunden hier absolut unüblich war.

»Hab das mit Heinz gerade gehört. Das ist ja ganz furchtbar. Tut mir schrecklich leid.«

»Tja«, sagte Löhr, »Spielen bringt nicht jedem Glück. Aber vielleicht hat er wenigstens Glück im Unglück gehabt. Als ich ihn heute Mittag besucht habe, war der Finger jedenfalls wieder dran.«

»Ach, echt? Wenn du noch mal hingehst, bestell ihm 'nen schönen Gruß.«

»Mach ich«, sagte Löhr und setzte sich Olli gegenüber an dessen Tisch. Bluna ging hinüber zur Theke.

Löhr sah Olli erwartungsvoll an, doch der wartete, bis Bluna sich außer Hörweite auf einem Barhocker an der Theke niedergelassen hatte.

»Da könnte was gehen«, sagte er schließlich, jedoch so leise, dass Löhr sich ein wenig zu ihm hinüberbeugen musste. »Die Leute wollen Heinz vielleicht noch einmal ‘ne Chance geben.«

»Wie gnädig!«, sagte Löhr. »Soll er etwa noch mal um alles spielen und wieder verlieren und dann mit vierzigtausend bei denen in der Kreide stehen?«

»Nicht so laut!« Ollis Stimme war jetzt zu einem Flüstern heruntergedimmt. »Er soll zwar spielen, aber für ihn geht es dabei um nichts.«

»Was? Wie soll das denn gehen?«

Mit einer bloß angedeuteten Handbewegung bedeute Olli Löhr, sich noch näher zu ihm hinüberzubeugen.

»Er spielt sozusagen für die Firma, wenn du verstehst, was ich meine.«

»Nein, versteh ich nicht. Hab keine Ahnung von der ganzen Zockerei.«

»Er spielt Poker, kriegt seinen Einsatz gestellt, spielt mit einem Partner, ohne Risiko. Das liegt einzig und allein bei ihrem Gegner. Verstehste jetzt?«

»Ein abgekartetes Spiel?«

»Nicht so laut, Mann!«

»Das heißt«, Löhr beugte sich noch ein Stück näher zu Olli und flüsterte jetzt auch, »Heinz soll zusammen mit jemand anderem einen Dritten über den Tisch ziehen?«

Statt zu antworten, sah Olli Löhr nur in die Augen.

»Betrug also«, stellte Löhr mit leichter Resignation fest. »Und damit kann Heinz sich quasi freikaufen, wenn ich das richtig verstehe?«

Wieder bestand Ollis Antwort aus einem völlig ausdruckslosen Blick.

»Wie kommen die ausgerechnet auf Heinz?«

»Bietet sich doch an, wenn er bei denen im Brand ist, oder?« Olli rollte den Kicker vor sich zusammen, schob seinen Stuhl nach hinten und stand auf. »Das Spiel steigt morgen Abend um neun im Lila Kakadu auf dem Friesenwall. Eine Stunde vorher soll er hier sein. Ich erklär ihm dann, wie es läuft.«

»Moment! Heinz liegt im Krankenhaus!«

»Ist das mein Problem?« Olli sah Löhr mit einem Anflug von Mitleid an, dann schlug er den Kragen seines schwarzen Ledermantels hoch und verließ die Germaniaschänke. Löhr starrte ihm hinterher, sah die Tür auf- und wieder zuklappen und für einen Augenblick den regennassen Bürgersteig davor.

Georgi kam an seinen Tisch, Löhr bestellte ein Kölsch, und während er es trank, dachte er über Ollis Angebot nach. Es gab, schien ihm, wohl keine Alternative außer der, dass Heinz Lotto spielte und mit mindestens fünf Richtigen und einer Zusatzzahl gewann. Insofern, dachte Löhr, würde es ihm morgen vermutlich nicht allzu schwerfallen, Onkel Heinz zum vorzeitigen Verlassen des Krankenhauses zu überreden. Geschehen würde ihm wohl nichts bei dieser betrügerischen Pokerpartie morgen Abend – wenn sie denn überhaupt stattfinden würde und derjenige, der betrogen werden sollte, sich darauf einließ. Die Aktion war zwar illegal, Löhr hatte aber in den letzten Jahren nie davon gehört, dass die Polizei in Köln irgendein größeres illegales Spiel hätte hochgehen lassen.

Die einzige ernst zu nehmende Gefahr drohte von den Arrangeuren dieser Partie. Es war für Löhr überhaupt nicht einzuschätzen, was sie eigentlich im Schilde führten, warum sie Heinz so schnell eine dermaßen unaufwendige Chance gaben. Aber da war ja auch noch er, Löhr, der die feste Absicht hatte, Heinz, wenn er denn mit dem Deal einverstanden war, morgen Abend nicht von der Seite zu weichen, bis er sich aus seiner Zwickmühle freigekauft hatte. Außerdem hatte er, Löhr, mit diesen Herren anschließend noch eine andere Kleinigkeit zu klären. Immerhin lag es durchaus im Bereich des Möglichen, dass ihm der Gartenscherenmann noch einmal über den Weg lief.

Georgi kam, nahm Löhrs leeres Kölschglas und fragte, ob er ihm noch eins bringen solle. Löhr schüttelte den Kopf. Er fühlte sich erschöpft und wollte nach Hause und ins Bett. Da fiel sein Blick auf Bluna, die lässig mit aufgestütztem rechtem Ellbogen an der Theke saß, mit der Linken ein Kölsch zum Mund führte und Löhr anlächelte. Kurz bevor das Glas ihre Lippen berührte, deutete sie damit ein Zuprosten an.

»Ach, weißte was: Mach mir doch noch eins!«, sagte er zu Georgi. »Aber bring's mir bitte an die Theke.«

»Du machst dir Sorgen um Heinz?«, fragte er Bluna, nachdem er sich auf den Barhocker neben ihr gesetzt hatte.

»Sicher mach ich mir Sorgen um den«, antwortete sie und ordnete dabei ihre smaragdgrüne Bluse beiläufig so, dass ein wenig mehr von ihrem beachtlichen Dekolleté zur Geltung kam. »Vor allem mach ich mir aber Sorgen um dich ...«, fügte sie, ihre Stimme dabei um eine halbe Oktave senkend, hinzu.

»Um mich?« Löhr lachte kurz auf und hatte Mühe, seinen Blick von Blunas Blusenausschnitt loszureißen. »Wie kommst du denn da drauf?«

»Du siehst so traurig aus.«

»Tu ich das?«

»Ein bisschen einsam. Stimmt's?«

»Machst du gerade 'nen Volkshochschulkurs in Psychotherapie, oder was?«

»So wat brauch ich nicht.« Während sie ins Kölsche verfiel, wurde Blunas Stimme eine weitere halbe Oktav tiefer; gleichzeitig, gleichsam wie durch Zauberhand und ohne dass Löhr gesehen hätte, dass sie wieder Hand angelegt hätte, vergrößerte sich ihr Dekolleté noch einmal um vielleicht bloß ein oder zwei, diesmal aber entscheidende Zentimeter. »Aber ich weiß was, womit man die Einsamkeit vertreiben kann ...«

»Soll ich raten – Alkohol?«

»Falsch«, sagte Bluna. »Jetzt hast du nur noch einen Versuch.«

7.

Löhr schreckte durch ein Geräusch auf, das er lange nicht mehr gehört hatte. Er hob den Kopf vom Kissen und drehte ihn, was immer noch einen stechenden Schmerz bis hinauf in seinen Hinterkopf verursachte. Das Geräusch war ein tiefes, aber in seiner Melodie nicht abfallendes, sondern eher aufsteigendes Seufzen gewesen, ein Seufzen der Art, mit der man einen gewissen Grad an Wohlbefinden, nicht aber ein vollkommenes Wohlbefinden zum Ausdruck bringt.

Löhr hatte am vergangenen Abend nicht so viel getrunken, als dass er die in diesem Seufzen verborgene Intention nicht hätte deuten können. Und er befand, den Kopf noch ein wenig mehr zur Seite drehend, sodass er zwischen dem rotblonden Haarschwall die geschwungenen, vollen Lippen erkennen konnte, denen jetzt ein erneutes Seufzen entströmte, dass diese Intention seinen derzeitigen Bedürfnissen nicht vollkommen widersprach.

Eher im Gegenteil. Denn so schnell wie gestern Abend war er, soweit er sich zurückerinnern konnte, nach vollbrachter Tat selten in die Kissen gesunken. Er hatte zur Entschuldigung zwar etwas von einem extrem schweren Tag und seinen diversen Verletzungen gemurmelt, bevor er einschlief, aber diese Erklärungen vermochten zwar vielleicht eine gewisse Neugierde, andere, fundamentale Bedürfnisse jedoch mit Sicherheit nicht zu befriedigen.

Was ihn selbst betraf, verspürte auch er nun diesbezüglich einen enormen Mangel. Doch bevor er Schritte zur Verwirklichung des entsprechenden Ansinnens einleiten konnte, bemerkte er, wie sich eine sanfte Hand vorsichtig suchend und streichelnd über seinen entblößten Bauch bewegte, um dann mehr oder weniger zielstrebig zu jenem Körperteil zu gelangen, das bereits bei der ersten Berührung durch die zarte Hand in freudiger Erregung Stellung bezogen hatte.

Der Tee stammte zwar aus einem Beutel, war aber ansonsten für diese Tageszeit genau das Richtige, ein schlichter, heller, magenfreundlicher Ceylon. Bluna verrührte den Zucker in ihrem Latte macchiato und schaute dabei durchs Fenster von St. Michael hinaus auf den Brüsseler Platz, wo sich die Taxifahrer zwischen ihren Wagen versammelt hatten, rauchten, aus Thermoskannen Kaffee tranken und sich gestikulierend unterhielten. Dem Regen der vergangenen Nacht war ein klarer, sonniger Morgen gefolgt; die Luft war frisch, wie durch den Regen gereinigt.

Löhr schaute auch lieber in den Frühlingstag hinaus, um zu vermeiden, Bluna anzusehen. Nicht dass ihm ihre Bettgeschichte, die vor gerade einer halben Stunde zu einem durchaus befriedigenden, ja sogar vergnüglichen Ende gekommen war, nun peinlich gewesen wäre. Aber hätte er jetzt ihren Blick gesucht, wäre er sich ein bisschen wie ein frisch Verliebter vorgekommen. Und das wäre weder der Situation noch seiner Gefühlslage angemessen gewesen.

Bluna schien Ähnliches zu empfinden und war wohl deshalb auch froh gewesen, als Löhr vorgeschlagen hatte, nicht in ihrer Wohnung auf der Genter Straße zu frühstücken, sondern im Sankt Michael am Brüsseler Platz, das erst abends zur Kneipe wurde, von morgens früh bis zum Nachmittag dagegen Kiosk und Frühstücksbude in einem war.

»Ich denke, ich muss langsam mal los«, sagte Bluna schließlich, wischte ein paar Croissantkrümel von ihrer frischen, heute nicht smaragdgrünen, sondern zitronengelben Bluse und lächelte Löhr an. Sie arbeitete als Tontechnikern in einem Studio am Appellhofplatz. Löhr erwiderte ihr Lächeln und schaute auf die Uhr. Es war kurz vor neun. Er hatte noch Zeit.

»Ich bleib noch ein bisschen hier und les Zeitung«, erwiderte er.

Bluna stand auf, nahm ihre Tasche vom Stuhl, beugte sich über Löhr und gab ihm einen Wangenkuss, der genau das ihrem gemeinsam Erlebten angemessene Quantum Zeit länger als der übliche freundschaftliche Wangenkuss dauerte. Löhr streichelte kurz, aber nicht unzärtlich ihren Oberarm.

»Wir sehen uns«, lächelte Bluna ihn noch einmal an. Löhr war sich nicht sicher, ob es ein bloß munter-zukunftsgewisses Lächeln war oder ob sich noch ein Hauch von Frivolität in die Munterkeit mischte. Er verstand es jedenfalls als die Andeutung eines Versprechens.

»Sicher«, antwortete er, erwiderte ihr Lächeln und stellte auf einmal fest, dass er sich in einer ganz ähnlich munteren Stimmung befand wie sie und gespannt war, was aus diesem angedeuteten Versprechen noch werden könnte.

Auch die tristeste Zeitungslektüre hätte es nicht vermocht, Löhr dieses angenehm beschwingte Gefühl zu nehmen. Es war schon eine ganze Weile her, dass er sich in einer solchen Stimmung befunden hatte, so lange, dass er fast schon vergessen hatte, wie angenehm sie war. Selbst als er im Lokalteil auf das Foto seines Lieblingsfeindes stieß, konnte das seine Laune kaum trüben. Die Zeitung hatte ein wenig vorteilhaftes Bild des früheren Ratsfraktionsvorsitzenden und ehemaligen Bundestagsabgeordneten ausgewählt. Es entlarvte den Charakter des Mannes allein schon durch dessen heimtückischen Blick, der durch das Blitzen der randlosen Brille eher noch betont als kaschiert wurde. Der Anlass war, dass Klenks Behauptung, dem Beratervertrag mit der sich überwiegend in städtischem Besitz befindlichen Rhein-Bank entsprächen tatsächliche Gegenleistungen seinerseits, von nicht wenigen Kennern von Bankgepflogenheiten erheblich bezweifelt wurden. Wenn dem wirklich so sei, resümierte der Autor des Artikels, frage es sich, wofür genau Klenk die gewaltige Summe von fast einer Million erhalten habe und ob sich hinter dieser Zuwendung nicht etwas ganz anderes, nämlich die obskuren Geschäfte mit Dritten, etwa der Pietsch-Holding, verbergen würden. Denn, so folgerte der Autor weiter, bei allen Geschäften, die die Pietsch-Holding mit der Stadt gemacht habe, sei Klenk als Vermittler oder Berater auf irgendeine Weise mit von der Partie gewesen.

Löhr atmete einmal tief durch. Für ihn stand schon lange fest, dass es sich bei Klenk um einen selbst für Kölner Verhältnisse außergewöhnlich korrupten und jenseits allen Anstands skrupellosen Geschäftemacher handelte. Allerdings bezweifelte er, dass er je zu Fall gebracht werden würde. Selbst wenn man ihm diese oder jene Unregelmäßigkeit nachweisen könnte – immer würde die entscheidende Aussage oder der letzte Beweis fehlen, ihn hinter Gitter zu bringen. Dafür profitierten zu viele in Köln von seinen Machenschaften.

Löhr legte die Zeitung beiseite, bestellte bei Gabi, die den Vormittagsbetrieb im Sankt Michael managte, noch einen Tee und rief seine Schwester Ursula an, die gerade bei ihrer Mutter am Krankenhausbett saß. Nein, beantwortete Ursula Löhrs Frage, ob sie ansprechbar sei. Sie mache ab und zu die Augen auf, manchmal habe man das Gefühl, sie erkenne einen, aber dann schlafe sie wieder ein. Es sei wohl nur noch eine Frage von Stunden, bis das Koma eintreten werde. Dabei wurde Ursulas Stimme brüchig, und auch Löhr musste einige Male tief durchatmen, um seine Tränen zurückzuhalten. Ob es denn dabei bliebe, dass Löhr heute Abend um zehn ins Krankenhaus komme? Selbstverständlich, antwortete Löhr, denn er nahm an, dass bis dahin die Geschichte, bei der er Onkel Heinz begleiten würde, abgeschlossen, zumindest aber sein Part dabei beendet sein würde.

Er verabschiedete sich von Ursula und wählte als Nächstes die Nummer von Heinz' Station in der Uniklinik, die er sich gestern am Informationsschalter hatte geben lassen. Eine Frauenstimme meldete sich, der man gleich beim ersten Wort anmerkte, dass sie eigentlich nicht angesprochen werden wollte. Nein, über den Zustand von Patienten könne man telefonisch keine Auskunft geben, nein, bedaure, auch wenn ein Verwandtschaftsverhältnis bestünde, denn das könne man telefonisch ja schlecht überprüfen.

Also würde ihm nichts anderes übrig bleiben, als Heinz selbst aus dem Krankenhaus zu holen. Bis dahin war allerdings noch etwas Zeit, in der er etwas anderes erledigen konnte. Löhr steckte sein Handy weg, denn das nächste Telefongespräch würde er besser von zu Hause aus führen. Er zahlte seine beiden Tees – Bluna hatte ihre Rechnung selbst beglichen – und ging durch den immer wärmer werdenden, herrlichen Frühlingsmorgen nach Hause.

»Ach Jakob! Dass es dich auch noch gibt!« Esser klang beleidigt wie eine vernachlässigte Geliebte.

Löhr ignorierte den Tonfall. »Du weißt ja, Rudi, schlechte Menschen rufen immer nur an, wenn sie was von anderen wollen.«

»Dir kann passieren, was will, du änderst dich nie.«

Da es zu kompliziert gewesen wäre, Esser zu erläutern, dass er sich zwar in vielerlei Hinsicht, in Bezug auf sein Verhältnis zu seinem langjährigen KK 11-Partner aber tatsächlich recht wenig geändert hatte, verzichtete Löhr auf eine Entgegnung und kam gleich auf den Punkt: »Klütsch war gestern bei mir im Krankenhaus, um mich als Zeugen in dieser Geschichte in der Germaniaschänke von vorgestern zu vernehmen.«

»Was ist bloß los mit dir, Jakob?« Esser klang jetzt tatsächlich ein wenig traurig. »Irgendwie gerätst du von einer Scheiße in die nächste – zuerst der Job bei uns im KK 11, dann das mit Irmgard, jetzt ...«

»Lass mal gut sein, Rudi. Sag mir einfach bloß, wie weit Klütsch in der Geschichte schon ist.«

»Da hab ich überhaupt keine Ahnung von, Jakob. Der Fall war noch nicht mal ein Thema bei der Dienstbesprechung. Da musst du Klütsch schon selber fragen.«

»Wenn ich das wollte, hätte ich dich nicht angerufen, Rudi.«

Kurzes Schweigen am anderen Ende der Leitung. Dann ein resigniertes Seufzen. »Und was kann ich für dich tun, Jakob?«

»Klütsch fragen oder mal einen Blick in seine Akte werfen, ob es schon irgendeine Spur zum Täter gibt, dem Kerl, der dem Heinz Höttges den Finger abgeschnitten hat. Würdest du das für mich machen, Rudi?«

»Du bist immer noch derselbe Egoist wie eh und je, Jakob!«

»Ich weiß. Ich bin schlecht. – Und was gibt's bei dir so Neues?«

Als er am späten Nachmittag das Krankenzimmer in der Uniklinik betrat, traf er Heinz in einer Stimmung an, die er noch nie bei ihm erlebt hatte. Mit gesenktem Kopf, die ganze Körperhaltung ein einziges schiefes Fragezeichen, hockte er in seinem blaugrün gestreiften Schlafanzug auf seinem Bett, hob den Blick nicht, als Löhr eintrat, antwortete nicht auf dessen Gruß, sondern starrte bloß auf seine verbundene Linke. Löhr stieß ihn sanft an.

»Onkel Heinz, was ist los?«

»Der Finger! Der kleine Finger!«

»Was ist damit?« Löhr betrachtete die verbundene Linke genauer, konnte aber zu gestern keinen Unterschied feststellen.

»Ab ist der!«

»Wie, ab? Ich denk, die haben den wieder drangenäht?«

»Haben sie auch. Aber das hat nicht gehalten. Als die heut' Morgen nachgeguckt haben, war die Hand schon dabei, den wieder abzustoßen.«

»Wieso abstoßen? Deinen eigenen Finger?«

»Hab ich dem Doktor auch gesagt. Aber der meinte, die Hand hätte den irgendwie nicht wiedererkannt.«

»So 'ne Rabenhand!«, entfuhr es Löhr, der sich aber gleich auf die Zunge biss. Der Scherz kam bei Heinz nicht sonderlich gut an, jedenfalls lachte er nicht darüber.

»Tja«, lenkte Löhr ein. »Hab ich auch schon mal von gehört, dass so was nicht immer klappt, auch wenn das abgetrennte Glied sofort wieder angenäht wurde. Der Organismus reagiert darauf wie auf fremdes Gewebe.«

»Genau das ist passiert, sagt der Doktor.« Heinz verstummte, in die Betrachtung seiner verbundenen Linken versunken.

Löhr zog sich einen Stuhl heran und blickte sich dabei im Zimmer um. Heinz' Bettnachbar hing immer noch reglos und mit geschlossenen Augen an seinen Schläuchen. Trotzdem beugte sich Löhr nahe zu Heinz' Ohr und sagte leise: »Vielleicht es ja auch besser so, Onkel Heinz ...«

»Wie, besser? Bist du noch ganz dicht?« Heinz gab seine gekrümmte Haltung auf und streckte empört Brust und Bauch heraus. Das war wieder der Heinz, wie Löhr ihn kannte.

»Mit dem angenähten Finger wär es sicher kompliziert geworden, aber jetzt, wo er ganz ab ist, kann ja nicht mehr viel passieren ...«

»Wovon sprichst du?«

»Davon, dass du heute einen anstrengenden Abend haben wirst und dir schon mal überlegen solltest, wie du mit vier Fingern die Karten hältst.«

8.

Als zuerst Heinz und dann Löhr vor der Germaniaschänke aus dem Taxi stiegen, überkam Löhr das Bedürfnis nach einem Entspannungskölsch. Es war keine Kleinigkeit gewesen, Heinz aus dem Krankenhaus herauszubekommen. Was nicht an Heinz gelegen hatte. Als Löhr ihm sagte, seine Gläubiger gäben ihm heute Abend noch einmal eine Chance, war für ihn so klar gewesen, dass er sie ergreifen würde. Schwierigkeiten machten dagegen das Stationspersonal und der herbeigerufene Arzt, die Heinz unter keinen Umständen gehen lassen wollten. Erst nachdem Löhr ihnen die hochdramatische Geschichte von Heinz' langjährigem treuem Lebensgefährten, dem nunmehr altersschwachen Dackel Boris, erzählt hatte, der zu Hause in den letzten Zügen läge und den Heinz unbedingt noch einmal sehen müsste, bevor er das Zeitliche segne, waren sie bereit, Heinz einen etwas bequemeren Verband rund um seinen nicht mehr vorhandenen kleinen Finger anzulegen und ihn – natürlich auf eigene Verantwortung – für heute Abend zu entlassen.

»Wie biste denn eigentlich ausgerechnet auf den Boris gekommen?«, fragte Heinz beim Betreten der Germaniaschänke. »Der ist doch schon fünf Jahre tot.«

»Weil es einfach 'ne gute Geschichte ist«, antwortete Löhr. »Und weil der Boris ja auch ein bisschen mein Hund war.«

»Das stimmt.« Heinz nickte. Tatsächlich hatte Löhr vor vielen Jahren die Idee gehabt, Heinz durch die Anschaffung eines Hundes vom Alkohol weg und hin zu mehr Bewegung zu bringen. Die Idee war vielleicht gut gewesen, die praktische Durchführung des Unternehmens aber daran gescheitert, dass Heinz es als ausreichend empfunden hatte, den Dackel mittags von seiner Wohnung zur Germaniaschänke und abends wieder zurück spazieren zu führen. Was seinen Alkoholkonsum nur unwesentlich reduzierte, sich auf des Dackels Körperfülle jedoch verhängnisvoll auswirkte.

Die Germaniaschänke war wie immer um die frühen Abendstunden gut besucht, Olli allerdings noch nicht da. Löhr und Heinz stellten sich an die Theke, Heinz winkte Georgi und bestellte zwei Kölsch.

»Meinst du, das wär richtig, vor so einem Spiel zu trinken?«, fragte Löhr.

»Wie stellst du dir vor, wie ich sonst ruhig bleiben soll?«

»Okay«, sagte Löhr nach kurzem Nachdenken. »Wenn du das brauchst. Aber für mich nicht. Ich trink Wasser. Wer weiß, was gleich noch auf uns zukommt …«

»Auf uns?«

»Meinst du, ich lass dich allein nach allem, was passiert ist?«

Heinz setzte dazu an, sich großspurig aufzuplustern, wurde dann aber offenbar durch den Verband an seiner Linken daran erinnert, dass nicht allzu viel Anlass dazu bestand, und begnügte sich damit, sein Kölschglas zu leeren.

Nach Heinz' zweitem Kölsch – Löhr nippte immer noch an seinem Wasser – tauchte Olli, auf und sie zogen sich mit ihm in den hinteren Gastraum zurück.

»Okay«, begann Olli, der heute sein tragbares Büro nicht dabeihatte und ein wenig nervös wirkte, »Jakob hat dir gesagt, was heute Abend abgeht?«

»Nur, dass ich noch mal 'ne Chance kriege und für kleines Risiko spielen kann.«

»Gut, dann erklär ich dir jetzt, wie es läuft. – Hast du jetzt eigentlich nicht irgendwas zu tun, Jakob?«, wandte sich Olli plötzlich an Löhr.

»Du willst, dass ich gehe? Nein, das läuft nicht. Ich bleib bei Heinz.«

Olli nahm Löhrs Antwort ungerührt zur Kenntnis. »Mal gucken, was die anderen dazu sagen.«

»Ich brauch doch keinen Aufpasser, Jakob!«, meldete sich Heinz jetzt doch, allerdings nicht großspurig, sondern fast bescheiden. »Ich komm schon klar, solange es nur ums Spielen geht.«

»Ich bleib trotzdem bei dir«, sagte Löhr.

Olli ignorierte das, blickte sich kurz um, ob jemand zuhörte, und wandte sich dann wieder an Heinz. »Folgendes: Du spielst heute mit Ley und dem Golfer Fife Card Draw ...«

»Warum das?« Heinz war erstaunt.

»Weil's ein verdecktes Spiel ist ...«

Heinz sperrte einen Augenblick den Mund auf, dann nickte er. »Verstehe. Aber wie kommst du auf den Golfer?«

»Um den geht es. Ich hab ihn zu der Partie überreden können, weil du mitspielst und weil ich ihm gesagt habe, dass Ley sehr viel Geld mitbringt.«

Heinz nahm von Georgi sein drittes Kölsch in Empfang, trank aber nicht gleich, sondern betrachtete das Glas sinnierend. Schließlich sagte er: »Das heißt, der Golfer meint, mit mir zusammen könnte er Ley ausnehmen oder zumindest dazu bringen, am Schluss 'ne offene Bank zu verlangen?«

»Genau das meint er. Was er aber nicht weiß, ist, dass es genau umgekehrt läuft. Verstehste?«

Heinz nickte bedächtig.

»Wir werden hier gleich abgeholt«, fuhr Olli fort. »Da ist der Ley schon dabei, und auf dem Weg macht ihr klar, wie ihr euch beim Spiel verständigt? Alles klar?«

Wieder nickte Heinz bedächtig, hob dann aber seine rechte Augenbraue: »Und dafür bin ich bei denen aus dem Schneider?«

»Wenn alles so läuft wie geplant und der Golfer die Kohle legt, ja.«

»Und wenn nicht?«

»Das wird schon klappen.«

Danach schwiegen sie. Heinz trank bedächtig von seinem Kölsch, Olli lehnte ab, etwas zu bestellen, als Georgi ihn fragte, stattdessen ließ er seinen Blick über die Tische im vorderen Gastraum schweifen.

Löhr dachte über das nach, was die beiden besprochen hatten. Ihm war zwar klar geworden, dass es um einen Betrug desjenigen ging, den sie den »Golfer« nannten. Aber warum ließ der sich überhaupt auf eine solche Partie ein? Wusste er nicht, dass hinter Olli andere, Gangster nämlich, die Fäden zogen? Und: Warum hatten diese Gangster sich ausgerechnet Onkel

Heinz als Spieler ausgesucht? Gewiss nicht, weil es ihnen auf einmal leidtat, ihm wegen einer Spielschuld den kleinen Finger abgeschnitten zu haben. Löhr fiel keine plausible Erklärung dafür ein, einem Spieler, den man schon einmal dermaßen gedemütigt und bestraft hatte, die Chance zu geben, auf so leichte Art und Weise seine horrenden Schulden zu begleichen. Es sei denn, die Art und Weise, wie Heinz seine Schuld tilgen würde, war doch nicht so leicht, wie er es sich vorstellte.

Zehn Minuten später steckte ein Typ mit kahl rasiertem Schädel und dreiviertellanger schwarzer Lederjacke den Kopf in die Germaniaschänke, blickte sich um, nickte Olli kurz zu und verschwand wieder.

»Es ist so weit«, sagte Olli.

Als sie rausgingen, kam ihnen Conny entgegen. Er schien sofort zu begreifen, was vor sich ging, nickte ihnen bloß zu, hielt die Tür auf und schaute ihnen nach. Am Straßenrand wartete ein schwarzer 7er BMW. Der Kahlkopf hatte sich ans Steuer gesetzt, und als Löhr hinter Heinz in den Fond des Wagens einstieg, saß dort schon jemand, ein bleicher Brillenträger mit schütterem angegrautem Haar, der sich dann als Heinz' Mitspieler Ley herausstellte.

Lautlos glitt der BMW aus der Parklücke, fuhr die Aachener Straße hinunter und bog nach dreihundert Metern rechts in die Moltkestraße ein. Flüsternd unterhielten sich Heinz und Ley, Löhr verstand nur ein paar Pokerbegriffe wie »Street« oder »Drilling«. Offenbar ging es um die Verabredung von Zeichen während des Spiels.

Sie fuhren über die Bismarckstraße, bogen rechts in die Venloer Straße ein, hinterm Friesenplatz dann gleich wieder rechts in den Friesenwall. Der Wagen hielt vor dem Lila Kakadu, einem uralten und äußerlich ziemlich heruntergekommenen Animierlokal, an dem aber immerhin noch die violette Leuchtreklame mit dem Kakadu, wenn auch ab und zu kurz flackernd, funktionierte.

Im Inneren war es fast dunkel. Nur auf dem Tresen auf der

linken Seite brannten ein paar trübe Leuchten, in deren Licht lediglich das Weiß der nackten Schultern der drei, vier Animierdamen verheißungsvoll zur Geltung kam. Die Frauen, die auf Barhockern vor ihren Piccolos hockten, schienen zu wissen, dass die Besucher nicht ihretwegen gekommen waren, und gönnten ihnen nur einen gelangweilten Seitenblick, als sie an ihnen vorbei in die Tiefe des Lokals gingen.

Am hinteren Ende des Raums schob der Kahlkopf einen Vorhang zur Seite und öffnete die dahinterliegende Tür, die in einen im Vergleich zum Dunkel des Lokals hell erleuchteten Raum führte. Das Hinterzimmer war bis auf einen in der Mitte stehenden und von fünf Stühlen umgebenen Tisch unmöbliert. Statt der Möbel standen ein paar Typen herum. Unter ihnen, Löhrs Magen verkrampfte sich augenblicklich, derjenige, der seinem Onkel Heinz den Finger abgeschnitten und ihm den Halswirbel verrenkt hatte.

Löhr blieb im Türrahmen stehen und fixierte den Mann. Zwar hatte er jetzt wieder das Gefühl, ihn irgendwoher zu kennen oder jemanden zu kennen, der ihm ähnlich sah, doch ihm war gerade nicht nach Besinnung zumute. Eher nach Wut. Ohne dass er es beeinflussen konnte, spannte sich jeder Muskel in ihm an, die Härchen auf Unterarmen und Handrücken stellten sich auf. Aber der Kerl grinste Löhr nur an, als sei er ein alter Bekannter, deutete eine Handbewegung zu seinem Nacken an und fragte: »Alles wieder in Ordnung?«

Die Frage klang nicht wie eine höfliche Floskel, sondern es schwang aufrichtiges, mitfühlendes Interesses darin mit. Gerade deswegen wäre Löhr dem Kerl am liebsten wieder an den Hals gesprungen. Doch jetzt wusste er, welche Folgen das haben konnte. Außerdem hätte es die Situation zerstört, und das wäre für Heinz sicherlich nicht günstig gewesen. Also nahm er sich zusammen, ignorierte den Typen und trat zur Seite, um Heinz und Ley, die hinter ihm warteten, den Weg ins Hinterzimmer frei zu machen.

Die beiden begaben sich gleich an den Tisch, auf dem ein ganzer Stapel neuer, noch in Zellophan verpackter Kartenspiele lag. Heinz setzte sich, und Ley zog, bevor auch er sich setzte, die über der Mitte des Tisches hängende Lampe ein Stück herunter. Die anderen – Olli, der Kahlkopf, der Fingerabschneider und Löhr selbst – blieben in einigem Abstand vom Tisch im Raum stehen.

»Wo ist 'n der Golfer?«, fragte Ley den Fingerabschneider. Der zuckte die Schulter und nickte zum Kahlkopf hinüber. Der wiederum warf einen Blick auf sein zentnerschweres Chronometer

»Müsste eigentlich schon da sein.«

Löhr sah, wie Heinz Olli einen fragenden Blick zuwarf, den Olli allerdings ignorierte, jedenfalls konnte Löhr nicht erkennen, dass seine Miene irgendeine Regung zeigte. Dann schwiegen alle. Ley zog sich ein Päckchen Karten heran, ließ es wie ein Jongleur in der Hand kreisen, öffnete es aber nicht. Heinz sah ihm zu und massierte sich dabei die Hände, wie um sie geschmeidig fürs Spiel zu machen. Olli und der Fingerabschneider starrten ins Leere. Der Kahlkopf hob alle dreißig Sekunden den Arm, um seine Uhr zu befragen. Löhr schätzte, dass so vier, fünf Minuten vergingen, in denen Heinz immer öfter seinen fragenden Blick auf Olli richtete, Olli ihn aber jedes Mal unbeantwortet ließ.

Als Erster verlor der Kahlkopf die Geduld. Er ging zur Tür und riss sie auf – und es sah so aus, als hätte er gewusst, dass jemand davorstand, und er hätte ihn bloß hineingelassen. Es war, sein Auftritt ließ keinen Zweifel zu, der Golfer. Nicht dass er in karierten Hosen erschienen wäre, aber sein ganzes Outfit, vom Kamelhaar-Jackett über das blütenweiße Hemd bis zur seidenen Krawatte und zu den Manschettenknöpfen war so gewählt, dass man ihm ansehen sollte, wie teuer es war; der Mann, befand Löhr, trug seinen Spitznamen nicht zu Unrecht. Ihm folgte ein weiterer Kahlkopf, der sich von dem ersten nur dadurch unterschied, dass er statt der schwarzen Lederjacke einen dunklen Anzug trug. Offensichtlich war er der Kofferträger und Aufpasser des Golfers.

»Die Herren!«, begrüßte der Golfer die Runde, so als hätte

nicht er, sondern die anderen sich verspätet, ließ den Blick kurz durch den Raum kreisen und begab sich dann zum Tisch, schüttelte Heinz und Ley mit routinierter Freundlichkeit die Hände und setzte sich zu ihnen. Löhr hatte den Eindruck, auch diesen Mann schon einmal gesehen zu haben, konnte ihn allerdings nirgends zuordnen.

»Olli hat die Regeln ausgemacht. Alle damit einverstanden?«, fragte der Golfer, ohne dass es wie eine echte Frage klang. Heinz und Ley nickten.

»Dann schlage ich vor, dass jetzt jeder zeigt, dass er frisch ist, das Geld wird dann sicher deponiert – und dann können wir von mir aus anfangen. Okay?«

Ley kramte einen dicken Packen Hunderteuroscheine aus seinem Blouson, auch Heinz griff in das Innere seines Jacketts und beförderte zu Löhrs Erstaunen einen ebenso dicken Packen Hunderter hervor. Woher hatte er auf einmal das Geld? Der Golfer bemühte sich nicht selbst, dafür trat sein Aufpasser an den Tisch und legte ebenfalls einen fast zehn Zentimeter dicken Packen Hunderter auf den Tisch.

»So. Dann bleibt jetzt nur noch die Frage, wie für die Sicherheit der Einsätze garantiert wird.« Der Golfer drehte sich halb um und sah Olli an. Doch der schob bloß sein Kinn Richtung Fingerabschneider.

»Der Laden hier hat einen Tresor«, sagte der.

Der Golfer lachte. »Der Laden hier? Nein! Das ist keine Garantie.«

»War bisher immer so üblich«, entgegnete der Fingerabschneider.

»Bisher vielleicht. Aber bei den Einsätzen, um die es hier geht, ist mir das zu riskant.«

»Was schlagen Sie vor?«, fragte der Fingerabschneider.

»Dass für die Spieldauer 'ne neutrale Partei die Einsätze in Verwahrung nimmt.«

»Okay«, sagte der Fingerabschneider. »Das ist Olli.«

»Nein, Olli ist nicht neutral. Dafür habt ihr zu viel zusammen in der Röhre.«

Ein paar Sekunden herrschte Schweigen, dann sagte Olli: »Was soll das Theater? Die Kohle bleibt einfach während des Spiels auf dem Tisch.«

»Nein.« Die Stimme des Golfers wurde messerscharf. »Bin ich nicht mit einverstanden. Zumindest mein Geld will ich in Sicherheit haben.«

Dieser Typ, dachte Löhr, trägt sein übersteigertes Selbstbewusstsein nicht nur nach Feierabend spazieren, der scheint auch sonst gewohnt zu sein, dass man tut, was er sagt.

Wieder herrschte ein paar Sekunden Schweigen, und wieder war es Olli, der es brach.

»Der Einzige, der hier neutral ist, ist der Jakob.« Sein kantiges Kinn reckte sich Richtung Löhr.

»Wer ist das?« Der Golfer sah kurz zu Löhr, richtete seine Frage aber an Olli.

»Ein Neffe von Heinz – und ein Bulle.«

Der Blick des Golfers wanderte von Olli zu Heinz und wurde dabei noch kälter und abschätzender, als er ohnehin schon war.

»Was für 'n Bulle?« Die Frage galt nicht Löhr, sondern Olli, obwohl der Golfer Löhr anstarrte.

»Kripo. Einbruch.«

Der Golfer starrte Löhr weiter an. Schließlich sagte er, dabei seinen Blick wieder von Löhr abwendend: »Einverstanden. Aber nicht, weil er ein Bulle, sondern weil er der Neffe von Heinz ist.«

9.

Olli hatte im Lila Kakadu für den Geldpacken des Golfers eine Aldi-Plastiktüte aufgetrieben. Mit der in der Hand war Löhr zu Fuß vom Friesenwall nach Hause gegangen. Warum sollte er sich in einem öden Raum eine halbe Nacht um die Ohren schlagen, auf einem harten Stuhl sitzen und einem Kartenspiel zuschauen, von dem er rein gar nichts verstand und das ihn bis auf den Umstand, dass Heinz mit von der Partie war, nicht die Bohne interessierte? Sicher, er hatte es übernommen, an diesem Abend auf Heinz aufzupassen. Aber nachdem klar war, dass Fingerabschneider nun auf Heinz' Seite stand: Hätte es einen besseren Aufpasser geben können als ihn? Er war also im Lila Kakadu völlig überflüssig.

Olli hatte ihm gesagt, dass die Runde erfahrungsgemäß mindestens fünf, sechs Stunden dauern würde und der Golfer nicht darauf bestehe, dass er mit dem Einsatz am Ort des Spiels bleibe. Auch Ollis Auftraggeber hätten sicher keine Bedenken, wenn er die Kohle für die Dauer des Spiels bei sich bunkere.

Nachdem er zu Hause angekommen war, legte Löhr die Al di-Tüte in seinen Ohrensessel und sich nebenan auf die Couch. In dem Augenblick, in dem er sich ausstreckte, bemerkte er erst, wie müde er war. Er war den ganzen Tag ohne Pause auf den Beinen gewesen. Außerdem machte ihm sein Nacken zu schaffen. Jede Drehung des Kopfes über einen bestimmten Winkel hinaus verursachte einen jähen, stechenden Schmerz, der seine Wirbelsäule in beide Richtungen durchfuhr, einmal bis hinauf in sein Hirn und gleichzeitig hinunter bis zum Hintern.

Er kramte in der Hosentasche nach dem Röhrchen mit den Tabletten, das die Schwester ihm gestern Morgen mitgegeben hatte. Es waren noch drei drin. Eine für heute Abend und die beiden anderen für morgen. Während er noch überlegte, wie er es anstellen sollte, jetzt aufzustehen, in die Küche zu gehen und sich ein Glas Wasser zum Einnehmen der Pille einzuschenken, war er eingenickt.

Der Schmerz ließ ihn bald wieder aufwachen. Löhr schaute auf die Uhr. Es war halb neun. Er hatte keine zwanzig Minuten gedöst. Schwerfällig und steif, weil er versuchte, seinen Nacken dabei nicht zu drehen, stand er auf, ging in die Küche und schluckte die erste seiner drei Pillen. Dabei fiel ihm ein, dass er bis auf die beiden Tassen Tee am Morgen den ganzen Tag noch nichts zu sich genommen, weder etwas gegessen noch etwas getrunken hatte. Im Kühlschrank brauchte er gar nicht erst nachzuschauen, der war schon vor seinem kleinen Unfall leer gewesen.

Als er eine Viertelstunde später an dem von den üblichen Rauchschwaden der Zocker umhüllten Tresen der Germaniaschänke stand und bei Georgi ein Kölsch und die Speisekarte geordert hatte, musste er an die Aldi-Tüte denken und fand jetzt seine Idee, sie in seiner Wohnung gelassen zu haben, nicht mehr so gut. Als er von zu Hause aufbrach, war es ihm zu lästig erschienen, mit so viel Bargeld – und dann noch in einer lächerlichen Plastiktüte – herumzulaufen. Jetzt wiederum erschien es ihm lästig, den Umweg über zu Hause machen zu müssen, wenn der Anruf aus dem Lila Kakadu kam. Er trank sein Kölsch, bestellte bei Georgi Bifteki und wog das Für und Wider, wo das Geld des Golfers am besten aufgehoben sei, noch hin und her, als plötzlich Bluna neben ihm stand.

»Hallo, Jakob. Wie geht es?«

Sie sah ihn mit einem freundlichen, aber keineswegs vertraulichen oder anbiedernden Lächeln an. Das erleichterte Löhr und bestätigte seinen Eindruck vom Frühstück, dass sie keine Erwartungen aus der Geschichte der vergangenen Nacht ableitete.

»Es geht so, und selbst?«

»Hach!«, machte Bluna und ließ sich auf den Barhocker neben ihm sinken. »Ich musste bis gerade arbeiten und brauch jetzt nur noch Kölsch, Kölsch, Kölsch …«

»Ein ziemlich anspruchsloses Bedürfnis in einer kölschen Kneipe«, grinste Löhr.

»Ach – du meinst also, ich wär anspruchslos?« Bluna zwinkerte ihm herausfordernd zu, und Löhr konnte beobachten, wie sie sich dabei ein ganz klein wenig streckte und welch frappierende Wirkung diese kleine Streckung auf ihr wie immer freizügiges Dekolleté hatte.

»Da würd ich mir ja wohl selbst ein schlechtes Zeugnis mit ausstellen, oder?«, blinzelte Löhr ebenso herausfordernd zurück.

»Eben«, sagte Bluna bloß und stürzte das Kölsch, das Georgi ihr inzwischen hingestellt hatte, mit einem einzigen Schluck hinunter.

Georgi hatte offenbar Erfahrung mit Blunas Feierabenddurst und baute augenblicklich ein zweites Kölsch vor ihr auf.

»Wenn du nicht hier gewesen wärst«, sagte Bluna, nachdem sie auch das zweite Glas zur Hälfte geleert hatte, »hätte ich dich heute Abend vielleicht mal angerufen ...«

»Vielleicht?«

»Wer weiß, es kann ja immer mal was dazwischenkommen.« Sie machte eine weite, sämtliche potenziellen Abenteuer umfassende Geste und leerte ihr zweites Kölsch.

Löhr hatte voller Bewunderung beobachtet, wie Bluna das Kölschglas zum Mund hob und mit wenigen Schlucken leer trank. Dabei war sein Blick auf ihren Hals gefallen und von dort, ohne dass er etwas dagegen unternehmen konnte, weiter hinunter zu ihrem Dekolleté geglitten. Unter der Anstrengung des Trinkens spannte ihre zitronengelbe Bluse noch ein wenig mehr, und die Konturen, die sich dabei zeigten, ließen bei Löhr den Gedanken entstehen, dass er das, was diesen Konturen zugrunde lag, bisher eigentlich viel zu oberflächlich erforscht hatte.

Die Bifteki waren eiskalt, als Löhr sie aus der Alufolie schälte, in die Georgi sie verpackt hatte, bevor er und Bluna zwar nicht überstürzt, aber doch recht zügig die Germaniaschänke verlassen hatten. Bluna musste es ähnlich wie Löhr angesichts der Erinnerung an die vergangene Nacht und des zurückliegenden frühen Morgens gegangen sein. Warum, philosophierte Löhr, während er die kalten Hackfleischbällchen mit der neben ihm im Bett liegenden Bluna teilte, gibt es gewisse Erlebnisse im menschlichen Zusammensein, in die das Bedürfnis nach ihrer Wiederholung von vornherein eingepflanzt scheint? Liegt das daran, dass diese Erlebnisse in sich unvollständig oder unvollendet sind, oder wird mit ihnen einfach eine Art Sucht in Gang gesetzt, die nach ständiger Wiederkehr verlangt? Die letzte Möglichkeit konnte er für sich ausschließen. Er hatte, nachdem sie sich am Morgen verabschiedet hatten, kein einziges Mal an Bluna denken müssen, jedenfalls nicht in einer irgendwie begehrlichen Weise. Das war auch früher bei Irmgard eigentlich nie der Fall gewesen, auch nicht in der Zeit, in der sie sich in jener Hinsicht noch sehr nahe gewesen waren.

»Es ist und bleibt ein Rätsel«, seufzte Löhr leise für sich.

»Die Frauen?«, fragte Bluna und schob Löhr mit ihrer nackten Schulter ein wenig zur Seite, um besser an den Bifteki-Teller zu kommen.

»Nein, du«, antwortete Löhr höflich.

»Das will ich doch hoffen, dass ich ein Rätsel bin«, sagte Bluna kokett, und Löhr wollte etwas ebenso Kokettes erwidern, da zirpte sein Handy. Es befand sich in der Tasche seiner Hose, die auf dem Bettende lag. Er musste, um daranzukommen, über Bluna hinwegkrabbeln. Als er dabei mit seinem Bauch ihren Hintern berührte und spürte, wie sich die winzigen Härchen ihrer beiden Hautoberflächen für Sekundenbruchteile flüchtig ineinander verhakten und dadurch eine ganz leichte elektrische Reaktion entstand, ahnte er, dass er der Lösung des vorhin aufgeworfenen Rätsels ganz nahe war. Doch das ungeduldige Gezirp des Handys übertönte diese Ahnung. Als er auf das Display schaute, war sie bereits aus seinem Gedächtnis gelöscht. Ursula war am Apparat.

Um Himmels willen! Hatte er die Nachtwache bei seiner Mutter vergessen? Löhr sah auf seine Uhr. Er hatte noch eine halbe Stunde Zeit. Es war erst halb zehn. Er nahm das Gespräch an.

»Sie ist eben gestorben«, sagte Ursula mit dumpfer, kaum wiederzuerkennender Stimme.

Für einen Augenblick glaubte Löhr, sein Herzschlag und sein Atem setzten aus. Als er sicher war, dass er weiteratmete und sein Herz weiterschlug, sagte er: »Ich bin so schnell wie möglich da. Muss nur noch eine Kleinigkeit erledigen.«

Bluna hatte mitbekommen, dass etwas Ernstes passiert sein musste, und sah Löhr schweigend zu, wie er sich anzog. Er war ihr dankbar, dass sie ihm keine Frage stellte und es ihm überließ, ob und was er ihr erklärte. Er räusperte sich, um sich zu vergewissern, dass ihn beim Sprechen nicht die Tränen überkamen, dann sagte er:

»Ich muss ins Krankenhaus. Meine Mutter ist gestorben.« Und dann kamen ihm doch die Tränen, und er drehte sich um und stürmte aus Blunas Wohnung.

Aus irgendeinem Grund funktionierte das Flurlicht im Haus in der Mozartstraße nicht. Löhr hetzte im Dunkeln bis zu seiner Wohnung im zweiten Stock hoch. Als er den Schlüssel ins Schloss schieben wollte und sich die Wohnungstür allein schon durch diesen Druck bewegte, ahnte er, warum das Flurlicht nicht funktioniert hatte. Die Wohnungstür war offen.

Er schaltete das Licht im Flur an und konnte darauf mit einem Blick erkennen, dass das Schloss professionell aufgebohrt worden war. Instinktiv berührte er es nicht und fasste auch bei seinem Gang in die Wohnung nichts weiter an. Als er sah, dass die Aldi-Tüte nicht mehr da war, wo er sie hingestellt hatte, und sich mit allerhöchster Wahrscheinlichkeit auch sonst nirgends in der Wohnung finden lassen würde, wurde ihm klar, dass diese Vorsichtsmaßnahmen überflüssig waren. Diesen Einbruch würde er seinen Kollegen vom KK72 sicher nicht melden.

10.

An der Ecke Hohenstaufenring und Beethovenstraße erwischte er ein Taxi, das allerdings in der falschen Richtung unterwegs war. Löhr nannte dem Fahrer sein Ziel und sagte, er habe es eilig. Der Fahrer, ein junger Mann mit orientalischem Teint und Akzent, nickte, teilte Löhr beiläufig mit, er solle sich anschnallen, setzte auf dem Ring fast fünfzig Meter zurück, sodass er, ein Stoppschild missachtend, auf die andere Spur wechseln konnte, und stieg dann derart aufs Gas, dass es Löhr in den Sitz presste. Die nächste Ampel war rot, und jetzt erst kam Löhr dazu, sein Handy aus der Hosentasche zu kramen. Er wählte Heinz' Nummer, die er sich von ihm hatte geben lassen, bevor er den Lila Kakadu verließ. Es dauerte eine Ewigkeit, bis Heinz dranging.

»Ich spiele noch!«, bellte er ins Handy.

»Ich kann nicht kommen.«

»Was erzählst du?«

»Ich muss ins Krankenhaus. Meine Mutter …«

»Dann bring vorher die Kohle vorbei!«

»Geht nicht. Hab's eilig.«

Löhr drückte die Verbindung weg. Er wusste nicht, ob es klug war, sein Nichterscheinen anzukündigen, rechnete sich aber einen kleinen Vorsprung aus, wenn die anderen wussten, dass es einen bestimmten Grund dafür gab. Wenn überhaupt, würde es aber nur ein winzig kleiner Vorsprung sein. Vielleicht würden sie nicht sofort anfangen, nach ihm zu suchen. Aber ihn suchen würden sie noch in dieser Nacht, und er hatte jetzt vielleicht noch eine oder anderthalb Stunden Zeit, sich zu überlegen, ob er sich irgendwo verstecken oder besser in die Offensive gehen und ihnen sagen sollte, was passiert war.

Sämtliche Ampeln auf den Ringen waren auf Rot geschaltet, wahrscheinlich um den nächtlichen Auftrieb des Freitagabend-Autokorsos gar nicht erst ins Rollen kommen zu lassen. Der Taxifahrer hob ein paarmal verzweifelt die Hände vom Lenker.

Bereits an der zweiten roten Ampel war Löhr klar, dass es keine Option war, sich zu verstecken. Wenn er eine Chance hatte, dann die, den Fingerabschneider und seine Hinterleute davon zu überzeugen, dass er mit dem Einbruch nichts zu tun hatte, er Opfer von Dieben geworden war und dass es für alle Beteiligten das Beste sei, sich gemeinsam auf die Suche nach ihnen zu begeben.

Vom Hansaring bog der Fahrer in die Kyotostraße ein und hatte von da an freie Fahrt bis zum Marienhospital. Er musste zwanzig Meter vom beleuchteten Eingang des Krankenhauses entfernt halten, weil davor ein Notarztwagen mit geöffneten Türen stand. Löhr zahlte, stieg aus und ging auf den Haupteingang zu. Er war fünf Meter von dem Notarztwagen entfernt, als er wie aus dem Nichts von links das Fauchen eines großvolumigen Motors auf sich zukommen hörte.

Erschrocken sprang er zurück. Eine halbe Sekunde später befand sich die Schnauze des schwarzen 7er BMW, der ihn und Heinz zum Lila Kakadu gebracht hatte, zwischen ihm und dem Notarztwagen. Wäre er nicht zurückgesprungen, hätte ihm der Kühler die Hüfte zerschmettert.

Die hintere Tür des BMW klappte auf. Der Fingerabschneider steckte seinen Kopf heraus, grinste Löhr an und zog sich dann wieder ins Wageninnere zurück. Löhr wusste, dass es keinen Sinn haben würde, mit ihm zu verhandeln, aber er musste es einfach versuchen. Mit leicht zittrigen Knien ging er einen Schritt auf den Wagen zu. Er musste sich an der geöffneten Tür festhalten, als er sich hinunterbeugte. Fingerabschneider saß mit auf den Knien abgestützten Händen im Fond und sah ihn mit der Gelassenheit eines Mannes an, der genau weiß, was in der nächsten Viertelstunde passieren wird.

»Es dauert zehn Minuten«, sagte Löhr. »Ich möchte mich von meiner Mutter verabschieden. Sie ist vor einer Dreiviertelstunde gestorben.«

Der Fingerabschneider antwortete nicht gleich. Löhr konnte seiner Miene nicht entnehmen, ob er sich überlegte, auf seine Bitte einzugehen, oder ob er sie einfach ignorierte. Während

Löhr wartete, wurde ihm plötzlich klar, an wen Fingerabschneider ihn erinnerte. Einen Augenblick stockte sein Atem. Aber im selben Augenblick wurde ihm auch bewusst, dass es nur eine Ähnlichkeit sein konnte.

»Nein«, sagte der Fingerabschneider schließlich leise und sanft, und es klang so, als bedauere er seine Antwort. »Diese Sache geht vor. Tut mir leid. Steigen Sie bitte ein.«

Löhr warf einen Blick in den vorderen Raum des Wagens. Neben dem Fahrer – es war derselbe, der sie von der Germaniaschänke abgeholt hatte – saß ein weiterer, ebenso unzweideutiger Typ wie der Fahrer und der Fingerabschneider. Löhr hätte es im allergünstigsten Fall bis zum Eingang des Krankenhauses geschafft. Er stieg ein und zog die Wagentür zu.

»Mir brauchen Sie nichts zu erklären«, sagte der Fingerabschneider, noch bevor Löhr irgendein Wort gesagt hatte. »Es ist nicht mein Geld. Ich bringe Sie jetzt zu dem Mann, dem es gehört. Dem können Sie erzählen, warum Sie damit verschwinden wollen.«

»Ich will nicht damit verschwinden.«

»Dann ist ja alles in Ordnung.« Der Fingerabschneider streckte seine Hand aus.

»Ich habe es nicht mehr.«

»Sehen Sie. Genau so etwas haben wir uns auch gedacht.« Weder Fingerabschneiders Miene noch seiner Stimme war die Spur einer Erregung anzumerken.

»Da Sie das Geld vermissen, gehe ich davon aus, dass dieser Golfer seine Partie verloren hat?«

»Ja. Er weiß es nur noch nicht. Sie spielen noch.«

»Und Heinz?«

»Was soll mit ihm sein?«

»Ich meine, ist er durch diese – nun ja, neuen Umstände irgendwie betroffen?«

»Nicht, wenn er damit nichts zu tun hat.«

Löhr atmete einige Male tief ein und dann lange aus, um seinen Kreislauf wieder einigermaßen zur Ruhe zu bringen und seine Gedanken zumindest notdürftig zu sortieren.

»Das Geld war in meiner Wohnung«, sagte er schließlich. »Ich war höchstens zwei Stunden weg. Als ich zurückkam, war die Wohnung aufgebrochen. Das kann kein Zufall gewesen sein, das muss jemand gewesen sein, der wusste, dass ich das Geld habe.«

Der Fingerabschneider nickte eine Weile bedächtig, bevor er antwortete. »Wenn es so war.«

»Sie glauben nicht, dass jemand eingebrochen ist?«

Der Fingerabschneider deutete ein Schulterzucken an. Löhr schwieg und sah durch die abgedunkelten Wagenfenster, dass sie von der Gladbacher Straße auf den Zubringer zur A57 fuhren.

»Wie haben Sie mich eigentlich so schnell gefunden?«, fragte Löhr.

Der Fingerabschneider grinste. »Sie haben Ihr Handy benutzt.«

»Aber so was zu orten, da braucht selbst die Polizei Stunden für ...«

»Eben. Die Polizei ...!«, murmelte Fingerabschneider verächtlich. Als wenn ihn das auf eine Idee gebracht hätte, kramte er sein eigenes Handy aus der Manteltasche, tippte eine Kurzwahlnummer ein und führte ein knappes Telefonat in einer Sprache, die Löhr nicht verstand, aber als Albanisch glaubte identifizieren zu können, weil er im KK72 schon einige Male albanische Straftäter mit Hilfe von Dolmetschern hatte verhören müssen.

Fingerabschneider steckte das Handy in seinen Mantel zurück und verfiel in Schweigen, und Löhr hörte die nächsten zehn Minuten nichts als das gleichmäßige, tiefe Summen des Motors, das selbst dann nicht lauter wurde, als der Wagen auf der A57 hinter dem Abzweig zur A1 innerhalb weniger Sekunden auf hundertachtzig beschleunigte.

Während dieser zehn Minuten träumte Löhr mit offenen Augen. Er sah seinen Freund Büb vor sich, neben dem er vier Jahre die Bank in der Volksschule und anschließend noch weitere drei Jahre die in der Realschule gedrückt hatte. Bis sie Büb das erste Mal abholten. Er sah Büb vor sich im Café Saint-Tropez auf dem Eigelstein sitzen, die dunklen Haar zurückgekämmt, den schmalen schwarzen Schlips locker um den weißen Hemdkragen geknotet, schwarze Röhrenhosen, weiße Socken, braune Slipper. Mit fünfzehn hatte Büb schon das erste Jahr Jugendknast hinter sich. Da sah er aus wie achtzehn, wie ein abgebrühter achtzehnjähriger Gangster, dessen dünnes sardonisches Lächeln ihm auch in der brenzligsten Situation nicht abhandenkam. Es war Büb, an den der Fingerabschneider ihn erinnerte.

In Dormagen bogen sie von der Autobahn ab, fuhren eine Weile in südlicher Richtung über eine Landstraße und hielten schließlich vor einem unscheinbaren Zweifamilienhaus in einer der unscheinbaren Schlafsiedlungen im Nordwesten von Köln, die früher einmal Dörfer gewesen waren. Der Fingerabschneider stieg aus und bedeutete Löhr, ihm zu folgen. Die beiden anderen blieben im Wagen.

Das Haus, dem sie sich näherten, hatte eine schlichte Klinkerfassade von undefinierbarer Farbe, hinter keinem der kleinen Fenster brannte Licht. Der mit einem schmalen Dach versehene Eingang wurde durch das trübe Licht einer Außenleuchte notdürftig erhellt, an der Klingel kein Namensschild. Irgendjemand öffnete von innen die Haustür, ohne dass der Fingerabschneider geklingelt hatte. Als sie eintraten, war der Türöffner schon wieder verschwunden.

Die Durchschnittlichkeit des Äußeren setzte sich im Inneren des Hauses fort. Sie gingen einen langen, kahlen, mit Natursteinen gefliesten Flur entlang, in dem sich außer einem Spiegel und einer Garderobe nichts befand. Löhr hörte hinter sich die Haustür ins Schloss fallen. Er drehte sich um, aber wieder war niemand zu sehen. Mit dem Zufallen der Tür umfing sie eine merkwürdige Stille, ähnlich wie in einem Tonstudio mit schallgedämpften Wänden. Das Geräusch, das ihre Schritte auf dem Steinfußboden eigentlich hätte verursachen müssen, wurde fast vollständig geschluckt. Löhr bekam das beklemmende Gefühl, vollkommen von der Außenwelt abgeschnitten zu sein.

Vom Flur gingen vier Türen ab. Vor der letzten, am Kopfende des Flurs, blieb der Fingerabschneider stehen. Löhr bemerkte neben der Tür zwei Paar schwarze, auf Hochglanz polierte Schuhe. Fingerabschneider war seinem Blick gefolgt und nickte in Richtung von Löhrs Füßen. Sie zogen beide gleichzeitig ihre Schuhe aus. Dann klopfte der Fingerabschneider, und obwohl Löhr keine Reaktion von jenseits der Tür gehört hatte, drückte er die Klinke herunter.

Sie betraten einen nur spärlich von zwei oder drei Stehlampen beleuchteten Raum, der vollständig mit dunkelroten Orientteppichen ausgelegt war. Nicht nur der Boden war mit drei oder vier übereinanderliegenden Teppichen bedeckt, auch an drei der vier Wände hingen Teppiche und an Messingstangen befestigte Gobelins. Vor das Fenster in der vierten Wand waren schwere rote Vorhänge gezogen. Durch einen kleinen Spalt konnte Löhr erkennen, dass dahinter die Jalousien heruntergelassen waren. Als er auf Socken die ersten Schritte in den Raum machte, musste Löhr an Ali Babas Höhle denken.

Doch die beiden Männer, die gegenüber der Tür auf dicken Kissen an einem niedrigen langen Tisch saßen, glichen keineswegs jenen bärtigen orientalischen Räubern, die Löhr mit seiner Erinnerung an die Geschichten aus Tausendundeiner Nacht in Verbindung brachte. Der Mann an der Mitte des Tischs, der hier augenscheinlich der Boss war und Löhr aufmerksam entgegenblickte, wirkte eher wie die balkanesische Variante eines Gordon Gekko. Vielleicht Ende fünfzig, straff zurückgekämmte grau melierte Haare, ein scharf geschnittenes Gesicht, dunkler Teint. Der Mann konnte ebenso Finanzjongleur wie Kommandeur eines Killerkommandos im Kosovo-Krieg sein.

Der Mann neben ihm war entschieden jünger und vom Typ eher einer wie der Fingerabschneider oder der Fahrer des BMW. Doch im Unterschied zu jenen trugen diese beiden Herren dunkle Anzüge und weiße Hemden – allerdings keine Krawatten.

Nachdem der Boss seine wortlose Musterung Löhrs beendet hatte, nickte er Fingerabschneider zu. Der setzte sich darauf im Schneidersitz dorthin, wo er gerade stand, dem Tisch der beiden

Männer gegenüber, und bedeutete Löhr ebenfalls mit einem Nicken, es ihm gleichzutun.

»Sie sind Polizist?«, fragte der Graumelierte in einem Deutsch, dem man nicht anhören konnte, dass es wahrscheinlich nicht seine Muttersprache war.

Löhr nickte.

»Und da lassen Sie sich bestehlen?« Fingerabschneider schien ihn also bereits informiert zu haben.

»Ich habe die Tüte mit dem Geld in meiner Wohnung deponiert«, antwortete Löhr. »Woher sollte ich wissen, dass mich jemand, der offenbar wusste, was in der Tüte ist, verfolgt und dann abwartet, bis ich mal für zwei Stunden die Wohnung verlasse?«

»Das ist Ihre Variante.«

»Es ist die einzig plausible. Außer der natürlich, dass Sie sich selbst das Geld gegriffen haben.«

Ein feines Lächeln deutete sich um die dünnen Lippen des Graumelierten an, man hätte es als ein Zeichen von Anerkennung deuten können. »Es ergibt keinen Sinn, wenn ich mich selbst bestehle.«

»Zu diesem Zeitpunkt gehörte das Geld noch nicht Ihnen, sondern diesem Golfer.«

»Nur noch theoretisch. Außerdem spielt das jetzt, wo es mir auch praktisch gehört«, er warf einen kurzen Seitenblick auf den Typ neben ihm, der nickte kurz, »keine Rolle mehr.«

Das Pokerspiel im Lila Kakadu schien also inzwischen beendet zu sein.

»Gut«, sagte Löhr, »aber dann wissen Sie doch zumindest, wer außer den beteiligten Spielern sonst noch davon wusste, dass ich das Geld in Verwahrung hatte.«

Der Graumelierte schüttelte unwillig den Kopf. »Versuchen Sie nicht, die Sache umzudrehen und mir irgendetwas zuzuschieben. Erkennen Sie einfach die Fakten an. Sie schulden mir hundertfünfzigtausend Euro. Warum Sie die kassiert haben, ist mir vollkommen egal – ob Sie sie selbst eingesteckt haben und meinen, bei uns mit der Einbruchstour durchzukommen, oder ob Sie mit dem Golfer unter einer Decke stecken oder was da sonst läuft, das interessiert mich alles nicht.« Er machte eine kleine Kunstpause, um dem darauffolgenden Satz Gewicht zu verleihen: »Geben Sie mir mein Geld.«

Er streckte langsam seine Rechte mit der Handfläche noch oben in Richtung Löhr aus.

Löhr hatte zum zweiten Mal an diesem Abend das Gefühl, den Boden unter den Füßen zu verlieren.

»Ich habe das Geld nicht«, brachte er mit einem tonlosen Krächzen hervor.

Der Graumelierte pumpte ein klein wenig Luft in seine Lungen und fixierte Löhr mit beinahe physisch spürbarer Aufmerksamkeit. Der Typ neben ihm griff in die Seitentasche seines Jacketts; Löhr glaubte, er befördere eine Kanone daraus hervor. Doch es war nur ein schwarzer dünner Stahldraht. Während der Typ mit dem Stahldraht zu spielen begann, ihn mal um die rechte, dann um die linke Hand wickelte und ein bisschen dabei anzog, nahm der Graumelierte seine Hand, die bisher, ohne zu zittern, in der Luft gestanden hatte, langsam wieder herunter und sagte so ruhig, wie er die ganze Zeit über gesprochen hatte: »Ich glaube Ihnen nicht.«

»Das ist nicht nett von Ihnen«, sagte Löhr.

Der andere lächelte. »Ich habe das von Ihrer Mutter gehört. In unserem Land verehren wir unsere Mütter. Deshalb denke ich«, fuhr er im gleichen verbindlichen Ton fort, »sollten Sie noch eine Chance bekommen. Sie haben achtundvierzig Stunden Zeit, mir mein Geld wiederzubeschaffen. Liegt es dann nicht hier auf dem Tisch, muss ich Sie als denjenigen betrachten, der es mir gestohlen hat.«

11.

Er versuchte es auf der linken, dann auf der rechten Seite, auf dem Bauch, auf dem Rücken, mal in Embryonalhaltung, mal ausgestreckt. Aber es gelang ihm einfach nicht, einzuschlafen. Er hielt die Augen fest geschlossen, doch die Bilder des vergangenen Tages flatterten wie ein Schwarm aufgeschreckter Vögel immer wieder hoch, lösten sich voneinander, bliesen sich überdimensional vor ihm auf, verblassten, und schon schwirrte das nächste heran: Heinz' Pranke, wie sie nach den Karten griff, das Gesicht Blunas beim Orgasmus, der Stahldraht in den muskulösen Händen des Mannes im Teppichzimmer, die Schnauze des schwarzen BMW fünf Zentimeter vor seinem Bein, das Lächeln des Fingerabschneiders, das dem Lächeln seines Jugendfreundes Büb so verblüffend ähnelte – und immer wieder die bleichen, zur Maske erstarrten Gesichtszüge seiner Mutter. Dann begann sich über die flackernden Bilder wie aus unendlicher Ferne herübergeweht eine kleine leise Melodie in Löhrs innerem Ohr zu entspinnen. Einzelne Wörter kamen hinzu, schließlich halbe, dann ganze Sätze, und mit einem Mal war die Erinnerung an ein Lied seiner Kindheit, eine Strophe aus dem Repertoire seines Liederschatzes aus der Volksschulzeit da. Das »Kunibäätspötzeled«.

Us däm kleine Kunibäätsepötzge
komme all mer ohne Hemb und Mötzge,
jo dä Storch, dä hät uns all gebraht
un hät uns bei d'r Mam do en et Bett eren gelaht.

Als sein Gedächtnis den Text vollständig wiederhergestellt hatte, wurde ihm klar, warum seine Erinnerung ausgerechnet dieses alte Lied heraufspülte. Mit dem »Kunibäätsepötzge« war das Kunibertskloster gemeint, aus dem später das Marienhospital wurde, das viele Kölner immer noch »Kunibertsklösterchen« nannten. Als er vor drei Stunden endlich am Totenbett seiner Mutter gestanden und ihr Gesicht betrachtet hatte, war er sich der Bedeutung des Ortes, an dem er sich befand, nicht bewusst gewesen. Zu heftig wühlte der Schmerz der Trauer ihn auf, als dass er sich darauf hätte besinnen können, dass seine Mutter in ebenjenem »Klösterchen« gestorben war, in dem sie ihn und einige seiner Brüder und seine Schwester zur Welt gebracht hatte.

Nachdem er zum letzten Mal ihre nun kalten Hände gestreichelt hatte, hatte er sich mit seinen ebenfalls am Totenbett versammelten Geschwistern auf den nächsten Tag verabredet und sich vor dem Krankenhaus per Handy ein Taxi gerufen. Während er darauf wartete, verdrängte er mit Gewalt das Bild seiner toten Mutter von seinem inneren Auge und zwang sich, über seine Zukunft nachzudenken und darüber, wie er es anstellen könnte, dass er überhaupt noch eine hatte.

Zukunft, das wusste man nicht nur als Kriminalist, fängt immer in der Vergangenheit an. Warum beispielsweise hatte ihn der Fingerabschneider vorhin hierher zurückgefahren? Sie hätten ihn ja auch da draußen auf den Kappesfeldern im Kölner Umland rausschmeißen können. Da es sich bei solchen Typen nicht um einen Akt der Menschenfreundlichkeit handeln konnte, war daraus nur zu schlussfolgern, dass dem balkanesischen Gordon Gekko wirklich daran gelegen war, dass Löhr sein Geld wieder auftrieb. Und wenn das tatsächlich so war, dann ließ das wiederum den Schluss zu, dass Gekko tatsächlich keinen Schimmer hatte, wer es geklaut hatte.

Das Taxi hatte ihn zum Lila Kakadu gebracht. Die Zockerrunde war aufgelöst, auch Heinz nicht mehr da. Löhr hatte auf die Uhr gesehen. Halb zwei. Möglicherweise fand er Heinz oder Olli noch in der Germaniaschänke. Beim Verlassen des Animierschuppens fiel ihm auf, dass es in der Tür einen Einwegspiegel gab, durch den man hinausschauen konnte, um zu sehen, wer hereingelassen werden wollte. Er hatte kehrtgemacht und eines der Mädchen gefragt, wer hier der Chef sei. Der Chef erwies sich als eine rundliche, zwergenhaft kleine Frau von Mitte fünfzig in einem hochgeschlossenen, knöchellangen dunkelblauen Kleid. Löhr zeigte ihr seinen Dienstausweis und fragte, ob einem der Mädchen vielleicht etwas aufgefallen sei, während er vorhin die Zockerrunde und das Lokal verlassen hatte. Die kleine Frau hatte darauf ihre Damen zu einem Gespräch hinterm Tresen versammelt.

Wenig später erklärte ihm eine Kettenraucherin mit heiserem russischem Akzent, einem Dekolleté, das bis hinab zu ihrem gepiercten Nabel reichte, und einer wallenden roten Perücke von auffälliger Künstlichkeit, sie habe zu dem Zeitpunkt, als Löhr das Lokal verließ, in dem Fauteuil unter dem Spiegel gesessen und auf die Straße hinausgeschaut. Und was habe sie gesehen? Die Frau zog an ihrer Zigarette, als hege sie einen Groll gegen sie, verschluckte den Rauch und blies ihn fast sofort wieder aus.

»Ein Kerl stieg aus einem Auto, das gegenüber geparkt hatte, und ist Ihnen gefolgt.«

»Woran konnten Sie erkennen, dass er mir gefolgt ist?«

»Wie er Sie angeschaut hat. Ich hab 'nen Blick für Ölaugen.«

»Ölaugen?«

»Typen, die einen nur begucken und sich dran aufgeilen wollen. Die sehen einen nie direkt an, gucken an dir vorbei, aber du weißt genau, er schaut dich an. Genau so hat der Typ Sie angeguckt, verstehen Sie?«

»Und was war das für ein Auto, aus dem er ausgestiegen ist?«

Die Frau zückte einen kleinen Zettel und reichte ihn Löhr. Auf dem Zettel war ein Kölner Autokennzeichen notiert.

»He! Was ist das denn? Haben die Zocker Ihnen den Auftrag gegeben, die Autos vor der Tür zu checken?«

Die Frau nahm noch einen wütenden Zug aus ihrer Zigarette, schüttelte den Kopf und sagte durch den ausgestoßenen Rauch hindurch: »Wir haben hier einen Deal mit der Sitte. Dafür, dass wir ihnen Infos über unsere Kunden besorgen, die uns irgendwie krumm vorkommen, drücken sie schon mal ein Auge zu.«

»Aber der Kerl war doch gar kein Kunde?«

Sie steckte sich eine neue Zigarette an, die dritte während ihres zweiminütigen Gesprächs, und wischte mit einer lässigen Handbewegung den Rauch weg. »Seien Sie doch froh, dass ich die Nummer aufgeschrieben habe. Er kam mir halt nicht koscher vor. Und ich mag keine Ölaugen. Vor allem nicht, wenn sie so fett sind wie der.«

Auf dem Nachhauseweg war er an der Germaniaschänke vorbeigelaufen. Georgi hatte die Rollläden heruntergelassen. Löhr legte ein Ohr daran, doch drinnen war nichts zu hören, der Laden schien wirklich dicht zu sein.

Als er zu Hause ankam, stellte er von innen einen Stuhl unter die Klinke der Wohnungstür, damit er nicht während des Schlafes ungebetenen Besuch bekam. Um die Reparatur des Schlosses würde er sich morgen kümmern – falls er Zeit dazu haben würde. Wenn nicht, war's vorläufig auch egal. Seit Irmgard mit ihren Bildern ausgezogen war, gab es nichts mehr in der Wohnung, was sich zu stehlen gelohnt hätte. Es sei denn, jemand war auf seinen Vorrat an Tullamore Dew scharf.

Löhr hatte sich drei Finger hoch eingegossen, aber nur einen mittelkräftigen Schluck genommen. Dann hatte er im elften Kommissariat angerufen und seinen früheren Kollegen Engstfeld dranbekommen, der Stallwache hatte. Engstfeld war erstaunt gewesen, dass Löhr wegen einer Autonummerrecherche ihn und nicht seine Kollegen vom KK72 anrief. Da Löhr ihm schlecht erklären konnte, dass er im KK72 krankfeierte, log er, da ginge im Augenblick niemand dran und die Sache sei dringend.

Zwei Minuten später hatte er den Halter des Autos. Es war eine Bonner Security-Firma mit dem sinnigen Namen All-Protect. Engstfeld gab ihm auch Adresse und Telefonnummer, die Namen des Inhabers und des Geschäftsführers und deren Adresse. Löhr schrieb alles mit, dann rief er die Firmennummer an. Er erreichte nur einen Anrufbeantworter und beschloss, sich ein paar Stunden Schlaf zu gönnen.

Das »Kunibäätspötzeled« in seinem Kopf entfaltete eine beruhigende Wirkung und ließ das hektische Geflatter der Bilder langsam ermatten; Löhr spürte, dass er bald endlich in den Schlaf finden würde. Das Letzte, woran er dachte, bevor er einschlief, war der Stahldraht, mit dem der Typ im Teppichzimmer gespielt hatte. Jetzt erst fiel ihm ein, dass sich an den Enden des Drahtes Lederschlaufen befunden hatten. Ein ideales Gerät, um jemanden von hinten zu erdrosseln. Nannte man so etwas nicht eine Garrotte? Bevor er sich eingehender mit dieser Frage beschäftigen konnte, übermannte ihn dann doch der Schlaf.

Drei Stunden später war er wieder wach. Er schaute auf die Uhr. Es war sieben. Löhr stand auf und schob den Vorhang zur Seite. Das Fenster ging zum Süden, es begann hell zu werden. Er ging ins Bad, danach machte er sich Tee, kramte die Tabletten aus seiner Hosentasche und nahm eine, die vorletzte, eher als prophylaktische Maßnahme, denn sein Nacken war – aus welchem Grund auch immer – während seines kurzen Schlafes fast schmerzfrei geworden. Um halb acht rief er Onkel Heinz an, den Mann, dem er seine Lage zu verdanken hatte. Er musste es achtmal klingeln lassen, bis er Heinz' eingerostete Stimme zu hören bekam. Löhr verzichtete auf Begrüßungsfloskeln:

»Du hast doch ein Auto?«

Als Antwort kam ein Husten, das sich anhörte, als würde ein Beutel voller Steine gegen eine Wand geworfen. Danach konnte Heinz sich einigermaßen verständlich artikulieren:

»Das gehört aber der Trudi.«

»Aber du kannst damit fahren?«

»Ich glaube schon.«

»Auch mit deiner Gipshand?«

»Damit brauch ich nur das Lenkrad zu halten, wenn ich mit rechts schalte ...«

»Gut. Dann stehst du mit dem Auto in genau einer Viertelstunde vor meiner Haustür. Und sorg dafür, dass du dich in den nächsten zwei Tagen als mein Fahrer zur Verfügung hältst.«

»Aber Jakob, ich ...«

Den Rest hörte Löhr nicht mehr, weil er aufgelegt hatte. Er

zog sich an und hatte schon die Wohnungstür mit dem nutzlosen Schloss in der Hand, da machte er noch einmal kehrt. Er ging ins Schlafzimmer, öffnete den Kleiderschrank und zog die Schublade eines verborgenen Fachs auf. Darin befand sich seine Dienstwaffe, eine Heckler & Koch P30 nebst Schulterhalfter und vollem Ersatzmagazin. In seiner ganzen Dienstzeit hatte er die Waffe nie benutzt und nur ein einziges Mal getragen. Das war vor neun Jahren bei einem Einsatz der halben KK 11-Mannschaft gegen die Türsteher-Mafia gewesen.

Löhr zog sein Jackett aus, legte das Schulterhalfter an, schob die Pistole hinein, zog das Jackett wieder an und steckte das Ersatzmagazin in die Jackentasche. Seit seiner Ausbildung war er nicht mehr beim Schießtraining gewesen, aber, dachte er trotzig, als er die Treppe hinunterging, er würde sich schon noch daran erinnern, wie man mit so einem Ding umging, bevor ihm jemand eine Garrotte um den Hals legte.

12.

Trudis Fiesta war uralt und alles andere als vertrauenerweckend. Heinz' Fahrkünste waren es ebenso wenig. Und das lag nicht nur an dem Handicap seiner eingegipsten Linken. Doch Löhr war froh, Auto und Fahrer zur Verfügung zu haben. Mit dem Autofahren hatte er es ähnlich gehalten wie mit dem Schießen. Solange er für die wenigen Male, die er ein Auto brauchte, jemanden fand, der ihn fuhr, sah er nicht die Notwendigkeit, einen Führerschein zu erwerben. Doch seitdem er nicht mehr im KK 11 arbeitete und seinen Kollegen Esser nicht mehr zur Verfügung hatte, glaubte er manchmal, Schlimmes zu erahnen. Es erinnerte sich daran, wie es ihm seinerzeit mit dem Handy gegangen war, als er aus pragmatischen Erwägungen seine grundsätzlichen weltanschaulichen Einwände hatte hintanstellen müssen. Und so wie die Welt sich derzeit entwickelte, stand zu befürchten, dass ihm Ähnliches auch noch in Bezug aufs Autofahren bevorstand. Heinz und Trudis Fiesta waren schließlich nicht unsterblich.

Er hatte Heinz die Adresse der All-Protect in Bonn genannt und klärte ihn, während sie die Bonner Straße stadtauswärts fuhren, in groben Zügen darüber auf, was geschehen war. Details über seine Zwangslage – das enge Zeitlimit, das der Balkan-Gekko ihm gesetzt hatte und die offenkundige Drohung mit der Garrotte – ließ er weg. Wer wusste, wie Heinz reagieren würde, wenn man ihn in Panik versetzte.

»Aber bin ich denn jetzt raus aus dem Brand bei denen?«, fragte Heinz, während er den Fiesta durch den Verteilerkreisel Richtung Autobahn steuerte.

Offenbar ist der Kerl nicht imstande, andere als seine eigenen Probleme wahrzunehmen, dachte Löhr. Laut sagte er, da er ein banges Zittern in Onkel Heinz' Stimme gehört zu haben meinte: »Das hat dieser Oberboss mir gesagt: Du bist raus – falls du nicht selbst dahintersteckst.«

»Ich und selbst dahinterstecken!« Heinz hatte zu seiner gewohnten polternden Lautstärke zurückgefunden. »Wie soll ich das denn anstellen? Ich hab die ganze Zeit in dem Püffchen gesessen und gespielt! Bin noch nicht mal zum Klo gegangen zwischendurch.«

»Eben«, antwortete Löhr. »Deshalb kannst du dich auch beruhigen.«

Sie schwiegen eine Weile, die Löhr nutzte, um darüber nachzudenken, was der Mann von All-Protect, der ihm gestern Abend gefolgt sein sollte, mit dem Diebstahl des Geldes zu tun haben konnte. Wenn es stimmte, was die künstliche Rothaarige aus dem Lila Kakadu gesagt hatte – warum war er ihm überhaupt gefolgt? Es gab nur einen einzigen plausiblen Grund: wegen des Geldes in der Aldi-Tüte. Woran sich als nächste Frage anschloss: Wie konnte der Mann gewusst haben, dass das Geld in der Aldi-Tüte war? Löhr musste hoffen, dass ihm irgendjemand bei der All-Protect diese Frage würde beantworten können. Ob er damit aber dem Geld näher kommen würde, war die nächste offene Frage.

Nachdem sie am Bonner Nordkreuz die Autobahn verlassen hatten, fanden sie mit Hilfe eines zerfledderten alten Stadtplans aus dem Handschuhfach des Fiesta den Weg zu All-Protect.

Die Firma residierte in einem protzigen vierstöckigen Glas-Beton-Bau hinter dem Poppelsdorfer Schloss auf der Meckenheimer Allee. Sämtliche Parkplätze vor dem Eingang des Gebäudes leer. Klar, es war Samstag. Die gläserne Eingangstür war geschlossen.

Löhr trat einen Schritt beiseite, um das mit einem stilisierten Fernglas versehene Firmenschild der All-Protect neben der Tür zu studieren. »Bürozeiten Montag bis Freitag von 9 bis 18 Uhr, Samstag 10 bis 15 Uhr«, las er und sah auf seine Uhr. Es war Viertel nach acht. Er setzte seinen Daumen auf den Klingelknopf unter dem Firmenschild und blickte gleichzeitig durch die Glastür. Die Halle dahinter war aus dunkelgrauem Granit und menschenleer, der ebenfalls granitverkleidete Empfangstresen nicht besetzt. Löhr hielt den Daumen auf dem Klingelknopf. Heinz, dem er gesagt hatte, er solle im Wagen bleiben, machte aus dem Autoinnern fragende Gesten. Löhr winkte beruhigend mit der Linken ab und hielt den rechten Daumen weiter auf der Klingel. Er ließ erst los, als er auf der anderen Seite der Glastür einen schwarz uniformierten Nachtwächter mit schief sitzender Schirmmütze heranschlurfen sah. Unwillig schloss er die Tür auf und streckte seinen Kopf heraus.

»Ist noch zu!«

Löhr schob einen Fuß in den Türspalt und hielt dem Mann seinen Dienstausweis unter die Nase. »Löhr. Kripo Köln. Ich muss den Geschäftsführer sprechen. Sofort!«

Ein Telefongespräch und zwanzig Minuten später saß Löhr im fußballfeldgroßen Büro des Geschäftsführers der All-Protect, einem braun gebrannten, kurz geschorenen drahtigen Mittvierziger, an dessen behaartem linkem Handgelenk eine tellergroße Uhr hing – der Typ sah aus, als käme er gerade von einem Söldnereinsatz im Kongo statt vom Rasenmähen, wie er Löhr bei der Begrüßung berichtete. Löhr hatte ihm die Geschichte erzählt, die er sich während der Fahrt über die Autobahn zurechtgelegt hatte. Nämlich dass er im Rahmen einer verdeckten Ermittlung gegen einen illegalen Buchmacher gestern Abend bei der Pokerrunde im Lila Kakadu die Rolle eines Aufpassers übernommen habe und dabei durch Zufall darauf gestoßen sei, dass ein Agent der All-Protect auch auf diese Runde beziehungsweise auf jemanden aus dieser Runde angesetzt gewesen sei. Und jetzt wolle er gerne erfahren, aus welchem Anlass. Den Teil mit der Geldtüte und dass sie aus seiner Wohnung gestohlen worden war, hatte er weggelassen. Erstens wollte er in Erfahrung bringen, ob die Security-Leute selbst etwas über den Diebstahl wussten und, wenn ja, was. Zweitens hätte er in diesem Part der Geschichte eine in den Augen eines Sicherheitsmannes nicht eben bewunderungswürdige Rolle gespielt.

Spelmann, so hieß der Geschäftsführer, hatte seinen Computer hochgefahren und dann mit ein paar Klicks herausgefunden, dass gestern tatsächlich ein Mitarbeiter der All-Protect damit beauftragt gewesen war, einen Kunden namens Oliver Mertens rund um eine Pokerpartie zu bewachen, an der Mertens habe teilnehmen wollen. Ob es möglich sei, jetzt mit diesem Mitarbeiter zu sprechen, hatte Löhr höflich gefragt. Natürlich, hatte der Geschäftsführer ebenso höflich geantwortet und zum Telefon gegriffen.

»Setzen wir uns doch an den Besprechungstisch.« Spelmann stand vom Schreibtisch auf und ging mit Löhr, der bisher davor gestanden hatte, zu einem mit schweren schwarzen Ledersesseln umlagerten niedrigen Tisch.

»Ach«, sagte er auf dem Weg, »haben Sie vielleicht ein Kärtchen von Ihrer Dienststelle, Herr Löhr – falls wir Ihnen später noch irgendwie behilflich sein können?«

Da Löhr mit so etwas gerechnet hatte, hatte er sich zu Hause Essers Visitenkarten eingesteckt, reichte Spelmann jetzt eine davon und machte sich gleichzeitig eine Gedächtnisnotiz, Esser bei nächster Gelegenheit über die kleine Gefälligkeit zu informieren, die er ihm gegebenenfalls erweisen könnte. »Tut mir leid, meine sind mir ausgegangen. Hier, das ist die meines Kollegen, wir sitzen im Präsidium im selben Büro.«

Spelmann nahm die Visitenkarte an sich, ohne einen Blick darauf zu werfen, und reichte Löhr im Gegenzug seine Karte.

Anschließend sprachen sie zwanzig Minuten lang über das Security-Geschäft und den Trend der Besserverdienenden, sich in abgeschlossenen und rundum bewachten Wohnrevieren einzuigeln. Dann erschien der Mann, den der Geschäftsführer vorhin telefonisch herbeordert hatte, und Löhr erkannte auf den ersten Blick, dass er mit der Beschreibung übereinstimmte, die die rothaarige Animierdame ihm gegeben hatte. Klöver, so stellte sich der Bodyguard vor, war ein jüngerer Mann, der dem Begriff »Fettleibigkeit« eine ganz neue Bedeutung verlieh. Mit Mitte dreißig hatte er sich eine beeindruckende Kinnsammlung zugelegt, die bei jedem Schritt und jeder Bewegung zitterte und bebte. Sein Gesichtsausdruck ähnelte dem eines Ferkels mit einer guten Idee. Spelmann stellte ihm Löhr vor und erklärte, worum es ging, dann erteilte er Löhr mit einer kurzen Handbewegung die Erlaubnis, seinen Agenten zu befragen.

»Setzen Sie sich doch!«, begann Löhr freundlich und wies auf einen der schwarzen Ledersessel.

Klöver nickte, und Löhr konnte beobachten, dass er der Aufforderung nur ungern nachkam, weil er offenbar wusste, dass die Tiefe des Sessels seinem kolossalen Umfang Schwierigkeiten bereiten würde. In der Tat musste er seine kurzen Beinchen weit spreizen, um sich und seinen Bauch auf der Vorderkante des Sessels überhaupt positionieren zu können.

»Der Mann, auf den Sie gestern Abend aufzupassen hatten, Oliver Mertens – halten Sie es für möglich, dass die anderen in der Runde ihn den ›Golfer‹ genannt haben?«

Klöver nickte wieder, seine Kinne gerieten in ein sanftes Schwanken. »Das ist möglich. Herr Mertens spielt leidenschaftlich gern Golf. Er ist eines der Gründungsmitglieder vom Golfklub Gut Finkenhof in Pulheim.«

»Sie kennen ihn näher?«

»Ich habe ihn im Auftrag der Firma schon mehrere Male begleitet.«

»Herr Mertens ist im Vorstand der Rhein-Bank und nimmt seit fast zwei Jahren regelmäßig die Dienste unserer Firma in Anspruch«, mischte sich Spelmann ein.

»Aber gestern Abend, das war doch wohl kein Dienstgeschäft, in dem Herr Mertens unterwegs war?«, fragte Löhr.

Klöver schüttelte den Kopf, was seine Kinnsammlung in eine überraschend andere Bewegung versetzte als die, die das Nicken bisher verursacht hatte. »Es kommt auch öfter vor, dass ich oder ein Kollege Herrn Mertens privat begleiten.«

»Was auch privat mit Herrn Mertens abgerechnet wird«, beeilte sich Spelmann zu sagen.

Löhr machte eine gleichgültige Handbewegung. »Ich bin nicht vom Finanzamt.« An Klöver gewandt fragte er: »Was genau war Ihre Aufgabe gestern Abend? Herrn Mertens zu beschützen?«

»Nein. Ich sollte nur auf sein Geld aufpassen.«

»Wie wollten Sie das machen, wenn Sie nicht mit im Hinterzimmer des Lila Kakadu dabei waren?«

»Herr Mertens hatte mich instruiert, dass er während des Spiels das Geld in keinem Fall in dem Lokal lassen wollte. Er traute seinen Mitspielern nicht.«

»Verstehe«, sagte Löhr gedehnt. »Sie haben also vor dem Lila Kakadu gewartet …«

»Genau. Bis Sie mit dem Geld herauskamen.«

»Ach?«, machte Spelmann überrascht.

»Ich gelte in der Runde inzwischen als eine Vertrauensperson«, erklärte Löhr. Und zu Klöver sagte er: »Woher konnten Sie wissen, dass ich es war, der das Geld bei sich hatte?«

»Ich hatte einen Sender zwischen die Geldpacken geklebt.«

»Schlau. Deswegen hatte Mertens auch kein Problem, mir das Geld anzuvertrauen?«

»Richtig.«

»Da brauchten Sie mir also nur zu folgen?«

»Genau.«

»Erzählen Sie!«

»Ich bin hinter Ihnen hergelaufen. Bis in die Mozartstraße. Dort sind Sie dann mit dem Geld in Ihre Wohnung gegangen.«

»Woher wussten Sie, dass ich dort wohne?«

»Herr Mertens hatte mich über Handy über Ihre Person aufgeklärt – die anderen Daten kamen von unserer Zentrale.«

Löhr schaute kurz zu Spelmann hinüber, der hob nur leicht eine Augenbraue.

»Na schön«, sagte Löhr. »Und wie ging es weiter?«

»Wie, weiter?«, fragte das Vielfachkinn und weitete dabei seine kleinen hellblauen Schweinsäuglein erstaunt.

»Was ist passiert, während Sie da vor meiner Wohnung standen?«

»Gar nichts. Ich habe bis null Uhr dreißig dort gewartet. Dann erhielt ich einen Anruf von Herrn Mertens, der mir mitteilte, dass sich die Angelegenheit erledigt hätte und ich Feierabend machen könnte. Und das habe ich dann auch getan.«

»Sie haben also bis halb eins vor meiner Wohnung gestanden?«

»Ja.«

»Und nicht darauf gewartet, dass ich wieder herunterkomme und das Geld zurück in den Lila Kakadu bringe?«

»Nein. Das hatte sich ja nach dem Anruf erledigt.«

Löhr sagte darauf nicht sofort etwas. Seine Stimme hätte vielleicht sein Erstaunen und seine Ungläubigkeit verraten.

»So«, räusperte er sich schließlich. »Und Sie waren sicher, dass es Herrn Mertens' Stimme war beziehungsweise dass er nicht unter Druck stand, als er mit Ihnen sprach?«

»Ja, natürlich. Er klang ganz normal. Wieso? Ist irgendetwas passiert?«

»Nein, nein …« Löhr räusperte sich noch einmal kurz, um seine Stimme unter Kontrolle halten zu können. »Es ist alles in bester Ordnung.«

13.

Auf der Rückfahrt beantwortete er Heinz' Fragen, wie es gelaufen sei und was er herausgefunden hatte, so knapp wie möglich. Er sagte ihm, der Golfer hätte tatsächlich einen Bodyguard beauftragt, um auf sein Geld aufzupassen, der hätte aber auch keine Ahnung, wo es geblieben sei, den Einbruch und den Diebstahl hätte der überhaupt nicht mitbekommen, der fette Volltrottel. Dass der fette Volltrottel ihn so dreist belogen hatte, erwähnte er nicht. Denn es war sicher klüger, Heinz aus dem Plan, der gerade in ihm reifte, herauszuhalten.

Als sie zurück in Köln waren und über die Bonner Straße wieder stadteinwärts fuhren, stand sein Plan fest. Er ließ sich von Heinz vor seiner Wohnung absetzen und sagte ihm, er solle sich zur Verfügung halten und entsprechend bis zum Abend die Finger vom Alkohol lassen.

In seiner Wohnung hatte sich nichts verändert. Damit das auch in Zukunft so blieb, rief er als Erstes einen Schlüsseldienst an und fragte, was es koste, noch heute Vormittag ein neues Schloss in seine Wohnungstür einzubauen. Nachdem er die Antwort erhalten hatte, hängte er ohne ein weiteres Wort ein. Beim sechsten Schlüsseldienst, den er anrief, gab er auf.

Während er auf den Monteur wartete, rief er vom Telefon auf seinem Sekretär die Nummer an, die der Fingerabschneider ihm auf einen Zettel geschrieben hatte, nachdem er ihn gestern Nacht zurück zum Kunibertskloster gefahren hatte.

»Ja?«, bellte eine Stimme, der das Attribut »unfreundlich« geschmeichelt hätte.

»Löhr. Sie erinnern sich?«

»Ja.« Die Stimme wurde nicht freundlicher.

»Ich bin einen Schritt weiter.«

»Und?«

»Können wir darüber sprechen?«

»Warum?«

»Es wird Sie interessieren.«

»Haben Sie das Geld?«

»Noch nicht. Aber ich habe eine Ahnung, wer es haben könnte.«

»Dann holen Sie es.«

»Dazu brauche ich möglicherweise Ihre Hilfe.«

»Meine Hilfe?« Zum unfreundlichen kam ein vollkommen ungläubiger Ton.

»Können wir uns treffen?«

Die Stimme klang überhaupt nicht mehr. Löhr glaubte, der andere habe aufgelegt, und rief ein paarmal »Hallo?« in den Lautsprecher. Er wollte gerade auflegen, da sagte die Stimme: »Wann?«

»In einer Stunde?«

»Und wo?«

Löhr nannte ein Café auf der Flandrischen Straße, in dem sich ab mittags Schachspieler trafen. Er wusste, dass es gegen elf Uhr morgens schon geöffnet hatte, aber dann noch nicht sonderlich frequentiert sein würde.

»Okay«, sagte die Stimme und klang wieder ebenso unfreundlich wie am Anfang des Gesprächs.

Danach machte sich Löhr einen Tee, kehrte damit zurück zum Sekretär, und während er das heiße Getränk in vorsichtigen Schlucken zu sich nahm, tippte er die nächste Telefonnummer. Es war die private Nummer seines Kollegen Heiner Fischenich. Fischenich arbeitete im für Wirtschaftsdelikte zuständigen KK 31 und hatte mit Löhr in einer Reihe seiner Fälle zusammengearbeitet. Fischenich war auch bei Löhrs Ermittlungen gegen Klenk beteiligt gewesen – allerdings nur in inoffizieller, beratender Funktion. Das war der Grund dafür, dass er im Unterschied zu Löhr noch in seinem alten Job saß.

»Löhr? Wissen Sie, wie viel Uhr es ist?«

»Soweit ich das durch mein Fenster sehen kann, ist die Sonne noch nicht untergegangen.«

»Es ist zehn Uhr morgens. Samstagmorgens, Löhr, mein Gott!«

»Deswegen rufe ich so spät an. Wollte Sie ausschlafen lassen.«

Ein unwilliges und von einer Hustenattacke untermaltes Stöhnen erklang. Löhr wartete nicht ab, bis es vorbei war: »Ich stecke ein bisschen in der Klemme. Privat. Und da könnte ich vielleicht Ihre Hilfe gebrauchen …«

»Privat?«

»Ja. Privat. Wenn wir uns treffen, erzähle ich es Ihnen.«

»Brauchen Sie Geld?«

»Um Himmels willen, Fischenich! Wenn ich Geld brauchte, würde ich doch keinen mit einem Beamtengehalt anrufen! – Nein, Sie müssten für mich eigentlich bloß mal einen Blick in Ihre Datenbestände werfen …«

Daraufhin hörte Löhr zum zweiten Mal an diesem Vormittag ein paar Sekunden lang gar nichts, nicht einmal mehr ein Stöhnen.

»Wissen Sie denn auch, was heute für ein Tag ist?«, meldete sich Fischenich nach einer Zeitspanne, die Löhr wie mindestens zwei Stunden vorgekommen war.

»Samstag?«

»Richtig. Und zwar Ostersamstag!«

»Oh ja?« Mehr fiel Löhr dazu nicht ein. Wieder sekundenlanges Schweigen in der Leitung.

»Um was geht's, Löhr?«, fragte Fischenich schließlich in einem Ton, der dem Adjektiv »unwillig« eine Löhr bisher unbekannte Dimension verlieh.

»Wenn Sie vielleicht zufällig über die Feiertage mal einen Blick in Ihren Bürocomputer werfen …«

»Was ich noch nie an einem Feiertag getan habe und mit Sicherheit auch dieses Ostern nicht tun werde.«

»… dann wäre ich Ihnen sehr verbunden, wenn Sie mal nachschauten, ob Sie darin etwas über eine in Bonn ansässige Firma namens All-Protect finden könnten …«

»Was haben Sie wieder ausgefressen, Löhr?«, stöhnte Fischenich, ohne eine Antwort zu erwarten. »Geben Sie mir mal Ihre Handynummer …«

Die auffälligste Neuerung, die das Café Marlène in der letzten Zeit erfahren hatte, war die Einrichtung einer Raucherabteilung. Offensichtlich hatte man dazu aber nicht den allerbesten Innenarchitekten verpflichten können. Das Raucherkabinett klebte in der linken Ecke des Cafés wie ein aus ein paar Brettern flüchtig zurechtgezimmertes Hühnerhaus, so als habe es mit dem Rest des Raumes nichts zu schaffen. Zwar war es mit einer Tür damit verbunden, auch gab es zum Caféraum zwei Fenster, aber die Menschen, die hinter den Fensterscheiben an ihren Tischen saßen, sahen aus, als befänden sie sich in einer Raumkapsel oder einem Aquarium.

Offenbar gab es an diesem Samstagmorgen nur Raucher im Café, denn der Nichtraucherbereich mit seiner Reihe von Mahagonitischen, an denen sonst Schach gespielt wurde, war leer. Bis auf den einen, an dem der Fingerabschneider saß und Löhr mit seiner gewohnt gelassenen und trotz des eingefrorenen Dauerlächelns ausdruckslosen Miene entgegenblickte. In dem Augenblick, in dem Löhr sich zu ihm setzte, trat eine Kellnerin an den Tisch.

»Was darf's sein?«

»Mineralwasser«, sagte Löhr.

»Und für dich noch mal das Gleiche, Rino?«, fragte die Kellnerin. Der Fingerabschneider nickte, die Kellnerin räumte ein leeres Colaglas vom Tisch, entfernte sich und machte sich hinter dem Tresen zu schaffen.

»Sie sind öfters hier, Rino?«, fragte Löhr.

»Mein Vorname ist Rinor«, antwortete der Fingerabschneider und betonte dabei rollend das letzte »r«, »nicht Rino. Aber die da lernt das nicht mehr.«

»Und Sie sind öfter hier, Rinor?«, wiederholte Löhr seine Frage.

»Zum Schachspielen, ab und zu.«

»Ich spiele hier auch ab und zu eine Partie. Komisch, dass ich Sie noch nie hier gesehen habe.«

Der Fingerabschneider fixierte Löhr. »Was gibt es? Sie sind fast zehn Minuten zu spät.«

»Ich musste noch auf den Monteur warten, der ein neues Schloss in meine Wohnungstür eingebaut hat.«

Der Fingerabschneider reagierte darauf nicht. Seine Miene blieb unbewegt, und wenn sie überhaupt etwas signalisierte, dann war es stoische Gelassenheit. Es war die gleiche Miene, die auch Büb zeitlebens zur Schau getragen hatte. Büb stammte aus der kaputtesten Familie, die Löhr während seiner Kindheit kennengelernt hatte. Bübs Vater kam höchstens einmal im Monat vorbei, um Bübs Mutter windelweich zu prügeln und nach den zwei oder drei Fünfzigmarkscheinen zu suchen, die sie blöderweise immer wieder in den gleichen Dosen im Küchenschrank versteckte. Wenn es wieder so weit war, verzog Büb sich zu den Löhrs und wurde da von Löhrs Mutter mit einer Extraportion dicker Bohnen mit Bauchspeck, Bübs Lieblingsspeise, bekocht. Dicke Bohnen mit Bauchspeck waren die Basis von Bübs Freundschaft mit Löhr.

Löhr erzählte Fingerabschneider von seiner morgendlichen Begegnung mit den Security-Männern Spelmann und Klöver, davon, dass das Schwabbelkinn ihn ganz offensichtlich belogen hatte und deshalb anzunehmen war, dass er irgendetwas mit dem Diebstahl zu tun hatte.

»Sie glauben, dass ausgerechnet derjenige, der von Mertens den Auftrag hatte, auf sein Geld aufzupassen, es geklaut hat?«

»Es wäre nicht das erste Mal auf der Welt, dass so etwas geschieht.«

»Er hat Sie belogen, weil sein Chef dabei war. Er wollte keinen Fehler zugeben. Vielleicht ist es ihm gestern Abend langweilig geworden, und er war einen heben oder wegstecken.«

»Nein!« Löhr schüttelte den Kopf. »Er hat die ganze Zeit vor meiner Tür gewartet. Und als ich die Wohnung verließ, hat er einen zweiten Mann nach oben geschickt.«

»Wie kommen Sie jetzt auf den zweiten Mann?«

»Wenn Sie den Typen gesehen hätten, würden Sie diese Frage nicht stellen. Er ist zu fett, um sich nach einem Schlüsselloch zu bücken. Keine Ahnung, wie er seine eigene Haustür aufbekommt.«

»Okay«, sagte der Fingerabschneider gedehnt. »Wenn das stimmt, was Sie denken, woher konnten die Typen wissen, dass Sie die Wohnung verlassen und die Kohle drinlassen? Mit so was Idiotischem rechnet doch kein Mensch!«

»Da haben Sie recht«, seufzte Löhr. »Sie konnten nicht damit rechnen. Aber nachdem ich das Haus verlassen hatte, hat der Sender im Geldpacken weiter die gleichen Signale gegeben. Das heißt, sie wussten, dass das Geld noch am selben Ort ist.«

Die Kellnerin brachte die Getränke und verschwand wieder hinter ihrem Tresen. Der Fingerabschneider lehnte sich in seinem Stuhl zurück.

»Okay. Das ist also Ihre Geschichte. Und jetzt sagen Sie mir, was ich damit zu tun habe.«

»Rauskriegen, ob sie stimmt.«

Zum ersten Mal sah Löhr den Fingerabschneider lachen. Es war zwar nur eine von einem Zucken des Brustkorbs begleitete Bewegung der Wangenmuskulatur, die sein Dauergrinsen für den Bruchteil einer Sekunde breiter werden ließ, aber es kam einem tatsächlichen Lachen doch schon ziemlich nahe.

»Verstehen Sie, Rinor«, Löhr beugte sich zu dem Mann mit dem zurückgegelten schwarzen Haar, »ich habe nicht den Hauch einer Chance, die Wahrheit aus dem Mann herauszukriegen.«

»Und warum sollte ich das versuchen?«

»Weil das der kürzeste Weg zum Geld ist. Ich bin davon überzeugt, dass dieser Fettsack den Weg kennt.«

»Es ist Ihr Job, das Geld wiederzubeschaffen.«

»Ich weiß. Aber ich denke, so kommt Ihr Boss schneller an das, was ihm gehört.«

Der Fingerabschneider sah Löhr lange an, dann zog er sein Colaglas zu sich und nippte nachdenklich daran.

In der Küche seiner Mutter sah alles so aus, als sei sie nur kurz zum Einkaufen weg. Ihre Schürze hing über einer Stuhllehne, auf dem Spülbrett stand eine umgestülpte Kaffeetasse zum Trocknen, die Untertasse daran gelehnt, so als habe es sich nicht gelohnt, beides in den Schrank zu räumen. Am meisten rührte

Löhr eines ihrer fast durchsichtigen, mit feinen Spitzen umrandeten und immer mit einem Tropfen 4711 getränkten Taschentücher, das sie auf der Fensterbank hatte liegen lassen. Es war sorgfältig gebügelt und gefaltet; offenbar hatte sie es herausgelegt, um es sich vor ihrer Abfahrt zum Krankenhaus in die Handtasche zu stecken. Löhr stiegen die Tränen in die Augen, als er sich vorstellte, wie es bei ihrem letzten Aufenthalt in ihrer Wohnung am Ende dann vielleicht ein wenig hektisch zugegangen sein mochte und sie dann, im Krankenhaus angekommen, traurig feststellte, dass sie ihr Taschentuch vergessen hatte. Nie, soweit Löhr sich zurückzuerinnern vermochte, nie war sie ohne eines ihrer Taschentücher aus dem Haus gegangen. Bis auf dieses eine, das letzte Mal.

Auch seine Geschwister mussten sich die Tränen aus den Augen wischen, als sie sich um den Küchentisch setzten, um die Aufgaben zu verteilen, die nun zu erledigen waren. Robert, der Bauingenieur bei einer städtischen Wohnungsbaugesellschaft, übernahm den Schriftverkehr mit Ämtern und Versicherungen; Robert, der Cellist, der wegen des Todesfalls die Einspielung eines Brahms-Konzertes mit einem Prager Orchester abgebrochen hatte, wollte sich um die Todesanzeigen kümmern; Ursula, die Leiterin eines Kindergartens, hatte schon mit einem Beerdigungsinstitut Kontakt aufgenommen, um das Begräbnis auf Melaten vorzubereiten. Als die Reihe an Bernd, den Ältesten, kam, waren eigentlich alle Aufgaben schon verteilt. Dann kümmere er sich eben um den Kranz, meinte Bernd. Allerdings sei das seiner Erfahrung nach eine kostspielige Angelegenheit – ob man nicht jetzt schon eine gemeinsame Kasse dafür einrichten könne? Das war die Gelegenheit, bei der zum ersten Mal wieder gelacht wurde, denn allen wurde durch Bernds Frage klar, dass seine »Geschäfte« wieder einmal nicht so ganz hundertprozentig liefen. Was sie eigentlich selten getan hatten. Denn Bernds »Geschäfte« bestanden im Wesentlichen aus mal genialen, mal absurden Geschäftsideen. Beiden Ideen-Arten war gemeinsam, dass so gut wie nie etwas aus ihnen wurde und ihr Sinn im Grunde darin bestand, Bernds müßiggängerischen, von staatlichen Stellen nur kärglich finanzierten Lebenswandel eine Rechtfertigung zu verleihen.

Löhr war der Erste in der Runde, der einen Fünfzigeuroschein hervorkramte und in Bernds »Kasse« einzahlte. Er hätte nichts lieber auf der Welt getan, als seiner Trauer nachzugeben, aber angesichts der Dinge, die er noch zu erledigen hatte, um seine Haut zu retten, war er froh, bei der familiären Aufgabenverteilung ungeschoren davongekommen zu sein.

14.

Von der Eintrachtstraße, in der sich die Wohnung seiner Mutter befand, wollte Löhr zu Fuß nach Hause, quer durch die Stadt. Er ging über die Victoriastraße, am Maternushaus vorbei die Kardinal-Frings-Straße hoch, bog schließlich auf in Zeughausstraße ein und folgte ihr, bis sie in die Magnusstraße überging. Er musste durchatmen und überlegen, in welcher Klemme er steckte und ob es zu dem Weg, den er eingeschlagen hatte, vielleicht Alternativen gab. Was wäre zum Beispiel, wenn er sich mit der Geschichte an einen seiner Vorgesetzten wenden würde? – Das Problem fing schon damit an, dass er niemandem von ihnen zutraute, gelassen und einigermaßen distanziert damit umzugehen. Wie auch? Gab es einen Polizeibeamten auf der Welt, der kapieren würde, wie sich ein Kriminalpolizist mit Anfang fünfzig darauf einlassen konnte, bei einem illegalen Glücksspiel den Geldboten zu spielen? Wie er dann auch noch so dämlich sein konnte, sich das Geld stehlen zu lassen? Und warum er immer noch nicht aus der Geschichte ausgestiegen war, als eine kriminelle Buchmacher Mafia anfing, ihn unter Druck zu setzen? Und welcher Teufel ihn schließlich geritten haben mochte, einen dieser Kriminellen darum zu bitten, jemanden auf einen bloßen Verdacht hin mal so eben ein bisschen zu foltern?

Als das Wort »foltern« durch seinen Kopf ging, blieb er stehen. Autobremsen quietschten, und ein Lastwagen kam anderthalb Meter vor ihm zum Stehen. Beim Überqueren der Magnusstraße hatte Löhr das Rot einer Fußgängerampel übersehen.

»Du häss Ruuut, du Blinder! Häste kein Augen im Kopp, du Blödmann?« Der Fahrer streckte seinen Kopf aus dem Fenster und tippte sich gegen die hochrote Stirn. Löhr hob entschuldigend die Hand und musste im selben Augenblick zur Seite springen, um zu verhindern, dass sie ihm vom nächsten Auto aus der Gegenrichtung abgerissen wurde.

Aber wahrscheinlich würde es gar nicht nötig sein, beruhigte er sich beim Weitergehen auf dem Bürgersteig des Hohenzollernrings, dass Rinor, der Fingerabschneider, dem Wabbelkinn wehtun musste. Der brauchte ihm nur seine Gartenschere zu zeigen, dann würde Wabbel schon zu singen anfangen. Beim Auftauchen des Begriffs »Gartenschere« in seinem Gedankenstrom musste er wieder stehen bleiben. Diesmal wäre er nicht mit einem Lastwagen, sondern – was irgendwie auf das Gleiche hinauslief – mit seiner Cousine Mechthild zusammengeprallt, Mechthild, die ihm schon vor zwei Tagen am Kunibertsklösterchen über den Weg gelaufen war.

»Hach, Jakob«, hechelte sie, »tut mir leid. Hab's schon gehört mit eurer Mutter, herzliches Beileid.«

»Danke«, sagte Löhr und hätte sich am liebsten vor dem zu erwartenden Redeschwall seiner plauderfreudigen Cousine die Ohren verstopft.

»Ich hoffe, sie hat nicht so sehr gelitten, Jakob, aber als ich das letzte Mal bei ihr war, du weißt, da sind wir uns begegnet vor St. Kunibert, also als ich sie da besucht habe im Krankenhaus, da war sie schon ohne Bewusstsein, und ich denke, wenn einer ohne Bewusstsein ist, dann kann er so viel auch nicht mehr leiden, oder was meinst du?«

»Wer weiß«, sagte Löhr.

»Genau. Wer weiß. Wer weiß, ob es nicht auch eine Erlösung für sie war, oder?«

»Möglich«, sagte Löhr.

»Wegen der Beerdigung kriegen wir ja noch Bescheid, oder, Jakob? Ich hoffe nur, dass der Wilfried dazukommen kann, der kann sich nämlich jetzt in seiner neuen Position nicht mehr so oft freinehmen wie früher ...«

Wilfried war der Mann von Mechthild, ein Physiker, der eigentlich an der Uni hatte Karriere machen wollen, den Mechthild aber, nachdem ihr das zu lange dauerte, dazu genötigt hatte, zur Industrie zu wechseln, weil es da mehr zu verdienen gab.

»Wo ich gerade den Wilfried erwähne«, plapperte seine Cousine ohne Rücksicht auf die abweisende Miene Löhrs weiter. »Das war der, über den ich letztens mit dir sprechen wollte. Aber da hattest du ja keine Zeit, und deswegen ...«

»Ich habe auch jetzt keine Zeit und …«, holte Löhr Luft. Aber er war chancenlos. Cousine Mechthild, nun nicht mehr nur auf ihre verbale, sondern auch auf ihre physische Überzeugungskraft bauend, näherte ihr sommersprossiges Gesicht dem Löhrs auf eine jegliche Peinlichkeitsschwelle souverän ignorierende Distanz. Gleichzeitig umklammerte sie seine Oberarme.

»Es ist wichtig, Jakob!«, flüsterte sie. »Es geht um mein Glück. Mein Eheglück, wenn du verstehst …«

Löhr wollte sich aus dem Klammergriff seiner überwältigend nach einem zweifellos teuren Parfum duftenden Cousine befreien, aber sie ließ nicht los, sondern starrte ihn aus ihren grünen Katzenaugen herausfordernd an: »Du verstehst, was ich meine?«

»Ehrlich gesagt, nein«, erwiderte Löhr, während es ihm irgendwie gelang, sich aus ihrer Umklammerung zu befreien.

»Aber Jakob! Du hast doch schon anderen aus unserer Familie geholfen, als so 'ne Art Privatdetektiv! Erinner dich doch nur an die Schwangerschaft von der Waltraud!«

»Ich hab im Moment keine einzige Sekunde Zeit, Mechthild. Wirklich nicht!«

»Ich kenn das, Jakob. Geht mir oft genug genauso. Aber das ändert sich auch wieder. Und dann sprechen wir uns noch mal, ja? Versprochen, Jakob?«

Löhr nickte erschöpft.

»Na siehste! Und sehen tun wir uns ja spätestens auf der Beerdigung. Bis dahin mach et jot, Jakob. Und halt die Ohren steif, das wird schon wieder …«

Normalerweise hätte Löhr nach einer solchen Begegnung unbedingt einer Stärkung aus seiner Tullamore-Dew-Flasche bedurft. Diesmal wollte er sich mit einem Kölsch in der Germaniaschänke begnügen, denn die Erinnerung an Rinors Gartenschere, der Onkel Heinz' kleiner Finger zum Opfer gefallen war, hatte eine mittelstarke Mitleidswelle bei ihm ausgelöst. Behandelte er den alten Mann nicht ein bisschen zu hart nach all dem, was er durchgemacht hatte? Eigentlich war es Zeit für ein versöhnendes, ausgleichendes Wort – schließlich war Onkel Heinz nur bedingt selbst verantwortlich für seinen Schlamassel.

Heinz saß an einem der Tische und spielte Klammerjass mit Alex und einem anderen, einem Pferdewetter, dessen Namen Löhr nicht kannte. Heinz hob kurz seine vergipste Linke zum Zeichen, dass er nach der nächsten Partie bereit sei, mit Löhr zu sprechen.

»Ouzo, Jakob?«, fragte Georgi, als Löhr sich an den Tresen setzte.

»Seh ich so schlecht aus?«, entgegnete Löhr.

»Echt scheiße, Mann!«

»Ich bleib trotzdem bei einem Kölsch.«

Löhr war beim zweiten oder dritten Schluck, als Heinz sich einen Barhocker heranzog und sich neben ihn setzte.

»Und?«, frage er.

»Es gibt noch nichts Neues.«

»Gibt es denn überhaupt eine Chance, da noch mal rauszukommen?« Onkel Heinz sah Löhr mit dem Blick eines müden alten Jagdhundes an und drehte das Glas Mineralwasser, das er vom Tisch mitgebracht hatte, in seiner gesunden Rechten. Er hielt sich also an Löhrs Weisung.

»Es gibt immer 'ne Chance, Onkel Heinz. Klar.«

»Das hört sich nicht besonders optimistisch an …«

Löhr meinte, ein banges Zittern in Heinz' Stimme gehört zu haben. »Jetzt mach dir nicht ins Hemd. Ich hab dir schon mal gesagt, dass du raus bist. Das geht jetzt nur noch mich was an.«

»Tut mir leid, Jakob, dass ich dich da reingezogen hab …«, murmelte Heinz.

»Was heißt ›reingezogen‹? Hätte ich dich auf dem Klo da verbluten lassen sollen, als der Typ dir den kleinen Finger abgeschnitten hat?«

»Oh Mann! Wenn ich gewusst hätte, was daraus wird, hätte ich mich überhaupt nicht auf die Sache mit dem kleinen Finger eingelassen«, seufzte Onkel Heinz.

Löhr stellte sein Kölschglas, das er gerade zum Munde führen wollte, ruckartig wieder ab.

»Wie meinst du das: ›auf die Sache mit dem kleinen Finger eingelassen‹?«

»Ich meine, mit den Albanern eingelassen, der Buchmacher-Mafia und so, verstehst du?«

»Nein, nein, nein«, protestierte Löhr. »Du hast gesagt, du hättest dich dann nicht auf die Sache mit dem kleinen Finger eingelassen.«

»Hab ich das gesagt? Weiß ich auch nicht, was ich damit gemeint hab …«

Löhr versuchte, die wässrig blauen Augen von Heinz zu fixieren, aber sie schwammen davon. Onkel Heinz vermochte nicht, seinem Blick standzuhalten.

Löhr umfasste mit seiner Rechten dessen linken Arm oberhalb des Gipses. »Worauf hast du dich eingelassen, Heinz?«

Heinz überließ seinen Arm Löhrs Griff und senkte den Kopf. »Ich weiß, es war ein Fehler«, sagte er leise. »Aber was hätte ich machen sollen? Ich saß bei denen im Schraubstock …«

»Wenn das heißt, dass das bloß eine Show war, dass dieser Typ dir da drüben im Klo den kleinen Finger abgeschnitten hat, dann sag mir das jetzt ins Gesicht!«

Heinz ließ den Kopf noch ein Stückchen weiter hängen, und aus seiner mächtigen Brust entwich ein Seufzer, wie ihn kein sterbender Elefant jemals herzerweichender hätte von sich geben konnen. Löhr ließ seinen Arm los.

»Warum? Wozu?«, fragte er fassungslos.

»Das war die Bedingung, damit ich bei denen aus dem Brand komme …«

»Aber die Bedingung war doch, dass du in das abgekartete Spiel einsteigst?«

»Was nützt ein abgekartetes Spiel, wenn der, um den es geht, nicht einsteigen will?«

Löhr starrte Heinz an. Sein Blick wanderte von dessen Gesicht hinab auf seine auf dem Tresen liegende eingegipste Linke.

»Dein kleiner Finger war also sozusagen die Eintrittskarte für den Golfer?

»Kann man so sagen. Er sollte denken, wem die Typen so was

antun, um ihre Schulden einzutreiben, der kann nicht mit denen unter einer Decke stecken.«

»Verstehe«, sagte Löhr, trank sein Kölsch aus und winkte Georgi mit dem leeren Glas. »Aber der Golfer war doch gar nicht dabei, als das passierte.«

»Was glaubst du, wie schnell sich bei den Zockern so was rumspricht?«

Georgi stellte ein neues Kölsch vor Löhr. Der griff danach, trank aber nicht.

»Und der andere, der dritte Mann, mit dem zusammen du gegen den Golfer gespielt hast, was haben sie dem abgeschnitten?«

»Der war dem Golfer nicht verdächtig. Hat noch nie mit den Albanern zu tun gehabt und entsprechend auch keine Schulden bei denen.«

»Weil der Golfer den Albanern nicht getraut hat, musstet ihr also die Lockvögel spielen?«

Heinz nickte. »Nach der Geschichte mit dem Finger war ich nicht mehr verdächtig, Ley war sowieso unverdächtig, und Olli, der das Ganze eingefädelt hat, hat den Golfer damit aus der Reserve gelockt, dass er ihm gesteckt hat, Ley wär richtig frisch. Und wenn der Golfer sich mit mir absprechen würde, könnte man Ley ganz gepflegt ausnehmen.«

»Dabei war's umgekehrt ...«

Heinz nickte, und Löhr sah, wie er zu seinem frischen Kölsch hinüberschielte.

»Aber der ist doch nicht blind. Spätestens als dieser Fingerabschneider im Lila Kakadu aufgetaucht ist, hätte er doch Verdacht schöpfen müssen.«

Heinz riss seinen sehnsüchtigen Blick von Löhrs Kölsch los. »Nein. Rinor ist neu im Geschäft. Der Golfer kann ihn noch nicht kennen.«

»Rinor! Oho! Ihr duzt euch also schon, dein Gartenscherenfreund und du?«

»Er hat mir vorher versprochen, dass das kein Problem ist, den Finger wieder anzunähen ...« Heinz' Stimme wurde dünn.

»Ich hoffe, er bleibt trotzdem dein Freund.« Löhr erbarmte sich jetzt endlich seines Kölschs, weil dessen Schaumkrone schon beträchtlich gelitten hatte. Heinz' Blick verfolgte jeden seiner Schlucke. Löhr stellte das leere Glas auf die Theke, wischte sich mit dem Handrücken den Mund ab und sagte: »Nix da, Heinz. Du musst noch fahren.«

15.

Wie ein Mittelgebirge zeichnete sich am Horizont vor ihnen der dunkle Schatten der Ville ab. Jemand, der sich hier nicht auskennt, dachte Löhr, muss das für eine natürliche Hügelkette halten und nicht für das, was es wirklich ist: den inzwischen bewaldeten Aushub der Gräber Dutzender Dörfer. Gäbe es nicht überall die Hochspannungsmasten und die ebenfalls am Horizont drohend aufragende Kulisse des Oberaußemer Braunkohlekraftwerks mit seinen riesigen, den Himmel berührenden Wasserdampfsäulen, man hätte glauben können, durch eine frühlingshafte Niederrheinlandschaft zu fahren. Die Sonne schien an einem fast wolkenlosen Himmel, aus jedem Strauch zwitscherten die Vögel, auf den Feldern zu beiden Seiten der Straße spross die Saat, auf den Feldwegen warfen Hundeausführer ihren Kötern Stöckchen, es duftete – nun ja, da die Fenster des Fiesta geschlossen waren, roch es nach Heinz' abgestandenem Zigarettenqualm. Löhr kurbelte sein Fenster herunter und wandte sich an Heinz.

»Bist du sicher, dass wir hier richtig sind?«

»Sicher bin ich sicher. Da vorne ist der Stommelerbusch, und da muss es irgendwo sein.«

»Irgendwo ...«

»Huhnsweg. Muss hier bald irgendwo abgehen, hat dir die Frau doch so erklärt, oder?«

Als er begriffen hatte, was Heinz ihm nach seinem Verplappern in der Germaniaschänke gestanden hatte, war Löhr endgültig klar geworden, dass die Balkan-Typen sich nicht mit kleinen Fischen abgaben. Und zwar auf eine Tour, die nur ein Diplomat als »rustikal« bezeichnet hätte. Löhr hatte es in seiner Berufslaufbahn bisher jedenfalls noch nicht mit solchen Methoden zu tun bekommen. Und da dem Balkan-Gekko der Golfer beziehungsweise dessen Geld offenbar einen dermaßen großen Aufwand wert war, schien es nicht unklug, einmal zu schauen, was den Mann denn so attraktiv für die Buchmacher-Mafia machte, und vielleicht ein wenig mit ihm ins Gespräch zu kommen.

Nachdem er sein Kölsch geleert hatte, ließ Löhr sich von Georgi das Telefonbuch geben und fand darin einen Eintrag unter »Oliver Mertens«. Er rief an, und nach endlosem Klingeln meldete sich eine Frauenstimme mit einem ziemlichen Artikulationsproblem. Nach einem zähen Gespräch hatte Löhr herausgefunden, dass es sich bei der betrunkenen Frau um die Frau des Golfers Oliver Mertens handelte und dass der sich zurzeit auf einem Turnier im Golfklub Gut Finkenhof befand.

»Da ist es!« Heinz' freier Zeigefinger in seiner Gipshand deutete auf ein unscheinbares Schild, das in einen nach rechts abzweigenden Weg wies: »Golfklub Gut Finkenhof«. Sie fuhren den Weg hinunter, kamen an einer vollständig mit wildem Wein zugewucherten Gärtnerei vorbei und steuerten dann auf ein links vom Weg beginnendes, von einer riesigen dichten Hecke umgebenes Grundstück zu. Nach fünfzig Metern teilte sich die Hecke und machte Platz für ein protziges schmiedeeisernes Tor, das von fünf Fahnenmasten flankiert wurde. Löhr bedeutete Heinz, auf den Platz vor einer Art Feldscheune zu fahren, die sich rechts gegenüber der Toreinfahrt befand.

»Warte hier«, sagte er zu ihm. »Ich weiß nicht, wie lange es dauert. Kannst ja ein bisschen spazieren gehen.«

»Spazieren gehen!«, murmelte Heinz abfällig, enthielt sich aber eines weiteren Kommentars. Stattdessen steckte er sich eine Zigarette an und paffte den Rauch demonstrativ so gegen die Windschutzscheibe, dass Löhr, der ihm das Rauchen während der Fahrt verboten hatte, angeekelt die Wagentür öffnete und ausstieg.

Ein paar Meter vor dem Tor befand sich in der Mitte der Einfahrt eine Säule mit einer Gegensprechanlage. Neben einem Knopf mit der Aufschrift »Golfklub« gab es einen mit der Aufschrift »Restaurant«. Löhr drückte auf den »Golfklub«-Knopf, und zwei Sekunden später meldete sich eine säuselnde weibliche Stimme aus der Gegensprechanlage.

»Herzlich willkommen! Was kann ich für Sie tun?«

Offenbar sah die Frau Löhrs untersetzte Gestalt durch eine Videokamera, denn das »Was kann ich für Sie tun?« klang schon wesentlich distanzierter als das »Herzlich willkommen!«.

»Löhr, Kripo Köln«, sagte Löhr in die Gegensprechanlage. »Ich würde gerne mit dem Geschäftsführer sprechen.«

»Gerne!« Jetzt säuselte die Stimme wieder, und die beiden Flügel des schmiedeeisernen Tores öffneten sich geräuschlos.

Löhr ging hindurch und einen asphaltierten Weg entlang, der rechts und links von einer hohen Hecke eingefasst war. Nach ein paar Metern öffnete sich der Blick – zur Linken befand sich ein gut gefüllter Parkplatz, auf dem offenbar die stillschweigende Übereinkunft galt, dass Autos, die weniger als drei Jahresgehälter eines Kriminalkommissars kosteten, hier nichts zu suchen hatten. Auf der anderen Seite sah man über einen künstlich angelegten See, in dem eine Wasserfontäne steil in die Höhe schoss, auf ein lang gestrecktes eingeschossiges Backsteingebäude, dessen Dach von einer Reihe spitzer weißer Gauben geziert war. Dahinter und jenseits des Sees blickte man auf das weitläufige hügelige Gelände des Golfplatzes mit den typischen eingesprengten ovalen Sandlöchern.

Löhr ging am See entlang auf das Backsteingebäude zu, offenbar das Klubgebäude. Ihm erschien alles hier von äußerster Künstlichkeit, nichts an der Golf-Landschaft im Hintergrund wirkte natürlich oder gewachsen. Auch das Klubhaus kam ihm mit seiner frisch gestrichenen Sauberkeit vor wie die Plastikkulisse in einer Filmstadt.

Der Eingang zum Klubhaus befand sich unter einem von Backsteinsäulen getragenen Vorbau. Löhr stieß die weiß lackierte zweiflügelige Tür auf und fand im Inneren des Gebäudes die Fortsetzung des äußeren Pappmaschee-Ambientes. Überall Holzgetäfeltes, Brokat und rote Teppiche, in die man bis zu den Knöcheln versank. Der Innenarchitekt hatte sich offenbar an den Filmkulissen für amerikanische Country-Clubs orientiert. Es gab eine Art Empfangstresen, hinter dem ihm eine Blondine in hellgrauer Uniform erwartungsvoll entgegensah.

»Herr Löhr?«

Löhr erkannte an der piepsigen Säuselstimme, dass es die Frau war, mit der er über die Gegensprechanlage gesprochen hatte. Er nickte.

»Herr Becker, unser Geschäftsführer, ist wegen des Turniers gerade im Gelände. Er bat mich, dass ich Ihnen so lange weiterhelfe.«

»Das ist nett von Ihnen«, entgegnete Löhr verbindlich. »Aber ich denke, ich warte lieber hier auf ihn.«

»Wie Sie wünschen.«

»Wird es lange dauern?«

»Ich befürchte, schon eine Weile …«

Löhr war erleichtert, weil ihm das die Lügengeschichte ersparte, mit der er sein Aufkreuzen hier hätte begründen müssen. Denn direkt nach Mertens zu fragen schien ihm nicht besonders klug.

»Nehmen Sie doch so lange auf unserer Terrasse Platz«, fuhr die Blondine fort und wies durch die ungefähr dreißig Meter lange Halle des Klubs auf eine hohe geöffnete Flügeltür, durch die man auf eine sonnenbeschienene Terrasse blicken konnte.

»Danke«, sagte Löhr und lehnte sich wenige Augenblicke später unter einem gelben Sonnenschirm in einem bequemen Korbsessel zurück. Er bestellte sich ein Mineralwasser und beobachtete abwechselnd die zwar wenigen, dafür umso distinguierteren Gäste auf der Terrasse zu seiner Linken und die Grüppchen von Golfspielern zu seiner Rechten, die in der Tiefe des Geländes ihre Rollwägelchen hinter sich herziehend über das Grün streiften, um alle paar hundert Meter anzuhalten und umständlich mit ihren Schlägern zu hantieren.

Er hatte gehofft, Mertens irgendwo zu entdecken und eine Gelegenheit zu finden, mit ihm ein paar Worte über seine Sicht auf die Ereignisse der vergangenen Nacht zu wechseln. Aber wenn er tatsächlich, wie seine Frau gesagt hatte, irgendwo dort draußen unterwegs war, konnte das lange dauern. Als der ebenso wie die Empfangsdame in einer grauen Uniform steckende

Kellner das Mineralwasser brachte, fragte Löhr leise, um nicht die Aufmerksamkeit der anderen Gäste zu erregen:

»Haben Sie vielleicht eine Ahnung, wo ich auf dieser Wiese da drüben den Herrn Mertens finden könnte?«

»Ich glaube nicht, dass es angeraten wäre«, erwiderte der Kellner mit nur oberflächlich kaschierter Missbilligung in der Stimme, »während eines Turniers als Gast die Fairways zu betreten. Außerdem wäre es gefährlich.«

»Tatsächlich?« Löhr war überrascht.

»Aber wie ich eben meinte gesehen zu haben«, fuhr der Kellner gestelzt fort, ohne sich die Mühe zu machen, Löhr die von ihm heraufbeschworene Gefahr näher zu erläutern, »ist das Rhein-Bank-Team, in dem Herr Mertens spielt, bereits am neunten Loch. Danach wird man zu einem kleinen Mittagsimbiss hier heraufkommen.«

»Danke«, sagte Löhr und bestellte ein Schinken-Käse-Sandwich, das sich auf der Speisekarte des Finkenhof-Restaurants allerdings »Croque Monsieur« nannte. Sein Magen fühlte sich an wie ein sehr tiefes Golf-Loch. Er konnte sich nicht daran erinnern, wann er das letzte Mal etwas gegessen hatte. Nachdem er den reichlich fettigen Toast verschlungen hatte, wollte er sich an den Kellner wenden, um noch einen zu bestellen, als er sah, wie aus dem Klubhaus neue Gäste auf die Terrasse traten, ein Mann Anfang fünfzig und eine Frau um die dreißig. Der Mann war der Mann seiner Cousine Mechthild, Dr. Wilfried Winterberg, und die Frau neben ihm war nicht seine Cousine Mechthild.

Eine halbe Sekunde lang begegneten sich Löhrs Blick und der seines Schwippschwagers Wilfried, doch dann wandte der rasch den Kopf zur Seite und tat so, als habe er seiner Begleiterin etwas Wichtiges mitzuteilen. Anschließend setzten sie sich in die von Löhr am weitesten entfernte Ecke der Terrasse. Mechthild schien also mit ihren Vermutungen richtigzuliegen. Bevor Löhr sich weiter über die Instinkte seiner Cousine Gedanken machen konnte, polterten vier verschwitzte Golfspieler palavernd und sich dabei die Golfhandschuhe von den Händen streifend die Treppe hoch, die vom Gelände zur Terrasse führte. Einer von ihnen war Oliver Mertens. Im Unterschied zu Wilfried gab Mertens sich keine Mühe zu verbergen, dass er Löhr kannte. Im Gegenteil, er wandte sich an einen seiner Mitspieler, in dem Löhr Jens Schreiner, den Chef und Vorstandsvorsitzenden der Rhein-Bank, erkannte, flüsterte ihm etwas zu und kam dann auf Löhr zu.

»Gut, dass Sie herkommen!« Mertens zog sich einen Korbsessel heran und setzte sich dicht neben Löhr. Sein Auftreten und seine Stimme zeugten immer noch von demselben robusten Selbstvertrauen wie in der vergangenen Nacht – bevor ihm die hundertfünfzigtausend Euro abhandenkamen.

»Peinliche Geschichte, das gestern Abend. Ganz schön vertrackt. Tut mir leid, wenn Sie deswegen Schwierigkeiten haben, Löhr. Ich muss mich entschuldigen. Möchten Sie was trinken? Schlückchen Champagner?«

»Danke, nein«, erwiderte Löhr und sah dem Banker in die Augen. »Peinlich?«, fragte er. »Sie bezeichnen das, was gestern passiert ist, als ›peinlich‹?«

»Ja, Gott!« Mertens' Jovialität war unverwüstlich. »Ich hab nicht nur den Fehler gemacht, zu verlieren. Ich hätte bei einer so hochkarätigen Partie nicht ausgerechnet diesen Fettsack auf mein Geld aufpassen lassen dürfen!«

»Sie wissen also, dass das Geld verschwunden ist?«

Mertens lachte, als habe Löhr einen guten Witz gemacht. »Meinen Sie, die Gewinner der Partie von gestern Abend wären so einfühlsam, dass sie mich mit der Nachricht verschont hätten?«

»Nein«, antwortete Löhr, »davon gehe ich eigentlich auch nicht aus. Und Sie sind sicher, dass es allein der Fettsack vermasselt hat? Dass er nicht auf seinem Posten war, als das Geld aus meiner Wohnung gestohlen wurde?«

»Anders kann es doch nicht gewesen sein, stimmt's? Oder haben Sie's vielleicht geklaut?« Wieder lachte Mertens dröhnend und klopfte Löhr auf den linken Oberschenkel.

»Aber wer, denken Sie, könnte der Dieb gewesen sein? Außer mir und Ihrem Bodyguard wusste niemand, wo das Geld war.«

»Was glauben Sie, wie schnell eine Partie von der Größenordnung wie gestern die Runde macht? Das dauert ein, zwei Stunden, nachdem die angesagt wurde, dann wissen alle Zocker in der Stadt Bescheid.«

»Na schön. Aber von da bis zu einem so dreisten Diebstahl ...?«

»Haben Sie eine Ahnung, wie viele linke Vögel in der Szene unterwegs sind? Die würden, ohne mit der Wimper zu zucken, ihre eigene Großmutter kaltmachen, um an die Kohle für das nächste Spiel zu kommen.«

»Und einer von denen ist mir und dem Fettsack aus dem Lila Kakadu gefolgt, hat abgewartet, bis sich zuerst der Fettsack in die Büsche schlägt und ich dann das Haus verlasse, und ist dann eingestiegen?«

»Genau. So stelle ich mir das vor. Was anderes kommt ja kaum in Frage, oder? Sie sind doch der Detektiv!« Wieder lachte Mertens laut, und wieder klopfte er mit seiner Rechten auf Löhrs linken Oberschenkel.

»Aber woher soll der gewusst haben, dass ich das Geld bei mir habe?«

»Das wird dem wahrscheinlich irgendeine Nutte aus dem Lila Kakadu gesteckt haben.«

»Aber von denen war keine im Spielzimmer.«

»Die haben ihre Gucklöcher in dem Puff, seien Sie sicher.«

»Na schön«, sagte Löhr gedehnt. »So könnte es natürlich gewesen sein.«

»Sie trifft keine Schuld, Löhr.« Mertens' Hand tätschelte jetzt Löhrs Oberschenkel.

»Aber was ist mit Ihrer Spielschuld? Wollen Ihre Spielpartner denn nicht Geld sehen?«

»Spielschuld?« Eine Falte ungekünstelter Empörung trat auf die Stirn des Bankers. »Ich hab mein Geld gebracht. Damit, dass es geklaut wurde, habe ich nichts zu tun.«

»Und Ihre Spielpartner sehen das genauso ...«

»Was bleibt denen anderes übrig?«

Mertens erhob sich, warf einen kurzen Blick auf seine Partner, die an einem Tisch in der Nähe von Schwippschwager Wilfried Platz genommen hatten. »Tut mir leid, Löhr. Ich muss mich um meine Mannschaft kümmern. Ihr Verzehr geht selbstverständlich auf mich.«

Jetzt tätschelte Mertens Löhrs Schulter, dann drehte er sich um und ging über die Terrasse zu seinen Mitspielern.

Löhr schaute ihm nach, und jetzt erinnerte er sich daran, wieso ihm Mertens' Gesicht im Lila Kakadu so bekannt vorgekommen war. Er hatte es schon einmal auf einem Foto gesehen, das Mertens und Jens Schreiner zeigte, wie sie Klenk und einem Vertreter der Pietsch-Holding die Hand schüttelten. Es ging, soweit sich Löhr erinnern konnte, um den Vertragsabschluss eines neuen Immobilienprojektes der Pietsch-Holding.

Nachdem er sich auf dem Weg zurück von der grau uniformierten Empfangsdame mit der Bemerkung verabschiedet hatte, er könne nicht länger auf den Geschäftsführer warten und käme ein anderes Mal wieder, fiel ihm noch etwas ein. Er drehte sich noch einmal um und fragte: »Ach, ich sah da gerade auf der Terrasse Herrn Dr. Winterberg. Ist er schon lange Mitglied in Ihrem Klub?«

Die Blondine lächelte verbindlich. »Herr Dr. Winterberg und seine Frau sind seit zwei Jahren unsere Mitglieder.«

»Danke«, sagte Löhr.

»Gerne!«, säuselte die Blondine.

16.

Wie durch Zauberhand öffnete sich das schmiedeeiserne Tor, als Löhr sich ihm auf drei Meter genähert hatte. In dem Augenblick, in dem er es passierte, summte sein Handy. Es war Rinor. Er hatte nur einen Satz für Löhr übrig: »In einer halben Stunde im Café Marlène.« Das war keine Frage, kein Befehl, einfach nur eine Feststellung. Löhr steckte das Handy wieder ein und verdrängte die Vorstellung, dass Fingerabschneiders Befragung des fetten Bodyguards wahrscheinlich ebenso kompromisslos verlaufen war wie dieses Telefonat.

Onkel Heinz stand an den Wagen gelehnt und rauchte beleidigt. Der Kölsch-Entzug schien ihn mitzunehmen. Löhr ignorierte seine herabgezogenen Mundwinkel und stieg einfach ein.

»Wie gut kennst du diesen Golfer eigentlich?«, fragte er, während Heinz den Fiesta ziemlich orientierungslos durch die Felder grob in Richtung Köln steuerte.

»Gott, wie man sich halt so kennt. Mal hier ein Spiel, mal da ein Spiel.«

»Seit wann spielst du denn mit Leuten, die so viel Geld auf den Tisch legen können?«

»Ich mach's ja nicht mehr, ich hör wieder auf damit«, jammerte Heinz. »Ich hab die Schnauze voll davon. Ich spiel nur noch für kleine Maus Klammerjass und wette auf meine Pferdchen.«

»Das ist bestimmt das Beste. Aber du hast meine Frage nicht beantwortet.«

Heinz hatte den Zubringer zur A57 gefunden und konzentrierte sich auf den dichten Autobahnverkehr und tat so, als habe er Löhrs Frage überhört. Löhr stieß ihn an: »Also?«

»Na, seit Olli mir den Kontakt zu den Albanern gemacht hat und ich ein paarmal Glück gehabt habe.«

»Was weißt du über die Albaner?«

»Ich? Was soll ich da groß wissen? Nichts. Da gibt es einen, der nennt sich Armend und der spielt Poker. Olli arrangiert für den ab und zu 'ne Runde. Mehr weiß ich nicht von dem.«

»Und was wird so über die anderen erzählt, über seine Leute?«

»Erzählt! Erzählt wird immer viel.«

»Und was?«

»Gott, dass das eben Buchmacher sind, im Wettgeschäft …«

Heinz hatte endlich eine Auffahrt zur A57 Richtung Köln gefunden. Löhr erinnerte sich daran, dass er zufällig gestern Nacht hier oder ganz in der Nähe schon einmal hin- und zurückgefahren worden war und dass sich seine Situation seitdem nicht erheblich verbessert hatte.

»Und wieso wollte Mertens auf gar keinen Fall mit denen an einem Spieltisch sitzen?«

»Woher soll ich das wissen?«

»Wenn er nichts mit denen zu tun haben will, heißt das doch, dass er sie zumindest kennt.«

»Der Armend ist ein gefährlicher Spieler. Das wissen alle. Gegen den hat selten einer 'ne Chance.«

»Mertens wollte nicht mit den Albanern spielen, weil er Angst hatte, zu verlieren? Das glaube ich nicht. So verhält sich doch kein Spieler. Der glaubt immer, er könnte gewinnen.«

»Wat du all weißt«, murmelte Heinz.

»Du weißt dafür auffällig wenig«, entgegnete Löhr.

»Ich bin eben nur ene kleiner Spieler«, begann Heinz wieder zu jammern.

Löhr kurbelte das Fenster herunter, genoss den weichen Fahrtwind, der schon die sanften Brisen des Sommers ahnen ließ, und stellte sich vor, mit Bluna auf einer sonnigen Waldwiese zu vögeln.

Rinor drehte im Café Marlène eine kurze Kette mit schwarz lackierten, großen Holzperlen in seiner Linken, hob mit der Rechten ein Glas Pfefferminztee an den Mund und sah ihm mit wie immer ausdrucksloser Miene entgegen. Als Löhr sich zu ihm setze, konnte er seinen Blick nicht von Rinors Händen wenden.

Aber es waren absolut saubere Hände, nicht ein einziger Blutspritzer daran. Auch das weiße T-Shirt wies nicht den kleinsten roten Fleck auf.

»Und?«, fragte Löhr, nachdem er bei der Kellnerin einen Espresso bestellt hatte.

»Die Sache ist erledigt«, antwortete der Fingerabschneider. »Sie und Ihr Onkel, ihr seid raus. Könnt in Urlaub fahren.«

»Nein!« Löhr wunderte sich, dass sein »Nein« fast empört klang. Dabei hätte er wirklich allen Grund zur Erleichterung gehabt. »Was ist passiert?«

»Passiert?« Der Fingerabschneider hob die Augenbrauen einen halben Millimeter und sah mit gespielt naivem Erstaunen zu Löhr. »Natürlich ist nichts passiert. Alles ist in bester Ordnung.«

»Und wieso sollten Heinz und ich dann ›raus‹ sein?«

»Sie hatten den richtigen Riecher mit diesem fetten sogenannten Bodyguard, Klöver. Der hatte wirklich Dreck am Stecken, wie man im Deutschen so sagt.«

Löhr lief ein kalter Schauer über den Rücken. »Sie haben ihm wehgetan!«

Der Fingerabschneider ließ ein amüsiertes, leises Glucksen vernehmen. »Nein, nein, dem braucht man nicht wehzutun«, lächelte er wissend in sich hinein.

»Das heißt, er hat geplaudert, schon nachdem Sie ihm bloß Gewalt angedroht haben?«, fragte Löhr hoffnungsfroh.

Rinor reagierte nicht auf die Frage, sondern nippte an seinem Pfefferminztee. Die Kellnerin brachte den Espresso. Löhr schüttete Zucker hinein und rührte um. »Was hat er Ihnen gesagt?«

»Dass zwei seiner Kollegen ihn beiseitegenommen und ihm gesagt haben, er soll mal kurz wegsehen.«

»Und woher wussten die, dass ich das Geld in meiner Wohnung hatte?«

Der Fingerabschneider machte eine Handbewegung, die bedeutete, dass ihn das nicht interessierte.

»Und die beiden haben jetzt das Geld?«

»Hatten.«

Löhr betrachtete noch einmal ausgiebig Fingerabschneiders Hände und sein makellos weißes T-Shirt. Dann trank er seinen Espresso.

»Denen brauchten Sie auch nicht wehzutun?«

Der Fingerabschneider trank mit der Andeutung einer Genießermiene einen weiteren Schluck Pfefferminztee.

»Also erledigt«, stellte Löhr matt fest.

»Hab ich doch gesagt. Sie können Ihre Kanone abschnallen.« Der Fingerabschneider deutete auf die Stelle unter Löhrs Jackett, wo die Heckler & Koch im Schulterhalfter steckte. Löhr war bisher überzeugt davon gewesen, dass dies eine äußerst diskrete Stelle war, die niemandem auffiel.

»Irgendwie ist mir das eine viel zu einfache Lösung für eine so scheißkomplizierte Geschichte«, begann Löhr laut zu überlegen. »Ihre Leute stellen Gott weiß was für umständliche Sachen an, um diesen Golfer an den Spieltisch zu bringen und auszunehmen. Dann stellt der wieder furchtbar umständliche Sachen an, um seinen Einsatz zu sichern. Und der wird dann ausgerechnet von den Leuten geklaut, die der Golfer dafür bezahlt, dass sie darauf aufpassen? Das passt doch nicht zusammen, oder?«

Fingerabschneider wischte lässig eine imaginäre Fliege aus seinem Blickfeld. »Für mich schon. Er hat verloren, und jetzt hat er gezahlt.«

»Warum waren Ihre Leute so scharf drauf, mit dem zu spielen?«

»Er hat Geld. Bargeld ist selten heute«, antwortete der Fingerabschneider, zog wie aufs Stichwort eine Rolle mit Geldscheinen aus seiner Hosentasche, pulte einen Fünfeuroschein heraus, legte ihn neben Löhrs Espressotasse auf den Tisch, stand auf, zog sich seine schwarze Lederjacke zurecht und sagte: »Ihr Espresso geht auf mich.«

Löhr hatte ein Déjà-vu. Ihm war, als spiele diese Szene im Café Saint-Tropez, und nicht der Fingerabschneider, sondern Büb stünde gerade vom Tisch auf und verließe das Lokals. Selbst Fingerabschneiders Stimme erinnerte ihn auf einmal an Büb.

»Dein Kaffee geht auf mich« war eine seiner stehenden Redewendungen gewesen, wenn er das Saint-Tropez verließ.

Für Büb waren die Dicken Bohnen mit Bauchspeck von Löhrs Mutter das Fundament ihrer Freundschaft gewesen. Für Löhr dagegen war es die Tatsache, dass Büb ihm nie ein einziges Wort darüber verraten hatte, was er in der Zeit trieb, in der sie nicht zusammen waren, im Saint-Tropez Kaffee tranken, rauchten und sich mit den Mädchen von der Ursulinenschule trafen. Nie hatte er ihn mit einem Wissen belastet, das ihn wahrscheinlich gequält hätte. Erst sehr viel später erfuhr Löhr, dass Büb seine kriminelle Karriere bereits mit elf begonnen hatte, indem er für einen der zahllosen »Onkels«, die bei seiner Mutter mehr aus als ein gingen, bei Wohnungseinbrüchen Schmiere stand. Schon ein paar Jahre später, mit sechzehn, hatte er eine eigene, auf Villeneinbrüche spezialisierte Bande. Doch Büb hatte ihm gegenüber kein einziges Wort darüber verloren, womit genau er das Geld verdiente, von dem er die zahllosen Kaffees im Café Saint-Tropez und später seine immer racing-green lackierten englischen Sportwagen bezahlte. Löhr war Büb zeitlebens für dieses Schweigen dankbar gewesen. Ohne es wäre ihre Freundschaft wahrscheinlich nicht möglich gewesen. Jedenfalls hätte sie nicht so lange gedauert.

Behutsam goss sich Löhr einen Zwei-Finger-Tullamore-Dew ein, ging damit zum Fenster und sah auf die Mozartstraße hinunter. Der Hauch von Grün, der die Robinien am Morgen überzogen hatte, war nur noch zu erahnen. Die Dämmerung färbte alles in ein bläuliches Grau. Der Frühlingstag ging zu Ende; in einer Stunde würde es dunkel sein.

Löhr setzte sich mit seinem Whiskey auf die leicht verschlissene Chaiselongue neben dem Sekretär – beides Möbelstücke, die Irmgard mit der halb mitleidigen, halb herablassenden Bemerkung dagelassen hatte, sonst lebe er ja »zwischen Apfelsinenkisten«. Das hatte er als ziemlich gehässig empfunden, musste jetzt aber einsehen, dass es den Tatsachen entsprach. Mit Irmgard war die Kultur aus seinem Leben gezogen, der Sinn für

Ästhetik, für die feinen, subtilen, die schönen Seiten des Lebens. Seitdem war – sah er von den gelegentlichen Tullamore Dews zu Hause ab – ein notorischer Kölschtrinker aus ihm geworden, der den größten Teil seiner Freizeit in einer heruntergekommenen Zockerkneipe verbrachte, wo er wenig anderes Sinnvolles tat, als Zeitung zu lesen und seinen Stammplatz am Fenster rabiat gegen Raucher zu verteidigen. Selbst Büb, der wahrlich auch keinen besonders kulturellen Lebensstil pflegte, hätte ihm angesichts der Armseligkeit seines Lebens wahrscheinlich bedauernd auf die Schulter geklopft.

Von einer mannshohen Woge von Selbstmitleid übermannt, kippte Löhr den Rest des Tullamore Dew und stand auf, um das Glas nachzufüllen, aber als er stand, kamen ihm die anderthalb Meter bis zum Sekretär so weit vor, als müsse er eine Rheinbrücke überqueren. Er war zu erschöpft für eine solche Distanz, ließ sich zurück auf die Chaiselongue sinken und schaffte es gerade noch, die Beine hochzunehmen, bevor er einschlief.

Als er aufwachte, war es dunkel. Gewohnheitsgemäß tastete er mit der Hand nach der Nachttischlampe neben seinem Bett und traf tatsächlich den Schalter. Irgendwann einmal musste er sich also von der Chaiselongue ins Schlafzimmer bewegt haben. Er konnte sich nicht daran erinnern. Er schaute auf den Wecker neben der Nachttischlampe. Es war acht Uhr. Acht Uhr morgens? Das konnte nicht sein, dann wäre es schon hell. Aber acht Uhr abends? Dann hätte er nur eine Stunde geschlafen? Er stand auf und ging ins Wohnzimmer, wo um die Chaiselongue verstreut seine Hose, sein Jackett, sein Hemd und das Pistolenhalfter mit der Heckler & Koch auf dem Boden lagen. Er griff in sein Jackett und holte das Handy heraus. Die Datumsanzeige zeigte Sonntag, den 4. April. Ostersonntag. Er hatte mehr als vierundzwanzig Stunden geschlafen. An einen Traum konnte er sich nicht erinnern. Dafür verspürte er einen Mordshunger.

17.

»Sag mal, ich dachte immer, du wärest verheiratet?«

Löhr hatte befürchtet, dass es einmal zu dieser Frage kommen würde. Es wäre andererseits aber nicht normal gewesen und hätte allem widersprochen, was er bisher über die weibliche Neugierde erfahren hatte, wenn sie nicht gestellt worden wäre.

»Bin ich auch.«

»Aber ihr lebt getrennt, oder wie?«

»Ja.«

»Wenn du nicht darüber sprechen willst, brauchst du es nicht, Jakob ...« Bluna zupfte ein wenig an Löhrs Brusthaar und strich es dann sorgfältig wieder glatt.

»Doch, doch«, murmelte Löhr, »warum sollte ich nicht darüber sprechen wollen?« Wahrscheinlich, dachte er, hat eine Frau, mit der man schon dreimal im Bett gewesen war – und das dritte Mal jetzt schon mehr als sechzehn Stunden lang –, ein Anrecht auf so ein Gespräch.

»Hat sie sich von dir oder du dich von ihr getrennt?«

»Irgendwie einvernehmlich, wie man so sagt.«

»Nein, nein!« Blunas Zeigefinger wedelte vor Löhrs Nase herum. »Einvernehmlich gibt es nicht bei Trennungen. Einer von beiden will es jedenfalls immer mehr als der andere.«

»Du kennst dich aus, was?«

»Stimmt.« Bluna lächelte sphinxhaft, ließ sich aber nicht dazu herab, ihr Statement näher zu erläutern, sondern bohrte weiter: »Also? Wer war es bei euch?«

»Sie.«

»Du bist wenigstens ehrlich.«

Löhr ließ diese Behauptung unkommentiert, allein schon aus Vorsicht, etwas zu sagen, auf das er später hätte festgelegt werden können.

»Und warum?«

Seine Zurückhaltung schien das Gegenteil von dem zu bewirken, was er damit beabsichtigte. Am Ende würde er Bluna noch einmal verführen müssen, um sie zum Schweigen zu bringen. Dazu fühlte er sich aber im Augenblick noch nicht wieder imstande. Also musste er wohl oder übel ein wenig aus sich heraus.

»Sie hatte wohl die Nase voll von mir. Ich war ihr zu langweilig.«

»Du und langweilig?«

»Du kennst mich nicht. Zum Beispiel bewege ich mich nicht gerne. Bin nie mit ihr in Urlaub gefahren – bis auf das eine Mal. Da waren wir in der Toskana. Und da hat sie dann den Typen kennengelernt, mit dem sie jetzt zusammen ist. Einen Künstler.«

»Sie hat dich also wegen einem anderen verlassen?«

»Kann man so auch nicht sagen. Der andere Typ war wahrscheinlich bloß der Anlass. Eigentlich hab ich sie vernachlässigt. Bin nie auf ihre Interessen eingegangen. Sie musste mich regelrecht zu ihren Vernissagen und Ausstellungen schleppen. Und auf Oper, Theater und so was hatte ich sowieso noch nie Lust.«

»Worauf hast du denn Lust?«

Löhr, der bisher mit dem Rücken auf dem Bett lag und beim Reden gegen die Decke gesehen hatte, wandte sein Gesicht Bluna zu, weil er ihren anzüglichen Unterton nicht überhört hatte. Der Schmollmund, den sie machte, bestätigte ihre Absicht. Er drehte seinen Blick wieder zur Decke.

»Außerdem«, fuhr er fort, »habe ich in dem Jahr, in dem sich die Trennung angebahnt hat, zu viel gearbeitet. Hab neben dem normalen Job monatelang noch den Privatschnüffler gespielt und rechts und links nichts mehr wahrgenommen.«

»Privatschnüffler? Du hattest einen Nebenjob?«

»Nein. Das hab ich auf eigene Faust betrieben. Ich wollte einem Verdächtigen, der sich schon x-mal allen möglichen Verfahren entzogen hat, endlich mal was Handfestes nachweisen. Und dabei hab ich mich übernommen.«

»Hm«, machte Bluna. Ihre Hand strich immer noch durch Löhrs Brusthaar. »Hasst du sie eigentlich?«

»Hassen? Wen?«

»Deine Frau.«

»Warum sollte ich sie hassen?«

»Weil du dein eigenes Versagen hasst? Oder weil sie vielleicht die Einzige ist, die weiß, wie du wirklich bist?«

»Ha!« Löhr wollte auflachen, aber es wollte ihm nicht so recht gelingen. »Nein«, sagte er, »es gibt keinen Grund, sie zu hassen.«

»Ist ja schon gut, reg dich nicht so auf.« Blunas Hand fuhr langsam kreisend über seine Brust zu seinem Bauch hinunter, und in Löhr wurde mit jedem Kreisen die Gewissheit größer, allmählich wieder über das Mittel zu verfügen, ihre Neugierde vorübergehend auf andere Gebiete lenken zu können.

Nachdem er am Sonntagabend nach einem fast vierundzwanzigstündigen Schlaf hungrig und durstig aufgewacht war, hatte er das Naheliegende getan, war zur Germaniaschänke gegangen, hatte eine von Ioánna, der Köchin, extra für ihn zubereitete Lammhaxe nebst etlichen Kölsch vertilgt, dabei Olli bei dessen Arbeit mit seinem Kicker-Büro und Heinz beim Klammerjass-Spiel zugesehen und sich wieder darüber gewundert, dass sich sein Onkel nichts von dem anmerken ließ, was ihm in den letzten Tagen widerfahren war. Bis auf die bandagierte Linke war er – zumindest äußerlich – ganz der, den Löhr nun schon seit vielen Jahren kannte. Oder vielleicht nur zu kennen geglaubt hatte? Heinz' Rolle in der Intrige gegen den Golfer war Löhr immer noch nicht ganz klar, und seine auffällige Schweigsamkeit trug dazu bei, dass sie wahrscheinlich größer war, als er zuzugeben bereit war. Löhr hätte bisher nie vermutet, dass sich hinter der Fassade seines harmlosen angeheirateten Onkels mehr als ein schlichtes, sich von Kölsch ernährendes Pferdewetter-Gemüt verbergen könnte.

Blunas Auftauchen neben ihm am Tresen hatte ihn aus seinen Grübeleien gerissen, und danach war das inzwischen wohl Unvermeidliche geschehen.

Am Montagvormittag war er nach einem gemeinsamen Frühstück in Blunas Bett mit der Bahn zu seiner Schwester Ursula gefahren. Sie lebte mit ihrem Mann Günter und ihren zwei halbwüchsigen Kindern in einer Genossenschaftswohnung auf der Iltisstraße in Ehrenfeld. Er wollte ihr sagen, dass er jetzt etwas mehr Zeit habe und sich um die Beerdigung und alles Weitere kümmern könne. Doch Ursula, die als Kindergartenleiterin Erfahrung im Organisieren hatte, schien alles im Griff zu haben. Für die Wohnung ihrer Mutter hatte sie bereits einen Nachmieter gefunden, der bereit war, die im Mietvertrag vorgesehene Renovierung zu übernehmen. Bis dahin konnten sich die Geschwister aus der Wohnung holen, was sie wollten. Löhr sagte, er wolle darauf verzichten. Der letzte Besuch in der Wohnung hatte ihn so traurig gestimmt, dass er ihn nicht wegen irgendeines Nippes oder sonstigen Erinnerungsstücks hätte wiederholen mögen. Auch die Beerdigung hatte Ursula bereits organisiert. Sie war für Mittwochmorgen angesetzt. Für Löhr blieb nichts weiter zu tun. Er trank mit seiner Schwester noch einen Kaffee und setzte sich dann wieder in die Straßenbahn.

Da die 5 nur bis zum Friesenplatz fuhr, war er das Stück bis zur Mozartstraße zu Fuß gegangen und hatte noch einmal über die Geschichte nachgedacht, die mit dem Verlust von Heinz' kleinem Finger begonnen hatte. Wie es aussah, war er jetzt tatsächlich raus aus dieser Sache. Trotzdem schien sie ihm keineswegs beendet. Dazu war sie viel zu verwirrend und die Zufälle und Unwahrscheinlichkeiten darin offenbar von langer Hand eingefädelt und damit alles andere als Zufälle und Unwahrscheinlichkeiten. Er konnte sich nicht vorstellen, dass es den albanischen Buchmachern nur darum gegangen war, Mertens in dieser einen Pokerpartie abzuziehen. Sie führten mit Sicherheit mehr und anderes im Schilde. War Mertens ihr ahnungsloses Opfer oder wusste er von ihren Absichten und Plänen? Für Letzteres sprach, dass er bei ihrem Gespräch im Golfklub sonst kaum so viel Mühe darauf verwandt hätte, sich naiv zu stellen und so zu tun, als hätte es sich um eine ganz normale Pokerpartie gehandelt. Hatte Mertens womöglich gewollt, dass ihm das Geld gestohlen wurde? Warum sonst hatte er diesen verrückten

Umweg gewählt, es ausgerechnet bei ihm, Löhr, in Verwahrung zu geben? Obwohl es eher unwahrscheinlich war, dass Mertens den Diebstahl des Geldes auf diese Weise selbst inszeniert hatte, wurde Löhr den Gedanken nicht los, dass es vielleicht irgendwo einen Plan geben könnte, in dem ihm selbst eine Rolle zugedacht war, von der er nicht die geringste Ahnung hatte. Bei dieser Vorstellung fröstelte ihn so, dass er beschloss, nicht weiter über die Geschichte nachzudenken und sich um seine eigenen Angelegenheiten zu kümmern.

Von seiner Wohnung aus hatte er Irmgard unter ihrer italienischen Nummer angerufen. Sie hatte seit ihrem Auszug zwar noch ein, wie sie sagte, *pied-à-terre* bei einer Freundin in Köln, verbrachte aber die meiste Zeit bei ihrem Neuen in der Toskana. Es war das erste Mal, dass Löhr diese Nummer anrief. Er hatte bisher keinerlei Bedürfnis gespürt, in Kontakt mit diesem unerträglich eitlen Ernst Höfer, der sich dort unten Don Ernesto nennen ließ, zu geraten. Der Mann hatte ihn seinerzeit in das eine oder andere kulinarische Geheimnis eingeweiht, was aber keineswegs die unverzeihliche Tatsache aufwog, ihm dafür die Frau weggeschnappt zu haben. Glücklicherweise kam Irmgard selbst an den Apparat.

»Jakob? Ist was passiert?«

»Ja. Meine Mutter ist gestorben.«

Ein erschrockenes »Oh« und dann sekundenlanges Schweigen. »Das tut mir wirklich leid, Jakob.« Irmgard schluchzte. Sie hatte seine Mutter sehr gern gemocht.

Löhr hörte durchs Telefon, wie sie sich schnäuzte. Dann fragte sie: »Wann ist die Beerdigung?«

»Am Mittwoch.«

»Ich komme.«

»Aber Irmgard, du brauchst doch nicht – diese lange Reise ...!«

»Keine Sorge, Jakob. Ich komme allein.«

»Das macht Spaß mit dir«, sagte Bluna, nachdem sie wieder zu Atem gekommen war. Löhr überlegte eine Weile, ob er etwas dazu sagen sollte. Außerdem brauchte er eine ganze Weile länger als sie, um seinen Puls zu beruhigen. Aber als er dann so weit war, wieder sprechen zu können, entschloss er sich, es nicht zu tun.

»Du hast recht«, sagte Bluna.

Löhr wartete ein paar Augenblicke auf eine Erklärung, womit er recht habe. Aber es folgte keine.

»Womit habe ich recht?«, fragte er schließlich.

»Nicht darüber zu sprechen.«

»Ach so.«

»Weil so was eigentlich immer ein kleines Geheimnis bleiben sollte. Und wenn man drüber redet, dann ist es keins mehr.«

»Welches Geheimnis?«, fragte Löhr. Die Antwort bekam er nicht mehr mit. Er war eingeschlafen.

18.

Am nächsten Morgen musste Bluna früh zur Arbeit. Obwohl er die ganze Woche noch krankgeschrieben war, stand Löhr mit ihr auf. Sie frühstückten wieder gemeinsam im Sankt Michael, küssten sich zum Abschied und gingen, wie immer bisher, auseinander, ohne sich zu einem bestimmten Termin zu verabreden.

Als Löhr, den Stadt-Anzeiger aus dem Briefkasten unterm Arm, das neue und märchenhaft teure Schloss seiner Wohnungstür aufschloss, hörte er drinnen das Telefon klingeln. Es war Esser.

»Mann, wo steckst du? In deiner Dienststelle sagen sie, du wärst krank, und zu Hause gehst du nicht ans Telefon.«

»Ach ja? Und mit wem, glaubst du, sprichst du gerade?«

»Ich ruf vielleicht schon zum dritten Mal an, Mann?«

»Ein Kranker muss vielleicht mal zum Arzt, Mann?«

»Ach so, 'tschuldigung.«

»Was gibt's denn?« Löhr bemühte sich um einen versöhnlichen und ruhigen Ton.

»Du hast mich doch am Freitag angerufen und gefragt, ob ich was über den Fall in der Germaniaschänke wüsste, den Klütsch bearbeitet ...«

»Ja, genau. Ich erinnere mich.«

»Ich weiß jetzt was ...« Esser ließ das »was« eine Unendlichkeit lang in der Schwebe und schaffte es dann noch, anschließend eine ebenso lange Pause daranzuhängen.

Ihn völlig unnötig auf die Folter zu spannen war einer der Winkelzüge Essers, sich an Löhr für all die kleinen und großen Demütigungen zu rächen, die er glaubte, im Laufe ihrer langjährigen Zusammenarbeit einstecken gemusst zu haben. Löhr sog Luft in die Lungen und atmete ganz langsam wieder aus. Ein bewährtes Mittel, sich zu beruhigen.

»Ach ja? Und was?« Löhr tat so, als habe er Essers kleinen Versuch gar nicht mitbekommen. Doch Esser gab noch nicht auf:

»Klütsch hat seinen Fall heute bei der Frühbesprechung vorgestellt, und deshalb weiß ich jetzt ein bisschen mehr ...«

»Auf der Frühbesprechung vorgestellt? So eine Lappalie?«

»Denkst du! Da scheint irgendwie noch was Dickes dranzuhängen ...«

»Und was – bitte?« Löhr hatte angesichts von Essers Versuch, sich seine Botschaft häppchenweise aus der Nase ziehen zu lassen, große Mühe, seine Stimme in einer moderaten Tonlage zu halten.

»Na ja«, sagte Esser, »Mafia und so weiter ...«

»Mafia?«

»Ja, Mafia. Ich hab nach der Besprechung mal einen Blick in die Akte von Klütsch geworfen. Ganz schönes Kaliber ...«

»Was denn für eine Mafia?«

»Wettbetrug im großen Stil. Gekaufte Fußballspiele, illegales Glücksspiel und so weiter.«

»Und das soll alles hinter 'ner simplen Körperverletzung in einem verräucherten kleinen griechischen Restaurant stecken?«

»Offenbar schon ...«

»Kannst du das nicht mal der Reihe nach erzählen?« Löhr klemmte sich das Telefon zwischen Kopf und Schulter, ging in die Küche und setzte Wasser für einen Tee auf.

»Der Reihe nach?«, sagte Esser. »Na schön, also so, wie ich Klütschs Bericht verstanden habe, konnte der Täter, der diesem alten Mann im Kneipenklo den Finger abgeschnitten hat, identifiziert werden.«

»Ist ja interessant. Und wie?«

»DNA-Analyse. Die Spurensicherung hat an den Klamotten des Alten ein Haar sichergestellt, das nicht zu ihm, aber zum mutmaßlichen Täter passt.«

»Und da wisst ihr schon, wer das ist?«

»Klar. So 'n DNA-Abgleich geht heute schneller als noch zu deiner Zeit. Jedenfalls hat der Mann vor zwei Jahren Asylantrag gestellt, und dabei hat man ihm eine DNA-Probe abgenommen.«

»Bei einem einfachen Asylantrag?«

»Er kam aus dem Kosovo. Da ist das wohl so üblich.«

»Und was hat der mit dieser Wettbetrugs-Mafia zu tun?«

»Also Folgendes ...« Esser sprach nun schneller. Entweder war er es überdrüssig, Löhr ärgern zu wollen, oder er stand jetzt unter Zeitdruck. »Der mutmaßliche Täter ist ein in der serbischen Armee ausgebildeter Einzelkämpfer und hat nach dem Armeedienst jahrelang in irgendeiner albanischen Untergrundarmee gegen die Serben gekämpft. Unter anderem deshalb ist sein Asylantrag abgelehnt worden. Der Mann lebt illegal hier und wird polizeilich gesucht, um ausgewiesen zu werden.«

»Du hast mir immer noch nicht erzählt, was er mit der Wettbetrugs-Mafia zu tun hat.«

»Ach so, das ist ganz einfach. Der Onkel von unserem Mann heißt Essad Zogu und ist offenbar der Boss von dem Verein. Deshalb gehen die Kollegen von der organisierten Kriminalität, von denen Klütsch die Informationen hat, davon aus, dass unser mutmaßlicher Täter inzwischen im Klub seines Onkels tätig ist.«

»Und hat der auch einen Namen, unser mutmaßlicher Täter?«

»Klar hat er. Er heißt Rinor Zogu.«

Der Tee, den Löhr während des Telefonats zubereitet hatte, war entschieden zu dünn geraten. Löhr starrte zwischen den einzelnen Schlucken die hellbraune Brühe in seiner Tasse an, die ebenso schmeckte, wie sie aussah: nach fast nichts. Er trank sie trotzdem. Bedächtiges Trinken heißen Tees förderte normalerweise sein Denkvermögen. Davon hatte er jetzt reichlich nötig. Denn die Informationen, die Esser ihm gerade gegeben hatte, brachten immer noch keinen Sinn in das Ganze.

Dass der Balkan-Gekko und seine Leute samt Fingerabschneider zu einer mafiösen Organisation gehörten, hatte er sich auch vorher schon an fünf Fingern abzählen können. Jetzt wusste er es halt, sozusagen schwarz auf weiß. Aber half dieses Wissen auch, dahinterzukommen, welches Spiel die Typen mit dem Golfer spielten und welche Rollen darin Heinz und möglicherweise auch ihm selbst darin zugedacht waren? Die einzige wichtige Erkenntnis, die Löhr nach dem Telefonat mit Esser hinzugewonnen hatte, war die, dass seine Exkollegen vom KK11 dem Fingerabschneider ziemlich dicht auf den Fersen waren. Und damit auch ihm, Löhr. Es versetzte ihn nicht gerade in Hochstimmung, sich vorzustellen, wie Kollege Klütsch ihn nach seiner Beziehung zu einem gewissen Rinor Zogu befragte, worum es denn zum Beispiel bei seinen Treffen mit jenem jungen Mann im Café Marlène gegangen sei ...

Seit der Nacht, in der ihm die Aldi-Tüte mit dem Geld des Golfers aus der Wohnung gestohlen worden war, hatte er das Gefühl, in etwas hineingeraten zu sein, was er nicht beeinflussen konnte. Dieses Gefühl machte ihn zunehmend beklommener, es war das unbestimmte Gefühl einer sich unaufhaltsam nähernden Bedrohung.

Löhr zog, um sich mit etwas anderem zu beschäftigen, den Stadt-Anzeiger zu sich über den Küchentisch und vertiefte sich in die Fragen und Probleme der Tagespolitik, die ihm im Vergleich zu seinen eigenen als außerordentlich leicht zu lösen erschienen. Den Sportteil überschlug er und hätte es fast auch mit dem Lokalteil so gehalten. Denn dessen erste Seite bestand im Wesentlichen aus einem Farbfoto, das ein Heer von Osterspaziergängern am sonnenbeschienenen Aachener Weiher zeigte. Da nach solchen Aufmachern auf den weiteren Seiten in der Regel nur über mehr oder weniger Belangloses berichtet wurde, wollte Löhr auch den Lokalteil weglegen, nur eine eher routinierte Neugierde ließ ihn kurz noch einen Blick auf die Rückseite der ersten Lokalteilseite werfen.

Sein Blick verharrte und erstarrte schließlich, als er das Foto unter der Überschrift »Mord am elften Loch?« sah. Es zeigte den Golfer, Oliver Mertens, als überheblich in die Kamera grinsenden Vorstandssprecher der Rhein-Bank. Dass es mit diesem Grinsen jetzt vorbei war, konnte Löhr dem zum Foto gehörigen Artikel entnehmen. Demnach war Mertens am Nachmittag des Ostersonntags in einem Gebüsch nahe dem elften Loch tot auf dem Golfplatz Gut Finkenhof aufgefunden worden. Der Tod sei, so wurde der ermittelnde Kripobeamte Siegfried Lauterbach zitiert, durch Einwirkung eines stumpfen Gegenstandes auf die Schläfe des Bankiers verursacht worden. Darauf, ob es sich um einen Mord handele, mochte sich Lauterbach vor einer Obduktion allerdings nicht festlegen. Immerhin kam ja auch ein verirrter Golfball als Todesursache in Frage, denn Mertens starb, darauf legte sich der Gerichtsmediziner schon fest, am vorausgehenden Ostersamstag, während noch Betrieb auf der Golfanlage herrschte.

Nachdem Löhr den Artikel zum dritten Mal gelesen hatte, war ihm eiskalt. Er ging ins Schlafzimmer, zog einen Pullover an, ging zurück ins Wohnzimmer und starrte das auf dem Sekretär stehende Telefon an. Er musste etwas unternehmen. Mertens war an dem Nachmittag gestorben, an dem er mit ihm im Golfklub Gut Finkenhof gesprochen hatte. Vielleicht schon kurz nach ihrem Gespräch.

Löhrs Zeigefinger schwebte leicht zitternd über der Tastatur des Telefons, dann stieß er herunter und tippte energisch eine ihm wohlbekannte Zahlenfolge.

19.

Die behaarten Finger an Heinz Höttges' unbandagierter rechten Pranke trommelten ungeduldig auf das Lenkrad des Fiesta, während er und Löhr auf der Inneren Kanalstraße an der letzten Ampel vor der Auffahrt zur A57 auf Grün warteten. Auch die Miene des kräftigen alten Spielers und Kölschtrinkers glich nicht gerade dem Abbild eines gleichmütigen Buddhas. Er starrte mit zusammengekniffenen Augen auf die Ampel und schwieg seit ihrer Abfahrt von der Germaniaschänke verbissen.

»Jetzt hab dich mal nicht so«, sagte Löhr. »Das dauert doch keine Ewigkeit da draußen.«

»Um zwei Uhr startet in Hoppegarten ein Verfolgungsrennen«, murrte Heinz.

»Da sind wir doch längst wieder in Köln«, versuchte Löhr zu beschwichtigen.

»Ha! Am Samstag hab ich mir zwei Stunden auf dem verkackten Kappesfeld die Beine in den Bauch gestanden und hatte am Ende keine Zigaretten mehr.«

»Dann hoffe ich, du hast dir heute genug Vorrat eingepackt«, kürzte Löhr das Gemecker ab.

Tatsächlich sagte Heinz nach dieser Bemerkung eine geschlagene Viertelstunde lang gar nichts mehr.

»Sag mal«, beendete Löhr das Schweigen, als sie bei Worringen die Autobahn verließen, »als es um deine Pokerpartie mit dem Golfer ging, wer hat da vorgeschlagen, dass ich dich dabei begleite?«

»Du selbst doch, wer denn sonst!« Heinz warf ihm einen kurzen, zornigen Seitenblick zu.

»Wirklich?«

»Hast du jetzt Alzheimer, oder was?«

»Nein, ich erinnere mich schon daran, dass ich mich an dem Abend sogar ein bisschen als dein Aufpasser aufgedrängt habe. Aber jetzt wundere ich mich, warum die anderen das alle als selbstverständlich hingenommen haben.«

Heinz zuckte die Schulter. »Die anderen hatten doch auch einen dabei. Ist auch so üblich, wenn es um so Einsätze geht wie an dem Abend.«

»Tatsächlich? Es war also absoluter Zufall, dass ausgerechnet ich dabei war?«

Diesmal war Onkel Heinz' Seitenblick auf Löhr eher fragend als zornig. »Genauso ein Zufall, wie du fast jeden Abend in deiner Ecke in der Germaniaschänke stehst, wenn ich Klammerjass spiele.«

»Das wird's wohl sein«, nickte Löhr.

Schweigend fuhren sie weiter durch die Felder am Fuße der Hügelkette der Ville, die allerdings nicht mehr in dem so vielversprechenden hellen Grün leuchteten wie am Samstag, denn mit dem Ostersonntag war auch das warme, sonnige Frühlingswetter zu Ende gegangen. Eine geschlossene hellgraue Wolkendecke verhängte den Himmel. Diesmal war es Heinz, der das Schweigen brach:

»Ist das etwa, weil sie den Golfer umgebracht haben, dass wir hier rausfahren?«

»Ist noch nicht raus, ob er wirklich umgebracht wurde«, antwortete Löhr.

»Pah!«, machte Heinz im triumphierenden Ton desjenigen, der es besser weiß. Löhr kam nicht dazu, nachzufragen, woher Heinz sein Wissen bezog, weil das Handy in seiner Jackentasche klingelte und überflüssigerweise gleichzeitig vibrierte. Es war Fischenich.

»Eins muss ich zugeben, Löhr«, begann er, nachdem er sich zur Begrüßung noch einmal darüber aufgeregt hatte, dass Löhr ihn am Ostersamstag anzurufen gewagt hatte, »irgendwie haben Sie ein Händchen.«

»Ein Händchen wofür?«, fragte Löhr.

»Immer packen Sie dahin, wo die Scheiße am dicksten ist.«

»Danke. Und welche Scheiße meinen Sie in diesem Fall?«

»Sie erinnern sich doch noch daran, wie wir Klenk wegen eines krummen Deals mit der Pietsch-Holding nageln wollten?«

»Und ob ich mich daran erinnere«, antwortete Löhr. Es war sein vorletzter Versuch gewesen, den mächtigen Anwalt, früheren Ratsfraktionsvorsitzenden und jetzigen Strippenzieher einer Straftat zu überführen. Der letzte Versuch hatte ihn dann seinen Job beim KK 11 gekostet.

»Bei diesem Deal spielte ein Baron Anselm de Saussure eine Rolle, erinnern Sie sich auch an den?«

»Ich glaube schon. Dem gehört ein Viertel von der Pietsch-Holding, oder?«

»Genau. – Und jetzt hatten Sie mich doch gefragt, ob ich nicht irgendetwas über eine Firma namens All-Protect in Bonn in meinem Giftschrank hätte, richtig?«

»Und? Haben Sie?«

»Ich weiß jetzt nicht, ob das ein Zufall ist oder nicht, aber exakt dieser Baron Anselm de Saussure ist Eigentümer der All-Protect, genauer: Eine Firma, die er zu hundert Prozent kontrolliert, ist Eigentümerin.«

»Ach?«, machte Löhr und beobachtete, wie Heinz in den Weg einbog, an dessen Ende der Golfklub lag.

»Was sagen Sie dazu?«, fragte Fischenich.

»Ich überlege«, antwortete Löhr, »was Sie damit gemeint haben, als Sie eben von ›dicker Scheiße‹ gesprochen haben. Die All-Protect oder die Tatsache, dass dieser Baron deren Eigentümer ist?«

»Ich hatte die All-Protect mal eine Zeit lang im Verdacht, eine Geldwaschanlage zu sein. Die machten aus dem Stand so enorme Umsätze, dass ich dachte, die seien getürkt.«

»Aber?«

»Dem war nicht so, jedenfalls nicht so plump. Die Umsätze waren schon real und entsprachen den Aufträgen, die die Firma hereinholte. Der Haken war bloß, dass dieser Baron sich die Aufträge quasi selbst erteilte ...«

»Versteh ich nicht.«

»Ganz einfach. Über sechzig Prozent der Aufträge der All-Protect stammen von der Pietsch-Holding.«

»Aber die Pietsch-Holding betreibt Immobiliengeschäfte,

betätigt sich als Investor – was haben die für einen Bedarf an Sicherheitsdiensten, Bodyguards und Schnüfflern?«

»Ahnen Sie jetzt, was ich mit der ›dicken Scheiße‹ gemeint habe?«

»Und was denken Sie, was da abgeht?«

»Na ja, dass die Pietsch-Holding wahrscheinlich eine Menge gute Gründe dafür sieht, ihren Kunden, Geschäftspartnern, ihren eigenen Angestellten und wer weiß wem sonst noch alles sehr genau und sehr diskret auf die Finger zu schauen, und zwar so, dass alles quasi in der Familie bleibt.«

»Ist ja interessant.« Löhr sah zu, wie Heinz den Fiesta auf denselben Platz vor der Feldscheune fuhr, auf dem sie am Samstag geparkt hatten. Er gab ihm ein Zeichen, den Motor abzustellen, dann sagte er: »Danke für die Information, Kollege. Falls ich ein bisschen mehr über die Geschichte in Erfahrung bringe, hätten Sie sicher Interesse?«

»Ich glaub schon, dass da was drin ist«, sagte Fischenich. »Und wenn es bloß Scheiße ist.«

»Damit kennen Sie sich ja aus, Löhr.«

Er nahm diesmal nicht den Haupteingang, sondern ging hundert oder hundertfünfzig Meter an der den Golfklub von der Außenwelt blickdicht abschirmenden Hecke entlang, bis er auf den Seiteneingang stieß, den er schon bei seinem ersten Besuch von Weitem gesehen hatte. Es war die Zufahrt für die Gärtner des Klubs.

Löhr schritt durch die geöffnete Toreinfahrt, ein mannshohes, grün gestrichenes Schiebegitter. Links dahinter befand sich ein offener Schuppen, in dem mehrere traktorgroße Rasenmäher standen, dem Schuppen gegenüber war ein backsteinerner Bungalow, offenbar das Büro oder die Unterkunft der Gärtner. Die Eingangstür stand offen, Löhr klopfte am Rahmen, und ein paar Augenblicke später erschien ein bärtiger Mittfünfziger im grünen Overall und ebenfalls grüner Baseballmütze auf dem Kopf. Löhr nannte ihm seinen Namen und zeigte seine Dienstmarke.

»Hätten Sie vielleicht eine Minute und könnten mir die Stelle zeigen, wo der Tote gefunden wurde?«

»Wieso denn noch mal?«, antwortete der Gärtner mit unüberhörbar sächsischem Zungenschlag. »Haben wir doch schon alles Ihren Kollegen gezeigt und erklärt.«

»Wir ermitteln in dieser Sache mit zwei Dienststellen und bemühen uns aus ermittlungstaktischen Gründen, möglichst getrennt zu Ergebnissen zu kommen.« Löhr strengte sich an, eine bürokratische Sprechweise hinzukriegen. Bürokratensprache, das hatte ihn seine Erfahrung gelehrt, überzeugte die Leute am ehesten von der Autorität des Fragenden. »Die Kollegen, mit denen Sie bisher zu tun hatten, sind von der Mordkommission, und ich ermittle in einer … ähem, anderen Angelegenheit.«

»Wirtschaftskriminalität?« Der Gärtner grinste wissend, und Löhr ließ ihn mit einem vagen, aber wohlwollenden Neigen des Kopfes bei seiner Meinung.

»Da haben Sie Glück, dass wir gerade Mittag haben.« Der Mann wies auf ein großes, grün lackiertes, zweisitziges Golf-Cart hinter dem Bungalow. »Steigen Sie auf, dann fahr ich Sie hin.«

Löhr bestieg zum ersten Mal ein solches Gefährt und war sowohl von der Härte des Sitzes wie von der Geschwindigkeit überrascht, die der fast unhörbare Elektromotor erzeugte. Der Gärtner fuhr so zügig, wie es das wellige Gelände mit seinen sorgfältig arrangierten Sandlöchern und Baumgruppen zuließ, in südwestliche Richtung und blieb dabei in etwa auf Höhe des Klubgebäudes, dessen weiße Gauben Löhr zwischendurch immer wieder aufblitzen sah. Weit und breit war kein Spieler zu sehen. Löhr fragte den Gärtner nach dem Grund.

»Platzsperre aus Pietätsgründen«, antwortete der Mann. »Hat der Vorstand so beschlossen, der Mertens war schließlich Vizepräsident, Gründungsmitglied und seine Firma Haupteigentümer vom Klub.«

»Die Rhein-Bank?«

»Richtig. Wegen der sind Sie doch auch hier, oder?« Der Gärtner grinste ihn süffisant von der Seite an.

»Sie sind ja gut informiert ...«

»Spricht sich doch rum, dass die augenblicklich ein bisschen in der Klemme stecken.«

»Ach ja?«

»Na, kennt doch jeder, die Geschichte mit den krummen Beraterverträgen.«

»Soso«, machte Löhr vielsagend, und um den Eindruck zu verstärken, der andere habe damit an eins seiner Dienstgeheimnisse gerührt, wechselte er das Thema. »Gefunden hat den Toten ein Mitglied des Klubs ...?«

»Richtig. Dr. Hemmersbach, als er nach einem verschlagenen Ball suchte. Und der hat dann die Security alarmiert, und die sind mit uns dann als Erste raus ...«

»Security? So was gibt es auch hier?«

»Was dachten Sie? So ein Gelände muss doch bewacht werden.«

»Sie wissen nicht zufällig, wie die Sicherheitsfirma heißt?«, fragte Löhr so beiläufig wie möglich.

»Das macht hier von Anfang an die All-Protect. – Da wären wir.«

Das Golf-Cart hielt auf einem von zwei Dutzend hohen Bäumen bestandenen Hügel. Wäre das Gelände nicht künstlich angelegt, hätte man es ein kleines Wäldchen nennen können. Allerdings gab es unter den Bäumen statt des Unterholzes Gras und ein paar immergrüne Rhododendronbüsche. Auf einen von ihnen wies der Gärtner beim Absteigen von seinem Gefährt.

»Da lag er, der Vizepräsident.«

Löhr stieg ab und inspizierte die Stelle. Es war eine Mulde unmittelbar neben dem Rhododendron, von unterhalb des Hügels nicht einzusehen; selbst wenn man hier oben war, würde einem ein in der Vertiefung liegender Körper nicht unmittelbar auffallen. Für ein an sich so übersichtliches Gelände wie diesen Golfplatz war es ein idealer Ablageplatz.

»Kommt es eigentlich oft vor, dass jemand vom Ball eines anderen Spielers getroffen wird?«

Der Mann mit der grünen Kappe schüttelte den Kopf. »Theoretisch schon. Aber ich hab das noch nie erlebt. Die sind hier im Klub auch alle sehr vorsichtig und halten sich an die Regel, durch Zuruf vor verschlagenen Bällen zu warnen. International üblich ist, dass man dann laut ›Fore‹ ruft.«

»Sie haben den Toten gesehen?«

Der Gärtner nickte. »Man konnte absolut nichts sehen. Kein Blut. Nur an der Schläfe ein blauer Fleck. Kann natürlich ein Ball gewesen sein. Aber ...«

Löhr gab vor, kein weiteres Interesse am Zustand des Toten zu haben. »Das wird ja die Obduktion ergeben. – Eine andere Frage: Wo ist eigentlich das elfte Loch?«

»Da drüben.«

Der Gärtner wies auf ein ovales Rasenstück mit einem winzig kleinen Loch in der Mitte, vielleicht dreißig Meter in westlicher Richtung von ihrem Standpunkt entfernt.

»Von da kam also Mertens hoch, und dann traf ihn hier der Ball?«

»Nein, er soll vom Abschlag gekommen sein, hab ich gehört.« Der Gärtner drehte sich nach Südost. »Von da muss er seinen Ball hier ins Rough geschlagen haben.«

»Können wir trotzdem mal zum Loch hingehen?«

»Selbstverständlich.«

»Das war ein Klubturnier am Ostersamstag, an dem Herr Mertens teilgenommen hat?«, fragte Löhr, während sie den Hügel hinabgingen.

»Ja, irgend so ein Sparkassen-Cup.«

»Das heißt, Mertens war mit seiner Mannschaft beteiligt?«

»Ja. Herr Mertens spielte mit dem Präsidenten, Herrn Schreiner, und noch zwei anderen Vorstandsmitgliedern der Rhein-Bank zusammen. Die Namen kenne ich nicht. Wie gesagt, wir sind hier nur für die Anlage zuständig ...« Der Gärtner wurde durch einen Ruf unterbrochen und drehte sich um. Auch Löhr drehte sich um, denn der Ruf hatte ihm gegolten.

»Löhr?«, wiederholte der Rufer. Löhr erkannte ihn sofort. Es war sein früherer KK 11-Kollege Siegfried Lauterbach, der gerade inmitten einer aus mehreren Männern und einer Frau bestehenden Gruppe einen kleinen Hügel hinab zum elften Loch schritt.

Lauterbach war erst seit einem Jahr im KK 11, Löhr hatte ihn vor seiner Zwangsversetzung dort nur kurz kennengelernt. Für alte Mordkommissionshasen wie Esser und Löhr repräsentierte Lauterbach den Typ des jungen Polizeikarrieristen, dem man in den letzten Jahren immer öfter begegnete: penible Vorschriften- und Paragraphenreiter ohne Intuition und eigene Meinung. So einer ließ jede noch so belanglose Entscheidung von oben absichern. Allein aus Angst, einen Fehler zu machen, der die saubere Personalakte versauen konnte.

Löhr antwortete nicht auf den Zuruf Lauterbachs, blieb nur stehen und blickte ihm abwartend entgegen. Als Lauterbach und seine Begleiter näher kamen – in der Mehrzahl Angestellte oder Repräsentanten des Klubs –, konnte Löhr erkennen, dass unmittelbar neben ihm die grau uniformierte blonde Empfangsdame ging.

Sie unterhielten sich, und beider Blicke waren auf ihn gerichtet. Offensichtlich berichtete sie Lauterbach gerade von seinem Besuch im Klub am Samstag.

Als Lauterbach bei ihm war, zuckte ein feines, allerdings kaum als besonders freundlich zu deutendes Lächeln um seinen Mund. Er streckte seine Hand aus und tat überrascht: »Ich wusste gar nicht, dass Ihre Abteilung auch an dem Fall hier dran ist.«

Löhr ergriff die Hand. »Ist auch noch nicht sehr offiziell.«

»Ach?« Lauterbachs Überraschung verwandelte sich in ein geheuchelt ungläubiges Staunen: »Nicht ›sehr offiziell‹?«

Löhr setzte ein geheimnisvolles Lächeln auf, griff nach Lauterbachs Ellbogen, zog ihn einen halben Meter von den anderen weg und murmelte: »Das erkläre ich Ihnen später ...«

Lauterbach hatte Löhrs Berührung nur widerwillig über sich ergehen lassen. Jetzt blickte er ihn mit offenem Misstrauen und kaum verhohlener Feindseligkeit an. »Am besten gleich morgen früh im Büro des KK 11-Leiters.«

»Morgen früh geht nicht«, antwortete Löhr. »Wäre übermorgen auch noch recht?«

Das Schweigen und der eisige Blick, mit dem Lauterbach diese Frage quittierte, verhieß einen hohen Unterhaltungswert beim Wiedersehen mit Löhrs altem Chef.

20.

Der Vogel legte seinen Kopf schief und unterzog den ein wenig fülligen, aber nicht unbedingt bedrohlich großen Menschen im schwarzen Anzug auf dem Kiesweg unter sich einer ausführlichen Musterung. Der Mensch blieb stehen und erwiderte den Blick des Vogels – anhand von dessen rot gefärbter Brust konnte auch ein ornithologisch wenig bewanderter Großstadtbewohner wie Löhr ihn ziemlich eindeutig als ein Rotkehlchen identifizieren. Doch der Blickkontakt dauerte nur ein paar Augenblicke und schien für beide nicht sonderlich aufschlussreich zu sein. Der Vogel jedenfalls flatterte davon, und auch Löhr setzte seinen Spaziergang fort.

Eigentlich war es kein Spaziergang, eher befand er sich auf der Flucht. Von der Trauerhalle in seinem Rücken glaubte er das stetig anschwellende Gemurmel der Trauergemeinde zu sich herüberwehen zu hören, und er suchte ihm so weit wie möglich zu entkommen. Bei vielen anderen Gelegenheiten in seinem Leben hatte er es genossen, inmitten der unüberschaubaren Schar seiner Verwandten zu stehen und sich am Geplauder und Geplapper, das selbst auf die traurigsten Anlässe keine Rücksicht nahm, zu beteiligen. Heute jedoch war ihm ganz und gar nicht danach zumute. Er wusste, dass er eigentlich hätte trauern müssen. Aber er konnte es nicht. Die unheilvolle Geschichte, in die er sich hatte hineinmanövrieren lassen, nahm ihm die zum Trauern nötige Muße. Deshalb wollte er wenigstens die Zeit während der Beerdigung dazu nutzen. Und dazu musste er für sich sein. Am liebsten hätte er seine Mutter ganz allein beerdigt. Im Geiste sah er sich einsam hinter dem Elektrowagen mit dem Sarg herschreiten, und er sah sich dabei hemmungslos weinen. Aber auch jetzt, wo er sich von den anderen abgesondert hatte, geriet ihm keine Träne in die Augen. Er würde das Trauern wohl auf später verschieben müssen.

Irmgard war am Abend zuvor aus der Toskana angereist, hatte ihn gleich angerufen und ihm angeboten, sich noch am

Abend mit ihm zu treffen. Aber er hatte keine Lust dazu verspürt, war lieber in die Germaniaschänke gegangen, hatte dort mit Bluna ein paar Bier getrunken und war anschließend mit ihr im Bett gelandet. Irmgard hatte er eine halbe Stunde vor der Beerdigung an dem an der Piusstraße gelegenen Eingang zu Melaten getroffen. Als sie ihn zur Begrüßung und zum Trost umarmte, hatte er nur wenig dabei empfunden. Zu einem wirklichen Gespräch zwischen ihnen kam es nicht, denn die ersten Trauergäste versammelten sich bereits vor der Trauerhalle. Der Gedanke, die nächste halbe Stunde mit seinen Verwandten und Bekannten verbringen zu müssen, war Löhr plötzlich unerträglich geworden. Diskret hatte er sich von Irmgard und den anderen entfernt und war gleich hinter der Trauerhalle in den erstbesten Weg eingebogen, der ihn in einen der ältesten Teile des Friedhofs führte.

Für die verwitterten Grabmale der Dom- und Stadtbaumeister, Bürgerwehrvorsteher, Fabrikanten und Bankiers des 19. Jahrhunderts, an denen er vorbeiging, hatte er allerdings keinen Blick. Den versuchte er auf seine Mutter zu lenken, auf das, was seine Erinnerung an Bildern und Episoden aus der Vergangenheit hervorzuholen vermochte. Doch immer wieder sah er sie bloß in ihrem geblümten Haushaltskleid ihm gegenüber am Küchentisch sitzen und mit ihm eine kleine Mahlzeit einnehmen, die sie eigentlich nur für sich gekocht hatte, nun aber anlässlich seines wie immer unerwarteten Besuches großzügig mit ihm teilte.

Merkwürdigerweise versagte ihm sein Gedächtnis Bilder aus seiner Kindheit. Seine Mutter als jüngere Frau existierte darin nicht, immer nur sah er sie mit ihren leicht krausen grauen Haaren und der Brille auf ihrer im Alter recht zierlich gewordenen Knollennase, die das Kennzeichen aller Hövelers, der Familie seiner Mutter, war. Lag die Beschränkung seines Erinnerungshorizonts möglicherweise daran, dass seine Mutter ihm in den letzten Jahren mehr bedeutet hatte als in seiner Jugend? Vielleicht hatte er selbst älter werden müssen, um ihre Eigenschaften schätzen, ja überhaupt erst begreifen zu können. Ihre Liebe zu ihrer Muttersprache zum Beispiel. Mit welch zärtlicher Akkuratesse sie die Worte ihrer Jugend aussprechen konnte – »Koletschwasser« zum Beispiel oder »Ritzekrätzer« – und mit welch saftigem Aplomb Ausdrücke wie »ahl Mehl« oder »ahlen Bemm« aus ihrem Mund kamen, als handle es sich um das Alltäglichste! Mit einem Mal schossen Löhr doch die Tränen in die Augen, und zwar merkwürdigerweise ausgerechnet, als ihm ein Streitgespräch in Erinnerung kam, das er mit seiner Mutter darüber geführt hatte, ob das Wort »Mehl« – was hochdeutsch »Amsel« bedeutete – nur für die weiblichen oder etwa auch für die männlichen Exemplare dieser Gattung Verwendung finden durfte. Und dann konnte er seinen Tränenstrom nicht mehr zurückhalten. Löhr weinte wie seit seiner Kindheit nicht mehr.

Die Beerdigung überstand er, ohne ein weiteres Mal weinen zu müssen. Nur beim abschließenden Ritual, zu dem die Trauergäste einzeln ans offene Grab traten und ein Schäufelchen Erde hinunter auf den Sarg warfen, stiegen ihm noch einmal Tränen hoch. Doch als sich seine Geschwister, Schwäger und Schwägerinnen, Onkel und Tanten, Cousins und Cousinen später zum Leichenschmaus in der Sülzer Kneipe trafen, in der die Familie seiner Mutter seit Generationen solche Anlässe beging, war ihm dann für zwei Stunden so, als wäre alles, wie es immer gewesen war, ja fast so, als säße seine Mutter mitten unter ihnen.

Löhr hatte sich schon immer gewundert, warum man beim Leichenschmaus selbst dann in eine fast beschwingte Stimmung geriet, wenn man zuvor den liebsten Menschen zu Grabe getragen hatte. Später, als er auf dem Rückweg nach Hause in der Straßenbahn saß, spann er weiter an diesem Gedanken. Vielleicht, überlegte er, hing das damit zusammen, dass die Person und deren Leben bei einem solchen Anlass der einzige Gesprächsgegenstand waren. Dadurch erhielt der Tote eine solche Gegenwärtigkeit, wie er sie zu Lebzeiten kaum je erlangen konnte. Indem man über ihn redete, überging man seinen Tod, holte ihn für die Dauer des Leichenschmauses zurück in die Mitte der Lebenden. Genau so war es auch hier, im früheren »Steinbüchel«, aus dem der Zeitgeist ein Bistro mit einem Allerweltsnamen gemacht hatte. Jeder der Anwesenden wusste von einer Begegnung mit seiner Mutter Anita zu berichten, eine kleine, für sie typische Geschichte zu erzählen, mal aus ihrer Kindheit, mal aus ihren mittleren Jahren, mal aus ihrem Alter.

So schien es Löhr während dieser zwei Stunden im Kreis seiner Familie einige Male, er könne sich hier beinahe so wohl fühlen, wie er das in früheren Jahren getan hatte. Doch jedes Mal, wenn sich jener wohlige Gemütszustand von familiärer Geborgenheit in ihm einzustellen begann, lief ihm entweder seine Frau Irmgard über den Weg, oder ein herausfordernd-bittender Blick seiner ehestressgeplagten Cousine Mechthild streifte ihn, oder er begegnete seinem neunfingrigen Onkel Heinz, dessen Anblick ihn augenblicklich an die gar nicht so wohlige Wirklichkeit außerhalb der Familienrunde erinnerte.

Wie Irmgard es als ihre Pflicht angesehen hatte, zur Beerdigung seiner Mutter zu kommen, war es für sie selbstverständlich gewesen, auch am Leichenschmaus teilzunehmen. Natürlich hatte Löhr nichts dagegen gehabt. Doch als er sie nun inmitten seiner Verwandten sah, wurde ihm bewusst, welche Distanz sie beide mittlerweile zwischen sich gebracht hatten. Das gab ihm ein Gefühl von Deplatziertheit. Weniger weil er sich wünschte, sie wäre nicht hierhergekommen, sondern weil er sich in ihrer Gegenwart unwohl fühlte. Gerade der Umstand, dass die meisten der Anwesenden noch glaubten, sie seien ein Paar, machte ihm auf unangenehme Weise klar, dass sie es nicht mehr waren. Zwischendurch wechselten sie ein paar Worte miteinander, Löhr kam es vor, als spräche er mit einer flüchtigen Bekannten. Als sie ihn fragte, ob sie später oder morgen vielleicht einen Kaffee zusammen trinken sollten, blieb er vage und sagte, er rufe sie an, er habe ja ihre Handynummer.

Nachdem die beiden Stunden herum waren, die er sich für die Familienfeier eingeräumt hatte, verabschiedete er sich von allen und war froh, dass Mechthild nicht unter denen war, denen er die Hand schüttelte. Er hoffte, dass sie bereits weg war, doch als er aus dem Bistro auf die Zülpicher Straße trat, musste er erkennen, dass man jemandem wie Mechthild nicht so leicht entkam. Sie hatte seine Verabschiedung drinnen wohl bemerkt und sich vor der Tür aufgebaut.

»Hach, Jakob!«, säuselte sie und umfasste seinen rechten Arm, damit er ihr nicht wieder so schnell entwischen konnte wie bei ihren letzten beiden Begegnungen. »Gut, dass wir uns noch mal treffen. Wenn auch zu einem so traurigen Anlass.«

»Mechthild«, entgegnete Löhr, ohne sich besondere Mühe zu geben, freundlich zu sein, und wies auf das Handy in der Hand, deren dazugehörigen Unterarm Mechthild umklammert hielt. »Ich hab leider überhaupt keine Zeit und muss ganz dringend telefonieren.«

»Es dauert nur eine halbe Sekunde, Jakob, versprochen. Eine halbe Sekunde nur, ganz ehrlich!« Sie näherte ihr Gesicht dem seinen bis auf wenige Zentimeter, um die Überzeugungskraft ihrer weit aufgerissenen grünen Augen zur Geltung zu bringen. Löhr war die körperliche Nähe unangenehm, er trat einen halben Schritt zurück, seinen rechten Arm zu befreien gelang ihm allerdings nicht. Er gab sich geschlagen.

»Eine halbe Sekunde?«, fragte er matt.

»Ich hab dir ja letztens schon angedeutet, um was es geht«, sprudelte sie los und ließ dabei die Kneipentür nicht aus dem Auge, um sicherzustellen, dass niemand ihr Gespräch mithörte. »Es geht um den Wilfried, da hab ich einen ganz furchtbaren Verdacht, du kannst dir sicher schon vorstellen, was ich meine, und jetzt denk bitte nicht, dass ich da hysterisch bin oder kleinlich oder so. Du hast bestimmt davon gehört, dass ich auch kein Kind von Traurigkeit war, aber das ist ja jetzt vorbei, und dann weißt du bestimmt auch, wie ich mich seitdem für den Wilfried eingesetzt habe und was ich alles für ihn getan habe …«

Während seine Cousine eine Verschnaufpause machen musste, versuchte Löhr sich daran zu erinnern, was sie mit »alles für ihren Mann getan zu haben« meinen konnte. Tatsächlich war Mechthild in der Familie eine ganze Zeit lang für ein ziemlich liberales Verständnis ihrer Ehe bekannt gewesen und des Öfteren mit ihrem Liebhaber gesehen worden. Aber vielleicht zählte sie den mit zu den Maßnahmen, die sie zugunsten ihres Ehemannes ergriffen hatte. Denn dass der sich nach vielen Jahren des Experimentierens an der Universität plötzlich zu einer steilen Karriere in der Industrie entschieden hatte, wurde allgemein auf Mechthilds nachhaltige Einflussnahme zurückgeführt. Auch dass Wilfried eine kleine Villa am Stadtwald gekauft hatte, schrieb man Mechthilds Einwirken zu. Als Gegenleistung, behaupteten böse Zungen in der Familie, habe sie ihren Liebhaber aufgegeben und stattdessen begonnen, regelmäßig im Stadtwald zu joggen.

»Jedenfalls«, fuhr Mechthild nach dem Luftholen mit vollständig wieder aufgeladener Energie fort, »ist das, was da mit dem Wilfried läuft, keine Kleinigkeit, Jakob, glaub mir, das hab ich im Gefühl, sonst würde ich dich deswegen auch gar nicht belästigen.«

»Was meinst du mit ›keiner Kleinigkeit‹?«, fragte Löhr, dem einfiel, dass die Empfangsdame im Golfklub ihm gesagt hatte, Herr Dr. Winterberg und seine Frau seien seit zwei Jahren Mitglieder.

»Er ist manchmal so ganz anders«, antwortete sie. »So *ganz* anders, wenn du verstehst, was ich meine, Jakob.«

»Ungefähr«, nickte Löhr. Es war ein Nicken zu viel. Plötzlich spürte er, wie Mechthild auch seinen linken Unterarm umklammerte.

»Du kümmerst dich also darum!«, rief sie ihm triumphierend ins Gesicht. »Ich bin dir ja so dankbar, Jakob!«

21.

Im Café Marlène war Löhr der einzige Gast. Selbst das Raucherkabinett war nicht besetzt. Bevor er sich setzte, ging er zur Toilette, wo er sich den schwarzen Schlips aus dem Hemdkragen zog und in die Jackentasche steckte. Dabei erwischte er einen Blick in den Spiegel und bemerkte erstaunt, dass er für einen Trauernden erstaunlich frisch aussah. Er führte das auf die drei Kölsch zurück, die er während des Leichenschmauses getrunken hatte. Zurück im Gastraum bestellte er bei der Kellnerin, die hier offenbar immer im Dienst war, einen schwarzen Tee und schlug den Stadt-Anzeiger auf, den er seit dem Morgen in seiner Manteltasche mit sich trug. Er hatte noch eine halbe Stunde Zeit, bis Rinor, den er auf dem Weg hierher angerufen hatte, aufkreuzen würde.

Im Lokalteil war der Tod des Vorstandssprechers der Rhein-Bank Oliver Mertens jetzt das Hauptthema. Zur Todesursache gab es allerdings nichts Neues. Der Reporter spekulierte jedoch, wie wahrscheinlich oder unwahrscheinlich es sei, dass Mertens Opfer eines Golfballunfalls geworden sein könnte. Es gebe zwar häufiger Unfälle mit verirrten Golfbällen, doch bis auf eine einzige Ausnahme, ein Fall in Japan, sei es in den vergangenen zwanzig Jahren weltweit nie zu einem tödlichen Unfall gekommen. Zu den näheren Umständen des Todes wusste er nichts zu berichten, außer dass Mertens nicht während seines eigenen Golfspiels zu Tode gekommen sein konnte. Einer der Kellner des Klubs hatte erzählt, dass Mertens mit seiner Mannschaft nach dem Ende des Turniers auf der Terrasse gesessen, bald darauf aber die Runde wieder Richtung Golfplatz verlassen habe. Lauterbach vom KK11 wurde abschließend mit der Allerweltsaussage zitiert, man ermittle »in alle Richtungen«. Der Artikel enthielt auch wieder ein Foto von Mertens, diesmal eines, das ihn etwas freundlicher zeigte, und zwar neben seiner Frau bei irgendeiner Charity-Veranstaltung. Die Bildunterschrift lautete: »Zwanzig Jahre sind sie miteinander glücklich:

Angelika und Oliver Mertens.« Löhr betrachtete das Foto. Im Unterschied zu Mertens sah die Frau nicht unbedingt so aus, als habe sie diese zwanzig Ehejahre als besonders glücklich empfunden.

Nachdem er auf der zweiten Seite des Lokalteils noch einen Artikel über die neueste »Arsch huh!«-Initiative gelesen und sich wieder einmal über die humorlose Selbstgefälligkeit des BAP-Sängers Wolfgang Niedecken geärgert hatte, faltete er die Zeitung zusammen und steckte sie zurück in seine Manteltasche. Als er aufblickte, saß ihm der Fingerabschneider gegenüber. Um seinen Mund spielte ein spöttisches Lächeln, als er Löhrs überraschten Gesichtsausdruck sah.

»Ich hab Sie gar nicht hereinkommen sehen.«

»Vielleicht war ich die ganze Zeit schon da?«, grinste Fingerabschneider. Es war ein teilnahmsloses, kaltes Grinsen, das Löhr daran erinnerte, mit wem er es hier zu tun hatte. Ihm kamen Zweifel, ob es klug war, in ihm so etwas wie einen Wiedergänger seines Freundes Büb zu sehen und ihm trotz allem eine gewisse Sympathie entgegenzubringen. Sicher war es auch nicht klug, sich mit ihm zu treffen. Beides war jetzt allerdings nicht mehr rückgängig zu machen.

»Um was geht's?«, fragte der Fingerabschneider, nachdem er bei der Kellnerin einen Kaffee bestellt hatte.

Löhr pochte auf die Zeitung in seiner Manteltasche. »Schon gelesen, was mit Mertens passiert ist?«

Der Fingerabschneider verzog keine Miene. »Das ist schade.«

»Schade?«

Der Fingerabschneider beantwortete die Frage mit einem leichten Heben seiner Augenbraue.

»Was meinen Sie mit ›schade‹?«, setzte Löhr nach. »Das klingt ja fast so, als bedauerten Sie, dass er tot ist.«

Der Fingerabschneider sah ihn bloß ausdruckslos an. Für ihn schien das Thema erschöpft zu sein. Löhr wartete, bis die Kellnerin ihm den Kaffee serviert und sich hinter die Theke zurückgezogen hatte. Dann seufzte er, als käme er nun zu einem ihm sehr unangenehmen Punkt. Er brauchte dazu keinen großen schauspielerischen Aufwand, denn es war tatsächlich ein ihm unangenehmer Punkt.

»Was halten Sie von einem Deal zwischen uns beiden, Herr Zogu?«

»Sie kennen meinen Namen?« Es war das erste Mal, dass Löhr den Albaner ehrlich überrascht sah.

Diesmal war es an Löhr, kühl ein Heben der Augenbraue anzudeuten. »Ich bin Polizist. Schon vergessen?«

Diese Auskunft schien den Fingerabschneider für einen Augenblick ein wenig nachdenklich zu stimmen. Jedenfalls brauchte er eine halbe Minute, bevor er Löhr fragte, an welchen Deal er gedacht habe.

»Ich gebe Ihnen eine Information, Sie geben mir eine Information.«

»Was haben Sie zu bieten?«

»Etwas, was Ihre Sicherheit betrifft.«

»Und was wollen Sie?«

»Alles, was Sie über Mertens wissen.«

Der Fingerabschneider schüttete ein wenig Zucker aus dem Streuer in seinen Kaffee und rührte langsam um. »Und warum interessiert Sie das?«

»Ich will wissen, warum er umgebracht wurde.«

»War das nicht ein Golfball?«

»Ich bitte Sie! Das ist die Version, die der Golfklub verbreitet hat, um nicht mit einem Mordfall in Verbindung gebracht zu werden.«

»Schön. Aber wenn es ein Mord war, da sind doch Ihre Kollegen schon hinterher.«

Löhr zuckte die Schulter. Der Fingerabschneider brauchte nicht zu wissen, dass es für ihn ein paar gute Gründe gab, vor diesen Kollegen einen kleinen Informationsvorsprung zu haben.

»Und Sie haben keine Angst, dass Sie genau den Falschen fragen?« Der Fingerabschneider fixierte Löhr. Es war nicht auszumachen, ob die Farbe seiner Augen Blau oder Grau war.

Löhr tippte eher auf Grau. Auch Bübs Augen waren grau gewesen.

»Sie meinen, ich könnte glauben, Sie oder einer Ihrer Leute steckten hinter dem Mord?« Löhr lachte. »Wenn ich das glauben würde, hätte ich mich wohl kaum mit Ihnen getroffen.«

»Aha?«, machte der Fingerabschneider, und es klang tatsächlich ansatzweise interessiert.

»Für Sie war Mertens doch wohl ein nützlicher Idiot, oder? Und so jemanden bringt man nicht um.«

»Was Sie alles wissen.«

»Ich weiß es nicht. Ich schließe es«, sagte Löhr. »Wenn er Ihnen nicht nützlich gewesen wäre oder vielleicht in Zukunft hätte nützlich sein können, dann hätten Sie nicht solch ein Theater aufgezogen, um ihn durch ein getürktes Spiel in Ihre Schuld zu bringen. Darum ging's doch wohl?«

Der Fingerabschneider sah Löhr schweigend an. »Sie sind nicht dumm«, sagte er schließlich.

»Und da Sie es auch nicht sind«, antwortete Löhr, »werden Sie sich unseren kleinen Deal sicher durch den Kopf gehen lassen.«

»Sie packen zuerst aus, was Sie zu bieten haben.«

»Moment mal!« Löhr hob den linken Zeigefinger und richtete ihn wie den Lauf einer Waffe auf den Fingerabschneider. Eine Geste, die eigentlich nicht zu seinem Repertoire gehörte und von der er bisher gar nicht gewusst hatte, dass er überhaupt über sie verfügte. Aber irgendwie schien sie ihm sowohl der Situation wie der Rolle, die er zu spielen begann, einigermaßen angemessen zu sein. »Das Geschäft läuft Zug um Zug.«

»Hm«, machte der Fingerabschneider, senkte den Blick und betrachtete für eine ganze Weile die Kappen seiner matt glänzenden schwarzen Stiefeletten. Eine Weile, die Löhr die Zeit gab, noch einmal darüber nachzudenken, welche Folgen es haben könnte, wenn man sich auf einen Pakt mit dem Teufel einließ.

22.

Da durch den verschleppten U-Bahn-Bau die Bonner Straße stadtauswärts nur für Busse passierbar war, stieg Löhr am Chlodwigplatz aus der Straßenbahn aus und ging zu Fuß weiter. Nach Busfahren war ihm im Augenblick nicht zumute. Vom Ubierring aus bog er in die Alteburger Straße ein und marschierte zügig stadtauswärts. Er sah auf die Uhr. Zwar wusste er nicht, ob das von ihm geplante Treffen überhaupt stattfinden würde, aber wenn es stattfand, dann konnte es möglicherweise länger dauern, und er käme mit dem Termin in Verzug, den er per Handy während der Straßenbahnfahrt mit Rudi Esser ausgemacht hatte. Esser hatte wissen wollen, worum es »denn diesmal schon wieder« ginge und ob man das nicht am Telefon besprechen könnte, doch Löhr hatte darauf bestanden, dass über diese Sache nur persönlich und unter vier Augen zu reden sei. Widerwillig stöhnend hatte Esser eingewilligt.

Als Löhr an den riesigen Freiflächen vorbeikam, auf denen sich vor einigen Jahren noch die Dom-Brauerei und deren Biergarten befunden hatten, fiel ihm ein, dass es außer Klenk und der Pietsch-Holding noch andere gab, die sich auf Kosten der Stadt zu bereichern suchten. Er erinnerte sich an einen Ausspruch des Adenauer-Enkels, der das Gelände für dreiundzwanzig Millionen gekauft und wenig später für dreiunddreißig Millionen an einen landeseigenen Liegenschaftsbetrieb wieder verkauft hatte: Man dürfe die Frage, ob er daran Geld verdiene, nicht mit der Frage vermengen, was gut für Köln sei. Löhr lachte leise vor sich hin. Vor dem Deal hatte der Enkel einen Masterplan in Auftrag gegeben, der das Gelände für den Bau der neuen Kölner Fachhochschule empfahl.

Nach der Schönhauser Straße überquerte er den Bayenthalgürtel, bog dann rechts von der Alteburger Mühle in die Straße Auf dem Römerberg ein und sah nach ein paar Metern vor sich das Haus des verstorbenen Golfers Oliver Mertens. Das heißt, er sah die mit Efeu bewachsene, zweieinhalb Meter hohe Backsteinmauer, die das Haus umgab.

Löhr schlenderte an der Mauer und dem Eingang, einem grün lackierten eisernen Tor, vorbei, so als habe er es nicht zum Ziel. Unauffällig registrierte er die in der Straße parkenden Autos. Es wäre seinem Vorhaben nicht dienlich gewesen, wenn das Haus von den Kollegen des KK11 oder von wem auch immer observiert würde und man ihn beim Betreten sähe. Dass die Witwe gerade von der Kripo Besuch hatte, konnte er nicht ausschließen, deshalb bog er um die nächste Straßenecke und rief sie von seinem Handy aus an.

Sie zog die Nase hoch und sagte dann erst: »Ja bitte?« Ihre Stimme klang zwar verheult, aber nicht so schleppend wie beim ersten Telefonat. Offenbar versuchte sie, sich dem Tod ihres Mannes nüchtern zu stellen.

»Löhr, Kripo Köln. Ich stehe vor Ihrer Haustür und hab noch ein, zwei Fragen …«

»Bitte nicht schon wieder! Ihre Leute sind doch vor zwei Stunden erst hier raus, und ich hab ihnen alles bis ins Kleinste erzählt!«

»Es tut mir furchtbar leid, Frau Mertens. Aber in so einem Fall kommt es manchmal auf winzige Details an.«

»Oh Gott! Wenn's denn der Wahrheitsfindung dient, bitte. Klingeln Sie, und ich drück auf.«

Das Erste, was nicht ins Bild der gediegenen Bankiersvilla passte, war das Fehlen der Dobermänner. Jedenfalls waren die sonst obligatorischen Bewacher der Hütten der Reichen weder zu sehen noch zu hören, als Löhr zwischen uralten Rotbuchen und von Rosenbeeten umgebenen Rasenkarrees über einen Kiesweg auf das einstöckige Backsteingebäude zuging. Bis auf den wohl nachträglich vorgebauten, von Granitsäulen getragenen Eingang handelte es sich um ein eher schlichtes, solides Haus aus den zwanziger oder dreißiger Jahren mit hohen, schmalen Fenstern und einem mächtigen Schieferdach, das an der Südseite eine weitläufige Terrasse überdeckte.

Angelika Mertens öffnete ihm die schwere Haustür und führte ihn in das von der Terrasse durch eine große Glasfront getrennte Wohnzimmer. Löhrs Erwartung, dass wenigstens das Interieur sich protzig neureich vom fast behäbigen Äußeren des Hauses unterschied, wurde nicht bestätigt. Die dunkelroten Polstermöbel im Raum besaßen zwar mächtige Ausmaße, verströmten aber eine unangestrengte, fast biedermeierliche Gemütlichkeit. Angelika Mertens wies ihm einen für einen Riesen zugeschnittenen Sessel zu und setzte sich ihm schräg gegenüber auf die Lehne einer Couch, sodass sie auf ihn herabblicken konnte.

»Winzige Details also? – Aber stellen Sie mir jetzt bitte nicht noch mal die Frage, ob mein Mann Feinde hatte!«

Löhr antwortete nicht sofort. Ihm war klar, dass seine erste Frage gut platziert sein musste. Den Eindruck, den er vom Foto im Stadt-Anzeiger gewonnen hatte, fand er in der Realität bestätigt. Auf den ersten Blick jedenfalls konnte man dieser Frau kaum attestieren, dass sie sich im inneren Gleichgewicht befände. Wahrscheinlich war sie Mitte vierzig, sah aber, obwohl sie schlank geblieben war, wie in den fortgeschrittenen Fünfzigern aus, was ihr aber offensichtlich gleichgültig war. Sie schien weder Wert auf Make-up noch auf besondere Pflege zu legen. Die Gesichtshaut wirkte grau und großporig wie bei starken Rauchern, um Mund und Augen hatten sich tiefe Falten eingegraben; die zu einer gewollt verstrubbelten Frisur gekämmten blonden Haare waren ein wenig zu strohig für eine Dame der Gesellschaft. Die hellblauen Augen dagegen erschienen ihm überaus wach, und der Art, wie sie redete, ließ sich durchaus Intelligenz, ja sogar Intellektualität und überdies ein Hang zum Spott entnehmen.

»Wussten Sie, dass Ihr Mann spielsüchtig war?«

»Sehe ich aus, als wenn ich blind oder taub wäre?«

»Haben Sie ihn als gefährdet angesehen?«

»Für wie dämlich halten Sie mich? Jeder Süchtige ist gefährdet.«

»Sie sehen das offenbar ziemlich gelassen?«

Angelika Mertens ignorierte Löhrs Frage, stand auf, griff nach einem Päckchen Zigaretten auf dem Couchtisch, steckte sich eine an und angelte sich einen Aschenbecher vom Tisch. Löhr fiel auf, wie weiblich sie sich bewegte, ohne dabei affektiert zu wirken.

»Ich meine«, fuhr er fort, »uns geht es ja nichts an, wie Sie dazu standen, aber wie sahen das seine Kollegen von der Bank?«

Sie stieß einen Schwall Rauch aus und sagte dann: »Solange er denen nützlich war, hat die das, jedenfalls soweit ich das mitbekommen habe, nicht interessiert.«

»Wirklich nicht? Ein Bankier, der sich mit dem organisierten Glücksspiel einlässt, ist doch für seine Bank ein Risikofaktor?«

»Organisiertes Glücksspiel? Soweit ich weiß, hat er sich nur in privaten Runden zum Spielen getroffen.«

»Trotzdem, jemand, der spielt, ist immer erpressbar.«

»Ist das die Richtung, in der Sie ermitteln?«

»Eine von vielen«, sagte Löhr vage. »Aber im Moment interessiere ich mich mehr dafür, ob Sie von irgendwelchen Konflikten wissen, die er – möglicherweise auch im Zusammenhang mit dem Spielen – mit seinen Vorgesetzten und Kollegen in der Rhein-Bank hatte.«

»Konflikte? Berufliche? – Meinen Sie, so einer wie der hätte darüber mit seiner Frau gesprochen?«

»Eben haben Sie gesagt, solange er gut arbeitete, habe die Leute in der Bank sein Spielen nicht interessiert. Also muss er doch mal darüber gesprochen haben.«

»Sicher. Aber nie im Detail.« Sie nahm einen neuen Zug aus ihrer Zigarette, und Löhr schien, als errege sie sich plötzlich. »Aber vielleicht haben Sie recht. Irgendwas war da im Busch ...«

»Wegen seiner Spielerei?«

Sie schüttelte heftig den Kopf. »Das glaube ich nicht. Das war denen egal. Vielleicht war es ihnen sogar ganz recht. Wenn jemand spielt, ist er labil, und labile Typen kann man besser manipulieren und kontrollieren als andere ...«

»Aus welchem Grund hätte ihn denn in seiner Bank jemand manipulieren sollen? Er war der zweite Mann!«

»Ich hab nicht gesagt, dass ihn jemand manipuliert hat oder manipulieren wollte. Ich hab nur eine theoretische Möglichkeit angedeutet.«

»Aber irgendwas hat Sie auf diese Idee gebracht.«

»Möglich.« Mit einem Schlag wurde sie kurz angebunden. »Vielleicht nur ein Gefühl, ich weiß es nicht.« Sie drückte ihre Zigarette in dem Aschenbecher aus, den sie die ganze Zeit in der Hand gehalten hatte. Sie wirkte nachdenklich dabei, und Löhr schwieg, um ihr Zeit zu geben. Und dann hatte sie – für Löhr völlig unerwartet – plötzlich Tränen in den Augen. Rasch wischte sie sie weg, wandte den Kopf von Löhr ab und der Terrasse zu.

»Es … tut mir leid«, stotterte Löhr, »ich wollte Ihnen wirklich nicht zu nahe treten, das war nicht meine Absicht. Wenn Sie möchten, kann ich sofort …«

Sie zog, wie vorhin am Telefon, kurz die Nase hoch und machte dabei eine wegwischende Bewegung. »Es ist nichts«, sagte sie, ohne sich Löhr wieder zuzuwenden, und zog noch einmal die Nase hoch. »Mir fiel nur gerade ein, dass er vielleicht doch nicht das Arschloch war, für das ich ihn gehalten habe.«

Löhr sagte nichts, sah an ihr vorbei zur Terrasse hinaus, auf der Vögel auf einem Futterhäuschen saßen, dann aber durch irgendetwas, vielleicht eine Katze oder eine Elster, aufgescheucht wurden und davonflatterten.

»Manchmal konnte er auch richtig nett sein. Sogar zu mir.« Sie drehte sich Löhr wieder zu und lächelte kurz. Löhr wusste, dass das Lächeln nicht ihm galt. Trotzdem rührte es ihn an, denn es offenbarte, dass sie trotz ihrer ramponierten Fassade immer noch eine schöne Frau war. »Er hat sich furchtbar mit denen angelegt, als deren Schnallen mich aus ihrem Kaffeekränzchen geworfen haben.« Sie lachte amüsiert auf.

»Kaffeekränzchen?«

»Ach! Er hielt es 'ne Zeit lang für eine gute Idee, dass ich zum Kaffeekränzchen der Charity-Damen gehe …«

»Was ist das, wenn ich fragen darf?«

»Das macht Sie einigermaßen sympathisch, dass Sie das nicht

wissen. Sie lesen wohl die Gesellschaftskolumne im Stadt-Anzeiger nicht?«

»Zu selten, nehme ich an.«

»Egal. Jedenfalls haben die perlenbehängten Schüsseln mich vor ein paar Monaten aus ihrem exquisiten Kreis rauskomplimentiert, weil ich da ein-, zweimal ein bisschen angeheitert aufgekreuzt bin.« Wieder lachte sie kurz auf, wurde aber im selben Augenblick vollkommen ernst. »Genug. Ich werf Sie jetzt raus.«

Abrupt erhob sie sich von der Sessellehne und sah Löhr mit einem Blick an, der signalisierte, dass sie keine Widerrede duldete.

Fast mechanisch folgte Löhr ihrem Kommando und stand auch auf. Sie ging an ihm vorbei in Richtung Tür, und ihm blieb nichts anderes übrig, als ihr zu folgen.

»Tut mir leid, dass ich Ihnen nicht weiterhelfen konnte«, sagte sie, ohne sich zu ihm umzudrehen.

»Oh, ein bisschen haben Sie mir durchaus weitergeholfen«, murmelte Löhr.

23.

»Oh Mann, Jakob! Und ich dachte, du wirst irgendwann vernünftig und lernst auch mal, kleine Brötchen zu backen …«

Esser hatte beide Ellenbogen auf den Stehtisch gestützt und ließ nun theatralisch den Kopf in seine Hände sinken. Beinahe hätte er dabei sein Kölsch verschüttet. Löhr konnte es im letzten Augenblick in Sicherheit bringen. Sie standen im Sion-Bräues auf der Deutzer Freiheit, und Löhr hatte seinem alten Kollegen während der ersten beiden Kölsch von seiner Begegnung mit Lauterbach am Dienstag auf dem Golfplatz und seiner Ladung zum Gespräch im KK 11 erzählt.

Löhr ließ die Bemerkung Essers unkommentiert und knabberte an der Kante der Scheibe Gouda, die zu seinem Halven Hahn gehört hatte. Der war das Erste gewesen, was er heute an fester Nahrung zu sich genommen hatte. Beim Leichenschmaus am Morgen hatte er keinen Appetit gehabt.

Hinter dem Gitter, das seine Finger vor seinem Gesicht bildeten, sah Esser ihn traurig an. »Und was willst du denen morgen erzählen, wenn sie dich vernehmen?«

»Vernehmen! Weshalb sollte Lauterbach mich vernehmen wollen? Ich hab nichts verbrochen.«

»Was hältst du von Missbrauch polizeilicher Befugnisse?«

»Ich bin krankgeschrieben und war privat unterwegs.«

»Das werden die dir glauben. – Mensch, Jakob!« Esser befreite seinen Kopf aus den Händen und schüttelte ihn verzweifelt. »Du kommst in Teufels Küche!«

»Erstens bin ich da schon drin, und zweitens wäre ich dir dankbar, wenn du mir, statt rumzujammern, einen Tipp geben würdest, wie ich da wieder rauskomme. Bist ja immerhin an der Quelle.«

Löhr orderte mit zwei gespreizten Fingern bei der rundlichen Blonden hinter dem Tresen Kölsch-Nachschub. Der Schankraum der Kneipe war gut gefüllt. Es war kurz nach sechs am Abend, an der Theke und den Stehtischen standen müde

Büroarbeiter und schluckten einsam ihr Feierabendbier, während sich auf der Bank zwischen der Theke und dem zur Straße hin gelegenen Fenster fidele Rentnerpaare reihten und lautstark schwadronierten. Esser hatte sich diesen Treffpunkt ausgebeten, damit er nach Dienstschluss nicht noch auf die andere Rheinseite musste. Er war, wie er am Telefon geheimnisvoll angedeutet hatte, später noch hier in der Gegend verabredet. Wahrscheinlich handelte es sich um eine Verabredung mit seiner seit ewigen Zeiten vor seiner Frau geheim gehaltenen Geliebten.

»Ich an der Quelle? Wie kommst du da drauf?«

»Jetzt vielleicht noch nicht. Aber Lauterbach bildet doch bestimmt gerade 'ne Mordkommission im Fall Mertens, und da könntest du ja ...« Löhr ließ den Rest des Satzes in der Schwebe.

»Bist du ...?« Das Wort »wahnsinnig« verschluckte Esser. Woran Löhr erkannte, dass er auf Anhieb begriffen hatte, worauf er hinauswollte. Deshalb nickte er bestätigend. Esser sah ihn an und begann dann mit dem Ausdruck äußerster Fassungslosigkeit den Kopf zu schütteln.

»Vergiss es, Jakob!«, brachte er schließlich heiser hervor, beugte sich zu Löhr hinüber und flüsterte in dessen Ohr: »Ich werde den Teufel tun, mich in Lauterbachs MK zu drängeln und für dich den Spion in meiner eigenen Dienststelle zu spielen.«

Die Blonde stellte die beiden Kölsch auf den Tisch und nahm die leeren Gläser mit. Seufzend griff Löhr nach seinem Glas: »›Spion‹, Rudi! Übertreibst du da nicht wieder mal ein bisschen?«

»Ich hab mich schon viel zu weit aus dem Fenster gehängt, als ich dir vom Ermittlungsstand in dem Fall erzählt hab, den Klütsch bearbeitet.«

»Ach? Gibt's da eigentlich was Neues?«

Statt zu antworten, schüttelte Esser bloß den Kopf und betrachtete Löhr mit einer Mischung aus Mitleid und milder Verachtung. Dann griff auch er nach seinem Kölsch. Während er trank, hielt er Löhr weiter im Blick, so als müsse er auf der Lauer bleiben, um die nächste Unverschämtheit abwehren zu können. Dabei schien ihm zum ersten Mal Löhrs schwarzer Beerdigungsanzug aufzufallen.

»Sag mal«, sagte er, »du kommst doch nicht etwa von einer Beerdigung?«

»Da sieht man doch, dass du ein Kriminalist bist«, entgegnete Löhr und berichtet ihm vom Tod seiner Mutter. Esser reagierte auf eine Weise, die Löhr nicht von ihm erwartet hatte. Er stellte sein Kölschglas ab, trat mit ausgebreiteten Armen auf Löhr zu und umarmte ihn fest, innig und lange.

»Das tut mir wirklich leid, Jakob. Ich weiß, wie sehr du an ihr gehangen hast.«

»Danke«, sagte Löhr und musste sich räuspern. Nicht so sehr, weil er wieder an den Tod seiner Mutter erinnert worden war. Mehr war er gerührt von Essers aufrichtiger Anteilnahme. Und weil er viel zu oft vergaß, dass Esser nicht nur ein manchmal recht nützlicher Exkollege, sondern lange Jahre auch sein wirklicher Kollege und Freund gewesen war.

Danach tranken sie beide schweigend ihr Kölsch. Auf einen Wink Löhrs brachte die Kellnerin zwei neue. Der Tag hatte ihn durstig gemacht.

»Also«, grummelte Esser, nachdem er das neue Kölsch zur Hälfte geleert hatte, »was diesen Fall in der Germaniaschänke angeht, scheint alles noch auf dem Stand von gestern zu sein. Ich hab auf jeden Fall nichts Neues gehört.«

»Danke«, sagte Löhr. Danach herrschte wieder eine ganze Weile Schweigen. Löhr war klar, dass er Esser jetzt nicht drängen durfte. Aber dann, beim nächsten Kölsch, spitzte Esser zuerst die Lippen, dann zog er sie wieder zurück und biss darauf herum, und schließlich ließ er, knödelig und kaum verständlich zwar, aber tatsächlich einen sehr umständlichen, aber doch immerhin grammatisch fast korrekten Satz aus seinem Mund:

»Und warum, ich meine, warum um alles in der Welt, warum interessiert dich dieser Mertens-Fall?«

Löhr ließ sich seine Erleichterung darüber, dass Esser zumindest ein bisschen angebissen hatte, nicht anmerken. »Eigentlich keine große Sache«, sagte er obenhin. »Ich hatte bloß kurz vor seinem Tod zufällig mit Mertens zu tun, privat. Und dann interessiert es einen ja schon, wenn man jemandem so nahe gekommen ist, oder?«

»Du hattest mit so einem wie Mertens ›zufällig‹ privat zu tun?« Esser gab sich keine Mühe, seinem Misstrauen Zügel anzulegen.

»Wieso denn nicht? Ganz harmlos. Er ist ein Bekannter meines Onkels Heinz, und sie spielen Karten zusammen ...«

Löhr tat es ein wenig leid, Esser die Geschichte so verkürzt und verharmlosend darstellen zu müssen. Aber erstens war sie wirklich viel zu verwickelt, und zweitens spielte er darin eine nicht in jeder Beziehung rühmliche Rolle. Essers Misstrauen jedoch war keineswegs beigelegt. Allerdings gab er sich Mühe, darüber hinwegzusehen.

»Und weil er mit deinem Onkel Karten gespielt hat, willst du wissen, wer ihn möglicherweise umgebracht hat?«

»Möglicherweise? Ist die Theorie, dass es ein Golfballunfall war, nicht vom Tisch?«

Esser hob die Schultern und setzte seine Unschuldsmiene auf, was für Löhr nach langjähriger Erfahrung den Schluss zuließ, dass er doch etwas wusste. Er sah ihn schweigend an, bis Esser schließlich »Hach!« machte und sagte: »Wenn das irgendwann mal rauskommt, dass ich dauernd Dienstgeheimnisse an dich weitergebe ...«

Löhr sagte immer noch nichts, trank sein Kölsch aus und gab bei der Kellnerin zwei weitere in Auftrag, obwohl Essers Glas erst halb leer war.

»Heut Morgen bei der Frühbesprechung hat Lauterbach davon gesprochen, dass der Gerichtsmediziner noch andere Spuren an Mertens gefunden hat als die Beule am Kopf ...«, sagte Esser widerstrebend.

»Fremdeinwirkung?«

Esser nickte.

»Dann stellt sich ja jetzt wirklich die Frage nach dem Mörder und nach dem Motiv ...«

»Darüber ist allerdings bei der Frühbesprechung nicht gesprochen worden«, bemerkte Esser spitz.

»Was mich vor allem interessiert«, kam Löhr jetzt zur Sache, »wieso steht Mertens im Klubhaus vom Tisch auf, an dem er mit seinen Mannschaftskameraden sitzt, und geht noch mal zurück auf den Golfplatz?«

Esser hob wieder die Schultern. »Das geht bestimmt aus den Zeugenvernehmungen hervor. Aber da ich ja nicht in der MK bin, hab ich keine Ahnung ...«

Löhr ignorierte den Einwand und fuhr weiter fort, so als könne Esser seine Fragen beantworten: »Und sind die anderen aus Mertens Mannschaft einfach am Tisch sitzen geblieben, als er die Runde verlassen hat? Ist ihm vielleicht einer nachgegangen? Wenn ja, wann?«

»Jakob!« Esser hob abwehrend die rechte Hand. »Ich weiß es nicht!«

Löhr starrte Esser noch ein paar Sekunden lang an, als erwarte er trotzdem noch eine Antwort. Dann zuckte er die Schulter, und nahm der Kellnerin sein neues Kölsch aus der Hand.

»Du glaubst also«, fragte Esser, nachdem die Kellnerin weg war und er sein altes Kölsch ausgetrunken hatte, »dass einer aus seiner Golfmannschaft in Frage kommt?«

Löhr schob als Antwort die Unterlippe vor.

»Und wieso?«, setzte Esser nach.

»Weil die Mannschaft aus Vorstandsmitgliedern der Rhein-Bank bestand.«

»Du meinst, da steckt irgendwo das Motiv?«

Löhr hatte plötzlich einen Einfall. »Hast du vielleicht eine Ahnung, wer alles zu diesem Kaffeekränzchen der Kölner Charity-Damen gehört?«

»Du nervst, Jakob! Stell mir doch einfach mal 'ne Frage, die ich beantworten kann.«

»Na schön, wie du willst«, seufzte Löhr. »Ist das eigentlich immer noch dieselbe Freundin wie früher, mit der du dich gleich triffst?«

»Woher weißt du denn das schon wieder?«

»Ach Rudi! Wie lange kennen wir uns schon?«

»Manchmal denke ich, viel zu lange, Jakob.«

24.

Wie gewohnt war Löhr mit der U-Bahn zum Präsidium gefahren. Er stieg an der Kalker Post aus. Als er aus dem U-Bahn-Schacht stieg, nieselte es. Da er keinen Schirm dabeihatte, zog er seinen Trenchcoat fester um sich – wenigstens an den hatte er gedacht – und drückte sich eng an der Fassade der Köln Arcaden vorbei, die nun schon seit etlichen Jahren den Weg zu seinem Arbeitsplatz säumten. Als er die noch geschlossenen Läden des Einkaufstempels passierte, fing er den Blick eines Mannes in einer hellbraunen Wildlederjacke auf, der im Eingang eines Elektronik-Discounters stand und aussah, als warte er auf jemanden. Er erwiderte den Blick, weil er glaubte, es könne ein Kollege sein, aber der andere drehte gleichgültig den Kopf weg und sah in die entgegengesetzte Richtung. Löhr sah ihn noch einmal an und war sich jetzt sicher, dass es kein Kollege war.

Von der Kalker Hauptstraße bog er rechts in die Straße des 17. Juni ein und betrat das Präsidium durch den Haupteingag. Als er im Fahrstuhl dicht an dicht zwischen fast einem Dutzend Regendunst ausströmender Polizeibeamter und Sachbearbeiterinnen stand, überfiel ihn zum ersten Mal ein etwas mulmiges Gefühl. Am vergangenen Abend, nach dem Kneipenbesuch mit Esser, war er noch zuversichtlich gewesen, die Fragen Lauterbachs und Schumachers, seines früheren Vorgesetzten im KK 11, kühl parieren zu können. Es gab nichts, womit sie ihm an den Karren fahren konnten. So hatte er, statt sich auf das Gespräch vorzubereiten, bei einem Zwei-Finger-Whisky einen Stapel alter Stadt-Anzeiger durchgeblättert und war schon in der sechsten Ausgabe fündig geworden. In der Kolumne »Leute-Leute« des Lokalteils wurde über eine Wohltätigkeitsveranstaltung des sogenannten »Kaffeekränzchens« zugunsten eines Krebs-Hospizes berichtet – und die dabei anwesenden Charity-Damen waren natürlich alle auf einem Foto versammelt und namentlich erwähnt. Angelika Mertens war nicht dabei.

Nachdem er den Artikel ausgeschnitten und auf seinem Sekretär in eine Klarsichtfolie gesteckt hatte, hatte er überlegt, ob er in der Germaniaschänke vorbeigehen sollte, um noch eine Kleinigkeit zu essen. Der Halve Hahn im Sion-Bräues kam ihm jetzt als Tagesration für einen schwer beschäftigten Mann etwas dürftig vor. Doch dann hatte er sich auf das Frühstück am nächsten Morgen vertröstet. Er fühlte sich zu müde, um noch einmal auszugehen, und selbst die Aussicht auf Bluna vermochte die Anziehungskraft seines Bettes nicht zu überbieten. Als er schließlich darin lag, hatte er überlegt, dass es vielleicht etwas anderes gewesen wäre, wenn er sie hätte herbitten können. Aber er hatte keine Telefonnummer von ihr. Beim Einschlafen hatte er das kurz aufwogende Verlangen nach ihr wieder vergessen.

In der Nacht wachte er einmal auf. Ein Traum hatte ihn geweckt. Er stand mit seinen Verwandten am Grab seiner Mutter, warf ein Schäufelchen schwarzer Erde auf den Sarg, da stieß ihn jemand von hinten ins offene Grab, worauf die Verwandten wie wild damit begannen, es zuzuschaufeln und ihn mit Erde zu bedecken. Mit einem Schlag konnte er nichts mehr sehen, hatte den Geschmack von Erde im Mund. Nach Luft ringend fuhr er in die Höhe.

»Oh! Sind wir jetzt Millionär, oder was?« Aus Schumachers Stimme sprach der blanke Hohn.

»Wissen Sie, was allein schon der Eintritt in den Klub Finkenhof kostet?«, setzte Lauterbach nach.

»Der dürfte, soweit ich gehört habe, in der Höhe deines Jahresgehaltes liegen, Jakob. Also erzähl uns bitte keinen Unsinn!« Schumacher saß auf der Kante seines Schreibtisches und ließ sein dürres Bein so schwungvoll wippen, dass die Spitze seines Fußes fast Löhrs Kopf berührte, der auf einem Stuhl vor dem Schreibtisch saß.

So aggressiv hatte er sich dieses Gespräch dann doch nicht vorgestellt. Wenn er jetzt auch zugeben musste, dass es nicht seine klügste Idee gewesen war, sein Erscheinen im Golfklub mit dem angeblichen Interesse für eine Mitgliedschaft zu begründen. Er hätte wissen müssen, dass so dreiste Lügen Polizisten wütend machen.

»Ich befürchte, ihr ignoriert den Unterschied zwischen einem vagen Interesse an dem Klub und der Absicht, dort Mitglied zu werden«, wandte er ein und unterdrückte den Impuls, die Arme vor der Brust zu verschränken. Das hätte auch einem psychologischen Vollidioten offenbart – und Schumacher war zweifellos einer –, dass er sich in die Enge getrieben fühlte.

»Ein ›vages Interesse an dem Klub‹? Und deswegen treffen Sie sich am Samstagnachmittag dort ausgerechnet mit Oliver Mertens?« Lauterbach saß seitlich neben Schumachers Schreibtisch. Er verstand es, die Worte »Oliver« und »Mertens« wie Pistolenschüsse klingen zu lassen.

»Das war keine Verabredung, sondern ein zufälliges Treffen«, entgegnete Löhr.

»Zufällig, ja? Wenige Stunden vor Mertens' Tod?«, fragte Schumacher scharf.

»Soll das etwa heißen, ihr seht mein Zusammentreffen mit Mertens im Zusammenhang mit seinem Tod?«

Statt zu antworten, starrten ihn die beiden bloß an.

»Heribert!« Löhr stand auf und brachte sein Gesicht nahe an das Schumachers. »Kannst du mich mal aufklären, was hier läuft?«

»Das kann ich, Jakob«, antwortete Schumacher herablassend und Löhrs Blick standhaltend. »Was ich bisher mitgekriegt habe, ist, dass du uns zu verarschen versuchst.«

»Womit Sie die Ermittlung in einem Mordfall massiv behindern«, fügte Lauterbach hinzu.

»Damit, dass ich jemanden kurz vor seinem Tod zufällig treffe, behindere ich die Ermittlung an seinem späteren Mord? Ist das jetzt die neue Logik im KK11?« Löhr drehte sich im Halbkreis, sodass sein Blick von Schumacher zu Lauterbach wanderte.

»Was haben Sie drei Tage nach dem Mord ohne dienstlichen Auftrag am Tatort verloren?« Die Augen in Lauterbachs asketischem Gesicht wurden zu Schießscharten.

»Das hab ich doch schon erklärt. Weil ich gerade krankgeschrieben bin, hatte ich Zeit und hab mich für den Fall interessiert. Schließlich bin ich immer noch Kriminalpolizist.«

»Noch«, sagte Schumacher trocken.

»Aha! Ihr scheint ja noch richtig was in petto zu haben?« Um ruhig zu bleiben, setzte Löhr sich wieder, stützte die Hände auf die Knie und schaute Schumacher herausfordernd an.

»In welchem Verhältnis standen Sie zu Oliver Mertens?« Lauterbach versuchte es jetzt mit einem verbindlicheren Ton.

»In gar keinem. Ich hab ihn zufällig kennengelernt.«

Lauterbach stand auf, ging einmal halb um Schumachers Schreibtisch herum, nahm eine Aktenmappe von der Tischplatte, klappte sie so auf, dass Löhr nur den unbeschrifteten Aktendeckel und nicht ihren Inhalt sehen konnte, zog ein Foto daraus hervor, reichte es Schumacher, und der gab es an Löhr weiter.

Auf dem Foto waren Oliver Mertens, Olli, der Fingerabschneider, der kahlköpfige Chauffeur, Löhrs Onkel Heinz und dessen Kumpel Ley und Löhr selbst zu sehen. Die Aufnahme war offenbar an jenem Abend im Hinterzimmer des Lila Kakadu entstanden, an dem Löhrs Schlitterpartie an den Rand des Abgrunds begonnen hatte.

»Tja«, sagte Löhr und versuchte damit ein Schlucken der Überraschung zu kaschieren. »Und dieses Foto soll jetzt beweisen, dass ich zu Oliver Mertens in einem ›Verhältnis‹ stand?«

»Erklär uns doch einfach, was da passiert auf dem Foto, Jakob«, schlug Schumacher mit geheuchelter Kumpelhaftigkeit vor.

»Das ist ganz einfach.« Löhr gab das Foto an Schumacher zurück. »Mein Onkel Heinz und sein Freund Ley waren mit Mertens zu einem Pokerspiel verabredet, und ich habe meinen etwas labilen Onkel zu dieser für ihn prekären Begegnung begleitet.«

»Und die übrigen Personen auf dem Foto einschließlich Mertens haben Sie erst bei dieser Gelegenheit kennengelernt?«, fragte Lauterbach mit einem falschen Lächeln.

»Genau so war es.«

Lauterbach zog zwei weitere Fotos aus der Mappe, beide nahmen wieder den Weg über Schumacher zu Löhr. Auf dem ersten war zu sehen, wie Löhr vor dem Kunibertsklösterchen in den schwarzen 7er BMW einstieg, in dessen Fond – deutlich erkennbar – ihm der Fingerabschneider mit einem kühlen Lächeln entgegensah. Das zweite zeigte ihn neben dem Fingerabschneider vor der Tür des Einfamilienhauses, in dem er wenig später dem Balkan-Gekko gegenübergesessen hatte.

»Und in dem Animierschuppen haben Sie sich mit diesem jungen Mann gleich so angefreundet, dass Sie mit ihm eine Spazierfahrt zum Haus seines Onkels unternommen haben?«

»Das war keine Spazierfahrt, da ging es um Geschäfte meines Onkels.«

»Oh! Sie machen also Geschäfte mit der albanischen Wettmafia?«

»Nein, natürlich nicht. Ich sagte, es handelte sich um eine Angelegenheit meines Onkels.«

»Aha?« Lauterbach griff erneut in die Aktenmappe und zeigte Löhr das nächste Foto. Darauf waren er und der Fingerabschneider beim Gespräch im Café Marlène zu sehen. Die Aufnahme musste am Tag zuvor, bei ihrem Treffen kurz nach der Beerdigung, gemacht worden sein, denn sie waren erkennbar die einzigen Gäste im Café.

»Und hierbei ging es immer noch um die ›Angelegenheiten‹ Ihres Onkels?«

»In der Tat.«

»Sind Sie sicher? Könnte es nicht um ein ganz anderes Geschäft gegangen sein, Herr Löhr?«

Lauterbach fischte noch ein Foto aus der Aktenmappe und hielt es Löhr vor die Nase. Es zeigte ihn im Gespräch mit Oliver Mertens auf der Terrasse des Golfklubs Gut Finkenhof. Die Aufnahme stammte vom vergangenen Samstag.

»Ein zufälliges Treffen, sagten Sie?«

»Zufällig, ja.«

»Der für die Terrasse zuständige Kellner hat ausgesagt, dass er Sie davon abhalten musste, Mertens auf dem Golfplatz zu suchen. Das heißt, Sie wollten etwas von ihm, waren extra seinetwegen zum Golfplatz rausgefahren. ›Zufällig‹?«

»Ich war nicht sicher, ob er auch da war. Insofern war es doch ein zufälliges Treffen.«

»Du redest dich um Kopf und Kragen, Jakob«, mischte sich Schumacher ein.

»Was wollten Sie von Mertens?«

»Es ging um eine Spielschuld meines Onkels.«

»Ach wirklich? – Wissen Sie, wonach das alles hier für mich aussieht, Löhr?« Lauterbach steckte das letzte Foto zurück in die Mappe und hob sie dann beschwörend in die Höhe.

»Sie sagen es mir bestimmt gleich.«

»Für mich sieht das alles danach aus, dass Sie für die albanische Mafia den Geldeintreiber spielen, Löhr.«

Löhr lachte laut auf. Aber selbst in seinen Ohren klang dieses Lachen ein bisschen künstlich. »Und soll ich Ihnen sagen, was ich von Ihnen und Ihrer Theorie halte, Lauterbach?«

»Später, Löhr. Zuerst sagen Sie mir doch bitte, wo Sie am vergangenen Samstagabend so von neunzehn bis zwanzig Uhr waren …«

»Moment, Moment!« Schumacher schob sich von der Schreibtischkante und stellte sich zwischen Lauterbach und Löhr, so als wolle er Löhr beschützen. »So weit sind wir nicht«, sagte er zu Lauterbach und wandte sich dann an Löhr: »Du weißt jetzt, worum es geht, Jakob. Das war hier ein Gespräch unter Kollegen. Morgen wirst du eine amtliche Ladung zur Zeugenvernehmung im Briefkasten haben. Und da werden nicht nur ich und Lauterbach dabei sein, sondern auch der Staatsanwalt.«

»Welcher Staatsanwalt?«, fragte Löhr.

»Paluchowski.«

»Aha«, sagte Löhr. Paluchowski war ihm seit vielen Jahren alles andere als freundschaftlich gesinnt und hatte besonders bei Löhrs Ermittlungen gegen Klenk keine Gelegenheit ausgelassen, sich gegen ihn zu stellen. »Und wann soll diese Zeugenvernehmung sein?«

»Am Montagmorgen. Hier. Gleiche Zeit.«

25.

Löhr kam es vor, als hallten seine Schritte so laut durch die Flure des Präsidiums, dass jeden Augenblick jemand die Tür aufreißen müsste, um nachzuschauen, welches Trampeltier die Bürowände erzittern ließ. Das Gefühl, gedemütigt worden zu sein, war neu für ihn. Es war das erste Mal in seiner Laufbahn bei der Kripo, dass ihn jemand so behandelt hatte. Andererseits, sagte er sich, war er auch selber schuld. Wie hatte er Lauterbach so unterschätzen und sich so naiv in die Fänge von Schumacher begeben können. Der hatte offenbar nur darauf gewartet, sich bei Löhr für all die Unannehmlichkeiten zu revanchieren, die er ihm während seiner Zeit beim KK 11 bereitet hatte, indem er Lauterbach auf ihn scharf gemacht hatte.

Löhr nahm die Treppe vom vierten hinunter in den zweiten Stock. Im Aufzug war die Möglichkeit, einem Kollegen zu begegnen, zu groß, und er wusste nicht, wie er reagieren würde, wenn ihn jemand anspräche. Im Augenblick jedenfalls spürte er, dass er jedem, der ihm irgendwie krummkäme, augenblicklich an die Gurgel springen würde.

Auf dem Flur des KK 32 glaubte er, sich wieder einigermaßen im Griff zu haben. Trotzdem strich er sich ordnend durchs Haar, bevor er an der Tür von Heiner Fischenich klopfte.

Fischenichs Büro sah aus wie immer, nämlich wie ein völlig überfüllter Aktenabstellraum. Fischenich war ein Aktenfetischist. Obwohl er längst alle seine Daten vom Computer aus verwaltete, war er vernarrt in das Studium von Papier. Man musste sich anstrengen, um ihn hinter Türmen von Akten an seinem ebenfalls von Akten gleichsam zugewachsenen Schreibtisch entdecken zu können. Er war so tief über einen roten Ordner gebeugt, dass man glauben konnte, er verstecke sich darin. Löhr räusperte sich, um ihn auf sich aufmerksam zu machen, denn auf sein Klopfen hatte Fischenich nicht reagiert.

»Löhr! Was ist denn mit Ihnen passiert?« Fischenich ließ den Ordner sinken und sah Löhr ungläubig an.

»Stimmt was nicht?« Löhr strich sich noch einmal durchs Haar und zupfte seinen Trenchcoat zurecht, den er die ganze Zeit über anbehalten hatte.

»Sie sehen aus wie 'ne Bulldoge, der man die Wurst weggenommen hat.«

»Danke fürs Kompliment, aber irgendwie fühl ich mich tatsächlich so ähnlich.«

»Ich hoffe, das hat damit zu tun, dass Sie bei Ihren Ermittlungen Richtung All-Protect kurz vorm Zuschnappen stehen?«

»Das kann man so nicht sagen«, antwortete Löhr. »Aber möglicherweise liegt mein Problem in der gleichen Richtung ...«

»Aha?«, machte Fischenich. »Und womit genau kann ich Ihnen jetzt helfen?«

Löhr glaubte sehen zu können, wie sich ein Hauch von Misstrauen in Fischenichs Miene einnistete. Hatten ihn Schumacher oder Lauterbach etwa schon vor ihm gewarnt? Löhr unterdrückte den Anfall von Paranoia und versuchte ein charmantes Lächeln: »Ich hoffe, Sie wollen mir helfen?«

»Wenn ich kann, Löhr, immer ...« Das klang zwar nicht wie der Schwur einer ewigen Freundschaft, aber auch nicht völlig entmutigend.

»Es geht um Oliver Mertens«, sagte Löhr. »Ich habe gehört, er hat sich vor Kurzem mit Ihnen in Verbindung gesetzt ...«

Die tiefe Falte der Abwehr, die auf Fischenichs Stirn erschien, konnte nicht Löhrs Paranoia entspringen. Zu offensichtlich klappte Fischenich sein Visier herunter. »Wo haben Sie das gehört?«

»Eine Quelle ...« Löhr blickte gleichmütig zum Fenster hinaus. Natürlich konnte er Fischenich nicht verraten, dass er diese Information von einem Kriminellen bekommen hatte, einem Kriminellen, mit dem er im Übrigen seit Kurzem kooperierte, Rinor, dem Fingerabschneider.

Fischenich schüttelte energisch den Kopf. »Tut mir leid, Löhr, aber die Aussagen, die Mertens hier gemacht hat, sind Verschlusssache. Erstens habe ich sie an die Staatsanwaltschaft weitergeleitet, die zurzeit noch die Eröffnung eines entsprechenden Verfahrens erwägt. Und zweitens ist die Causa Mertens inzwischen ein Todesermittlungsfall, wie Sie sicher wissen.«

»Aus dem Grund interessiert es mich besonders, warum Mertens bei Ihnen war und was er zu sagen hatte.«

»Versuchen Sie Ihr Glück beim KK 11, die haben das Protokoll sicher zu ihrer Akte genommen.«

»Heißt das, Mertens hat sich bei Ihnen offiziell, protokollarisch ausgelassen?«

Fischenich nickte bloß.

»Bei Ihnen persönlich?«

Wieder nur ein Nicken.

»Ich seh schon«, sagte Löhr, »Sie wollen mir nichts verraten …«

»Ich kann nicht«, antwortete Fischenich und ließ seine Miene noch zwei Kältegrade mehr vereisen.

»Natürlich, das verstehe ich. Aber Sie können mir doch vielleicht sagen, wann Mertens seine Aussage zu Protokoll gegeben hat?«

Statt zu antworten, sah Fischenich Löhr an, als versuche er mit seinem Blick in die Tiefen von dessen Gehirn einzudringen. Löhr hielt dem Blick stand und wartete. Schließlich stöhnte Fischenich und sagte: »Okay, Löhr, weil Sie es sind und wir bisher gute Kollegen waren. Mertens war vergangenen Mittwoch hier.«

»Interessant«, sagte Löhr.

»Inwiefern?«

Diese Frage erleichterte Löhr, bewies sie doch, dass die bürokratischen Scheuklappen Fischenichs Blick nicht völlig verengt hatten und doch noch ein Funke kriminalistischer Neugierde in ihm glühte.

»Denken Sie an den Zeitpunkt seines Todes …«, sagte er.

Fischenich spitzte die Lippen und überlegte. Löhr beobachtete sein Mienenspiel, doch er konnte nicht erkennen, was er denken mochte.

»Die Kollegen vom KK 11 werden nicht erfreut sein, wenn sie erfahren, dass Sie in ihrem Revier wildern«, sagte Fischenich schließlich mit einem Lächeln, von dem Löhr schwer sagen konnte, ob es Missbilligung oder Zuspruch ausdrücken sollte.

»Ich weiß«, sagte er deshalb bloß.

Als er auf dem Rückweg von der Straße des 17. Juni aus die Kalker Hauptstraße ansteuerte, entschloss Löhr sich, eine der Erkenntnisse, die er während seines Aufenthaltes im Polizeipräsidium gewonnen hatte, einer genaueren Prüfung zu unterziehen. Statt wie sonst zurück zur U-Bahn-Haltestelle Kalker Post zu gehen, nahm er den Weg zur nächsten stadteinwärts gelegenen Haltestelle Deutz-Kalker Bad. Das war eine gut zu überblickende Strecke von vielleicht anderthalb Kilometern. Außerdem waren auf seinem Bürgersteig nur wenige Passanten unterwegs, auf dem gegenüberliegenden Bürgersteig war überhaupt niemand zu sehen.

Da der Regen aufgehört hatte, schlug er ein verhaltenes Tempo ein, hielt seine Umgebung unauffällig im Auge und konnte schon nach hundert Metern feststellen, dass seine Beschatter weit weniger professionell vorgingen, als er vermutet hatte. Was sie bisher auch absolut ausreichend gewesen war, da Löhr völlig ahnungslos durch die Gegend gelaufen war. Jetzt aber bemerkte er, dass ausgerechnet der Typ, der ihm auf dem Weg zum Präsidium bei den Köln Arcaden aufgefallen war, ihm nun im Abstand von fünfzig Metern folgte. Ein cleveres Beschattungsteam hätte den Mann ausgetauscht, nachdem das Beschattungsobjekt auf ihn aufmerksam geworden war. Für Löhr legte das den Schluss nahe, dass sie keinen besonderen Wert mehr auf eine unauffällige Beschattung legten. Wollten sie ihm jetzt nur noch zeigen, dass sie ihn im Auge behielten?

Als Löhr an der Kalker Post in die U-Bahn einstieg, tat sein Beschatter das Gleiche, und als er zehn Minuten später unterm Hauptbahnhof ausstieg, das Gleis wechselte und in eine andere Linie umstieg, folgte ihm sein Begleiter mit der hellbraunen Wildlederjacke auch da. Lohr störte es nicht. Im Gegenteil. Sie sollten ruhig wissen, dass er sie genauso im Auge hatte wie sie ihn.

26.

Dass es sich bei seinen Beschattern nur um Leute der All-Protect handeln konnte, war Löhr beim ersten Foto klar geworden, das Lauterbach ihm gezeigt hatte. Er war spätestens dann in deren Visier geraten, als er begonnen hatte, sich um die Wiederbeschaffung des gestohlenen Geldes zu kümmern. Aber warum hatten sie die Fotos dem KK11 zugespielt? Welches Interesse konnten sie daran haben, ihn damit im Mertens-Fall in die Rolle eines Verdächtigen zu manövrieren?

An der Kreuzung Ehrenfeldgürtel und Subbelrather Straße stieg Löhr aus. Den Rest des Weges wollte er zu Fuß gehen. Nicht nur der frischen Luft wegen, die er sich nach den Stunden im Präsidium glaubte verdient zu haben. Er wollte sich vergewissern, ob sein Bewacher an ihm dranblieb. Das tat er. Der Typ in der Wildlederjacke war mit ihm ausgestiegen und hielt sich jetzt fünfzig, manchmal bloß dreißig oder weniger Meter hinter ihm.

Löhr bog in die Landmannstraße ein, überquerte den Lenauplatz und ging dann die Iltisstraße hinunter. Er überlegte, ob er seinen Beschatter nicht doch besser abschütteln sollte, aber dann entschied er sich, auf den Firlefanz zu verzichten. Schließlich war der Typ bloß als eine Art Drohkulisse gedacht und würde ihm keine Schwierigkeiten machen.

Kurz vor dem Takuplatz kam er bei der Adresse an, die ihm der Fingerabschneider gegeben hatte. Der Typ, hatte er gesagt, sei sicher krankgeschrieben und zu Hause.

Der graubraune Putz des aus den zwanziger Jahren stammenden Genossenschaftshauses hatte die letzte Auffrischung auch schon wieder mindestens vierzig Jahre hinter sich, der rissige schwarze Lack der hölzernen Haustür blätterte an den am häufigsten benutzten Stellen ab und offenbarte, dass die Tür ursprünglich einmal dunkelgrün gewesen war. Auch das Klingelbrett hatte bessere Zeiten gesehen; die Knöpfe neben den zehn Namensschildern bestanden aus dem längst vergessenen Kunststoff Bakelit, ihre einst glänzende schwarze Oberfläche war stumpf und grau. Nachdem er geklingelt hatte, dauerte es fast eine halbe Minute, bis der Türöffner summte. Löhr stieß die Tür auf und blickte sich, bevor er hineinging, noch einmal um. Sein Schatten war verschwunden.

Eine Türkette hatte Löhr schon lange nicht mehr gesehen und deshalb geglaubt, dass derlei Sicherheitstechnik inzwischen ausgestorben sei. Aber tatsächlich trennte ein solches Fossil ihn jetzt von dem Mann, dessen Gesicht man deutlich ansehen konnte, dass er kürzlich Bekanntschaft mit dem Fingerabschneider gemacht hatte.

»Was wollen Sie?«

»Mich mit Ihnen unterhalten.«

»Kein Bedarf.«

Unter beiden Augen des Mannes, der nach Fingerabschneiders Auskunft und dem Klingelschild zufolge Horst Stricker hieß, prangten tiefrote, an den Rändern sich mal ins Blaue, mal ins Gelbe verfärbende Ringe. Seine Nase war von der Wurzel bis zur Spitze blau, was den Schluss zuließ, dass das darunterliegende Nasenbein mindestens an einer Stelle gebrochen sein musste.

»Seien Sie nicht albern, Stricker«, wiederholte Löhr geduldig seine Bitte. »Wenn Sie sich nicht mit mir unterhalten wollen, dann werden Sie es mit jemand anderem tun müssen.«

»Dann zeigen Sie mir mal 'ne Vorladung!« Der Mann hinter der Tür gab sich Mühe, tapfer zu klingen.

»Seh ich aus, als wäre ich hier als Bulle unterwegs?« Löhr deutete auf Strickers gebrochene Nase. »Reicht Ihnen das etwa noch nicht?« Jetzt schien der Mann hinter der Tür die Zusammenhänge zu begreifen.

Die Sicherheitskette rasselte aus ihrer Verankerung im Türrahmen, und Löhr trat in den Flur, in dem es nach einer Mischung aus Schuhcreme und Blumenkohl roch und der ebenso wie das Haus einen neuen Anstrich hätte gebrauchen können. Stricker, der von Fingerabschneider interviewte All-Protect-Angestellte, führte Löhr an einer Küche vorbei, in der eine Thailänderin am Tisch saß und nur kurz und ausdruckslos von ihrem Sudoku aufblickte.

»Ich denke, Sie sind bei der Kripo? Und da arbeiten Sie mit solchen Typen zusammen?« Stricker führte Löhr in eine Art Büro und zog die Tür hinter sich zu. Unter dem Fenster stand ein kleiner Mahagonischreibtisch mit einem ledergepolsterten Stuhl dahinter, an der Wand ein schmales Bücherregal, in dem sich allerdings keine Bücher, sondern nur stapelweise Zeitschriften befanden. Obenauf lagen Security- und Waffen-Magazine.

»Und ich denke, Sie arbeiten für eine seriöse Sicherheitsfirma, und da beklauen Sie deren Kunden?«

Stricker baute sich in der Mitte des Raumes auf. Er war einen halben Kopf größer als Löhr, sein Schädel war kahl rasiert, er wirkte durchtrainiert und strengte sich an, ruhig zu erscheinen. Doch die Begegnung mit dem Fingerabschneider hatte ihn offenbar um die gewohnte Souveränität gebracht. Schaute man genau hin, waren seine Bewegungen fahrig und der Blick aus seinen gezeichneten Augen alles andere als gelassen.

»Das hab ich doch alles schon diesem Schläger erklärt!« Er wies auf eine aus zwei klapprigen Sesseln und einem Rauchglas-Beistelltisch bestehende Sitzgruppe. Doch Löhr blieb stehen. Darauf blieb Stricker ebenfalls stehen und stützte seine Hände auf die Rückenlehne eines Sessels. Jetzt erst sah Löhr, dass er einen Verband um die linke Hand trug.

»Aber mir haben Sie das noch nicht erklärt«, sagte Löhr.

»Wir haben nichts anderes getan, als einen gegen Mertens vorliegenden amtsgerichtlichen Titel zu vollstrecken.«

Löhr lachte laut auf. »Die All-Protect ist auch im Inkasso unterwegs?«

»Auch. Natürlich.«

»Und auf wen lautete der Titel gegen Mertens?«

»Das wurde uns nicht gesagt.«

»Verarschen Sie mich nicht! Sie werden doch Ihrem Auftraggeber Bericht erstatten?«

»Nein. Nur dem Abteilungsleiter in der All-Protect.«

»Wer ist das? Wie heißt der Mann?«

Stricker zögerte, entschloss sich dann aber zu sprechen. »Spelmann.«

»Spelmann? Das ist doch der Geschäftsführer von dem ganzen Laden.« Löhr erinnerte sich an den braun gebrannten Söldnertypen, den er am Samstag vom Rasenmähen ins Büro der All-Protect geholt hatte.

»Ja. Aber in dem Fall auch der Abteilungs- oder, wenn Sie so wollen, der Projektleiter.«

»Interessant«, sagte Löhr. »Höchste Priorität?«

Stricker zuckte die Schultern. »Ich bin da nur 'ne kleine Nummer«, sagte er ausweichend.

»Und empfangen bloß Anweisungen, ich weiß. Gehörte dazu auch, die Fotos zu machen?«

Wieder zuckte Stricker mit der Schulter, was jedoch als Zustimmung zu deuten war.

»Dann haben Sie also noch mehr Fotos vom letzten Samstagnachmittag, wie ich mit Mertens auf der Terrasse des Golfklubs gesprochen habe?«

Löhr sah, wie Stricker während seiner Frage den Blick von ihm ab- und der Tür zuwandte. Im selben Augenblick hörte er hinter sich ein Geräusch. Er drehte sich um. Vor ihm stand sein Bewacher, der Mann im hellbraunen Wildlederblouson. Er war mehr als einen Kopf größer als Löhr und hatte, zu seiner Nussknackerphysiognomie passend, die Haare ebenso kurz rasiert wie Stricker.

»Das reicht, Löhr. Genug gequasselt.« Er grinste und tat einen Schritt auf Löhr zu. Da seine Arme dabei locker am Körper herunterhingen, betrachtete Löhr das nicht als unmittelbare Gefahr, streckte die Brust heraus und sah ihm in die Augen.

»Das bestimmen also Sie, wann ich genug gequasselt habe?«

»Genau!«, sagte der Mann mit dem Nussknackergesicht. In dem Augenblick durchfuhr Löhr ein dumpfer Schmerz. Sein Magen schien sich nach außen stülpen zu wollen, gleichzeitig spürte er, wie alle Luft mit einem Mal aus ihm entwich, seine Knie wurden zu Pudding, und er sackte vornüber. Zu Fall kam er nicht, denn Nussknacker fing ihn mit seiner Linken auf und hielt ihn am Trenchcoatrevers in die Höhe.

»Können Sie mich hören, Löhr?«

Die Frage war berechtigt. Löhr hatte das Gefühl, im nächsten Augenblick ohnmächtig zu werden. Alles Blut schien aus seinem Hirn in den Magen geflossen zu sein, um das Loch, das der Typ dort hineingeschlagen hatte, zu stopfen. Seine Stimme drang, obwohl er offenbar schrie, nur wie ein weit entferntes Rufen an sein Ohr.

»Was?«

Der Nussknacker verpasste ihm mit der Rechten zwei Ohrfeigen.

»Verstehen Sie mich jetzt?«

»Ja.« Die Ohrfeigen schienen geholfen zu haben. Löhr konnte ihn jetzt ausgezeichnet verstehen.

»Dann hören Sie genau zu: Feiern Sie krank. Bleiben Sie zu Hause, trinken Sie Ihren Irish Blend oder von mir aus auch ein Kölsch in Ihrer versifften Stammkneipe. Aber halten Sie sich aus unseren Angelegenheiten raus! Ist das klar?«

»Sie bleiben also dabei und wollen mir sagen, was ich zu tun habe?«, brachte Löhr zwischen Stöhnlauten hervor und hoffte, dass dem Nussknacker der renitente Unterton seiner Stimme trotzdem nicht entging.

»Sie haben mich verstanden. Das ist großartig!« Der Nussknacker verlieh seiner Freude durch einen weiteren Schlag in Löhrs Magen Ausdruck. Erstaunlicherweise tat das nicht mehr so weh wie beim ersten Mal. Vielleicht gewöhne ich mich noch daran, dachte Löhr. An das, was unmittelbar danach geschah, erinnerte er sich später nicht mehr so genau.

27.

»Wirf das Ding weg, Mann!« Der Zeigefinger Palluscheks sah bis auf die blonden Haare aus wie eine Riesenbockwurst. Sie zeigte auf Löhrs Schulterhalfter, das er zum Schießtraining angelegt hatte. »Diese Polizeihalfter sind scheiße, die haken alle, und du kriegst die Kanone erst raus, wenn du schon platt bist.«

Palluschek war Großkaliber Schießtrainer in dem privaten Schießstand, den Ortlieb ihm empfohlen hatte. Ortlieb war ein Erkennungsdienstler, mit dem Löhr sich während seiner Zeit im KK 11 angefreundet hatte. Der Schießstand der Polizei kam im Augenblick aus mehreren Gründen nicht in Frage, wovon der geringste die Krankschreibung Löhrs war.

Nachdem Palluschek ihm statt des Schulterhalfters ein Gürtelhalfter verpasst und die Technik für ein einigermaßen flüssiges Ziehen seiner P30 beigebracht hatte, ging es ans Schießen selbst. Palluschek ließ den mit Ohrschützern ausgestatteten Löhr breitbeinig im Schießstand Stellung beziehen und die fünfzehn Geschosse seines Magazins auf eine fünfundzwanzig Meter entfernte Zielscheibe abfeuern. Anschließend fuhr Palluschek die Zielscheibe heran. Keines der Geschosse hatte den schwarz markierten Mann auf der Scheibe und nur sechs die Scheibe überhaupt getroffen.

»Du darfst das linke Auge nicht zukneifen! Hat dir das denn keiner beigebracht? Beide Augen offen! Und halt leicht nach links. Deine Kanone hat 'nen Rechtsdrall. Noch mal!«

Beim nächsten Versuch hatte der schwarze Mann zwei Löcher, eines im rechten Fuß, das andere da, wo sich bei lebendigen Männern die Geschlechtsteile befinden. Von den restlichen dreizehn Kugeln hatten jetzt immerhin acht die Scheibe getroffen, mehr oder weniger dicht neben dem Mann.

»Na also, geht doch«, sagte Palluschek. »Wenn's ernst wird, bist du sowieso näher dran an deinem Mann. Da kommt's im Endeffekt nur auf die Schnelligkeit an. Deshalb nimm das Gürtelhalfter, und wenn du das Gefühl hast, es wird brenzlig, trag deine Kanone immer durchgeladen. Lädst du erst durch, wenn es so weit ist, kostet das zu viel Zeit. Der Sicherungshebel der P30 ist zuverlässig. Da kann nichts passieren, wenn du sie durchgeladen trägst. – Alles kapiert, Mann?«

Die fünf Riesenbockwürste an Palluscheks Hand klatschten auf Löhrs Schulter. Fast wäre er von der Wucht des Aufpralls in die Knie gegangen. Ganz fit war er immer noch nicht.

Bevor er mit dem Bus nach Pesch zum Schießstand gefahren war, hatte Löhr die Mittagszeit und den frühen Nachmittag damit verbracht, sich von seinem kurzen Ohnmachtsanfall und den Schlägen des Nussknackers zu erholen. Zu Hause angekommen, hatte er einen Pfefferminztee aufgebrüht, sich auf die Couch im Wohnzimmer gelegt, den Tee geschlürft und den Schmerzen in seiner Magengrube gelauscht. Dabei waren ihm die Augen zugefallen, und er war in einen kurzen, traumlosen Schlaf gesunken. Als er wieder erwachte, war der Schmerz so weit zurückgegangen, dass er Hoffnung schöpfen konnte, den Tag ohne Krankenhaus und Notoperation zu überstehen. Er war aufgestanden, hatte sich den aktuellen Stadt-Anzeiger und den Ausschnitt über die Charity-Ladys geholt, den er am Abend zuvor aus einer alten Ausgabe ausgeschnitten hatte, hatte sich damit wieder zurück zur Couch begeben und ausführlich den Lokalteil studiert.

Während der 121er Bus durch Longerich und Bilderstöckchen von Schlagloch zu Schlagloch zurück in Richtung Innenstadt rumpelte, hatte Löhr nicht nur Gelegenheit, über den wüstenpistenähnlichen Zustand der Kölner Straßen nachzudenken, für deren Reparatur angeblich kein Geld da war. Er konnte sich auch die Muße nehmen, sich Gedanken über seinen neuen Beschatter zu machen, der ein paar Sitze hinter ihm saß und sowohl bei der Hinfahrt wie auch jetzt keinerlei Mühe aufgewendet hatte, sich vor ihm zu verbergen. Die All-Protect schien sich einiges davon zu versprechen, Löhr weiter Druck zu machen. Solange er nichts unternahm, was sie besser nicht erfahren sollten, war das zwar lästig, aber ihm eigentlich egal. Spannend würde es werden, wenn er den ersten Haken schlug, um seinen Schatten abzuschütteln, und sich dann herausstellen würde, dass sie ihn zu mehreren beschatteten und plötzlich der Nächste an ihm dran wäre.

Der Kerl, der ihn im Augenblick verfolgte, war ein ähnlicher Typ wie Stricker oder der Nussknacker, vielleicht nicht ganz so athletisch wie die beiden, Löhr aber trotzdem körperlich in jeder Beziehung überlegen. Interessant war, dass die All-Protect solche Typen für den Diebstahl und jetzt auch auf ihn angesetzt hatte, für die Bewachung von Mertens' Geld aber bloß diesen unfähigen Fettkloß. Das ließ nicht nur auf gewisse Prioritäten schließen, sondern auch zur Gewissheit werden, dass sie den Diebstahl von Mertens' Einsatz wahrscheinlich schon geplant hatten, bevor die Pokerpartie im Lila Kakadu überhaupt angefangen hatte.

An der Friedrich-Karl-Straße endete der 121er. Löhr stieg aus und ging, immer von seinem Schatten gefolgt, die Neusser Straße stadteinwärts, unterquerte am Gürtel die Straßenbahntrasse und wollte gerade in den U-Bahn-Schacht hinabsteigen, als sein Handy brummte. Er blieb am Eingang zur U-Bahn stehen, nahm das Gespräch an und behielt dabei seinen Verfolger im Auge. Der hatte, sobald er Löhr das Handy herausnehmen sah, abgedreht und schlenderte auffällig unauffällig in zwanzig Metern Entfernung den Bürgersteig herauf und herunter.

»Mensch, Jakob! Du bringst dich noch in den Knast, wenn du so weitermachst!« Essers Stimme krächzte, was nicht nur mit der Qualität der Handyleitung zu tun hatte.

»Möglich«, antwortete Löhr. »Aber wenn ich nicht so weitermache, komm ich vielleicht noch ganz woandershin.«

»Ich würd an deiner Stelle keine Scherze machen! Lauterbach hat dich echt auf dem Kieker, Jakob!«

»Und woher weißt du das?«

»Wir hatten eben 'ne Besprechung, und da hab ich 'nen Blick in die Akte geworfen.«

»Heißt das, du bist jetzt in der MK Mertens?«

»Brauchte mich nicht zu drängeln. Lauterbach macht 'nen Wahnsinnsdruck und hat alle, die nicht in anderen MKs zu tun haben, zu sich rübergezogen.«

»Das heißt, du hast komplette Akteneinsicht?«

»Jakob! Bring mich nicht in Teufels Küche!«

»Tu ich nicht, Rudi. Nur ein kleiner Gefallen.« Löhr senkte die Stimme, obwohl er sah, dass sein Beschatter unmöglich etwas verstehen konnte. »Schau bitte nach, ob da das Protokoll einer Aussage drin ist, die Mertens am vergangenen Mittwoch im KK32 gemacht hat, und …«

»Jakob!« Essers Stimme nahm den Ton einer Sirene an.

»… und mach bitte eine Kopie davon«, fuhr Löhr ungerührt fort. »Das könnte, glaube ich, ziemlich wichtig sein.«

»Jakob, ich …« Esser schnappte hörbar nach Luft.

»Du schaffst das, Rudi«, sagte Löhr beschwörend. »Ich ruf dich morgen an.«

Beim Aussteigen aus der Bahn am Rudolfplatz herrschte dichtes Gedränge. Löhr sah auf die Uhr. Es wurde langsam Zeit, seinen Bewacher loszuwerden. Er wusste, dass er nicht fit genug war, um in einer Menschenmasse einen Haken zu schlagen und seinem Verfolger davonzulaufen. Er musste sich etwas anderes überlegen.

Auf der Rolltreppe hinauf Richtung Hahnentor fiel ihm etwas ein. Auf ebener Erde angekommen, ging er den Hohenzollernring hinunter in Richtung Friesenplatz. Sein Beschatter blieb hinter ihm. Nach ungefähr sechzig Metern gab es ein Café, das Café Passage. Das Namengebende und Besondere am Café Passage war, dass es einen zweiten Ein- beziehungsweise Ausgang zu der neben ihm liegenden Passage hatte. Man konnte es vom Ring aus betreten und durch die zum Friesenwall führende Passage wieder verlassen. Wer das nicht wusste und jemandem ins Café folgte, musste zunächst denken, er halte sich in der Toilette auf, sollte er irgendwann verschwinden.

Löhr baute darauf, dass sein Verfolger diese Lokalität nicht kannte – und behielt recht. Rasch verließ er die Passage, überquerte den Friesenwall, ging in die Kettengasse, stellte sich in den Eingang zu einer Schwulensauna und wartete dort eine halbe Minute, die befremdeten Blicke der beiden Saunabesucher, die an ihm vorbeidrängten, ignorierend. Als er sicher war, dass der Bewacher seine Spur verloren hatte, schlug er, sicherheitshalber noch ein paar Schleifen durch Seitenstraßen drehend, den Weg Richtung Opernhaus ein.

28.

Auf der Rückseite des Opernhauses befand sich die Galerie Himmel, in die die »Gesellschaft zur Förderung junger bildender Künstler« für den Abend zu einer Vernissage eingeladen hatte. Löhr hatte davon während seiner nachmittäglichen Couch-Siesta im Stadt-Anzeiger gelesen. Natürlich wäre er nie auf den Gedanken gekommen, zu einer solchen Veranstaltung zu gehen, wenn der entsprechenden Ankündigung nicht zu entnehmen gewesen wäre, dass Verlegergattin Christiane Krakauer die Vorsitzende jener »Gesellschaft zur Förderung junger bildender Künstler« war. Und selbstverständlich hätte auch dies ihn nicht zum Betreten der Galerie Himmel veranlassen können, wenn er am Abend zuvor nicht herausgefunden hätte, dass Christiane Krakauer zu dem erlauchten Kaffeekränzchen der Kölner Charity-Damen gehörte, das vor Kurzem die Gattin des Golfers Oliver Mertens aus seiner Mitte entfernt hatte.

Löhr wunderte sich, dass keiner der Vernissage-Besucher ihn schief anschaute oder fragte, was ein müder, graugesichtiger Typ in einem leicht abgewetzten und nach Schießpulver stinkenden Anzug hier zu suchen hatte. Eine der mit Tabletts voller Sekt- oder Champagnergläsern umhergehenden Serviererinnen, allesamt dauerlächelnd und langbeinig wie Haute-Couture-Models, drängte ihm sogar ein Glas auf. Löhr nahm es dankbar an, obwohl er Sekt verabscheute. Aber das Glas war etwas, an dem er sich festhalten konnte. Er verzog sich damit in einen Winkel der Galerie, in den man durch die großen Fenster von der Straße keinen Einblick hatte. Was zum einen den Vorteil hatte, dass sein Beschatter, falls er ihm auf den Fersen war, ihn hier nicht sehen konnte. Zum anderen konnte man hier die Gesellschaft, die sich zur Feier und Förderung der jungen Kunst versammelt hatte, einigermaßen ungestört beobachten. Dabei wurde Löhr wieder klar, warum er die Vernissage-Besuche mit Irmgard immer gehasst hatte: wegen der Masse unfassbar eitler und blasierter Gestalten beiderlei Geschlechts, die sich auf solchen Veranstaltungen herumtrieb. Wobei die Frauen durch ihre exaltierten Kleider besonders auffielen, zumal diese Kleider enorm große Partien ihrer für Löhrs Geschmack viel zu dürren Leiber sehen ließen.

Von dem Vortrag, den ein noch nicht einmal dreißigjähriger Kunstdozent über den jugendlichen Künstler, dessen Werk hier heute gefeiert werde sollte, hielt, verstand Löhr außer Begriffen wie »Mikrokosmos« und »Makrokosmos« so gut wie nichts. Vor allem war ihm der Bezug zur Kunst des Künstlers unklar. Denn auf dessen Bildern waren graue Punkte zu sehen. Kleine Punkte, große Punkte. Alle diese Punkte waren wiederum aus Abertausenden kleinerer Punkte gebildet. Um feststellen zu können, ob diese kleineren Punkte wiederum aus noch kleineren bestanden, hätte man allerdings eine Lupe gebraucht. Vielleicht hätten sich dann ja tatsächlich »Mikrokosmen« erschlossen.

Nach dem jungen Kunstdozenten sprach Christiane Krakauer, die Vorsitzende der Gesellschaft, zum Publikum. Statt um Kunst ging es in ihrer Rede um Spenden für eine noch zu gründende Stiftung. Die Verlegergattin gehörte nicht zur Kategorie der halb nackten und schmuckbehängten Klappergestelle. Zu einem fast knöchellangen blau karierten Rock trug sie eine weiße hochgeschlossene Bluse. Ihrem langen Pferdegesicht verlieh eine randlose Brille einen Hauch von Intellektualitat, sodass sie alles in allem eine seriöse Erscheinung war. Was, wie Löhr meinte, ihrer Rolle als moralisches Feigenblatt eines skrupellosen Ehemanns unbedingt zuträglich war. Es gab kaum Geschäfte mit der Stadt, in denen der Großverleger Eberhard Krakauer nicht irgendeine Rolle spielte, und meist waren es Geschäfte, in denen die Stadt den Kürzeren zog und die Bürger am Ende die Zeche zu zahlen hatten. Und in der Regel waren das Grundstücks- und Immobiliengeschäfte mit der Pietsch-Holding, an der Krakauer einen nicht unerheblichen Anteil hielt.

Nach der Ansprache der Vorsitzenden gab es eine weitere Runde Sekt, die Gesellschaft gruppierte sich neu, man stand in

Grüppchen beieinander und unterhielt sich, und Löhr wartete in seiner Nische auf eine Möglichkeit, mit Christiane Krakauer zwanglos ins Gespräch zu kommen. Die ergab sich, als er feststellte, dass sein Schwager Wilfried unter den Vernissage-Besuchern war. Allerdings befand er sich nicht in Begleitung seiner Gattin Mechthild, sondern jener jungen Frau, mit der Löhr ihn schon im Golfklub gesehen hatte. Dort hatte Wilfried noch so tun können, als kenne er Löhr nicht. Die Chance bekam er hier nicht. Als Löhr bemerkte, dass sich Christiane Krakauer zu der Gruppe gesellte, in der Wilfried und die junge Frau standen, sah er die Gelegenheit gekommen. Er ging zu der Gruppe hinüber, quetschte sich neben Wilfried und tat dann, als der sich nach ihm umdrehte, so, als bemerke er ihn jetzt erst.

»Oh, Wilfried, alter Schwager! Du hier?«

Wilfried war die kumpelhafte Begrüßung und überhaupt das Auftauchen Löhrs erkennbar peinlich. Sein Lächeln war das eines Mannes, der auf einer Zitronenscheibe kaut und dabei versucht, tapfer zu sein.

»Jakob, freut mich«, brachte er zwischen zusammengepressten Lippen hervor.

»Oh, Herr Dr. Winterberg!«, mischte sich die Vereinsvorsitzende Christiane Krakauer ein. »Endlich lerne ich außer Ihrer entzückenden Gattin einmal jemand anderes aus Ihrer Verwandtschaft kennen …«

»Einer meiner vielen Schwäger – Jakob Löhr«, murmelte Wilfried, der unter Qualen gerade noch ein Minimum an Höflichkeit aufzubringen vermochte.

Löhr reichte mit einem breiten Lächeln an Wilfried vorbei der Verlegergattin die Hand. »Löhr. Sehr erfreut, Frau Krakauer, Ihre Bekanntschaft machen zu dürfen.«

»Ganz meinerseits, Herr Löhr. Löhr? Kann es sein, dass Sie mit Irmgard Löhr verwandt sind?«

Dann hat es vielleicht doch einmal etwas Gutes, dass Irmgard sich in Künstlerkreisen herumtreibt, dachte Löhr. So als habe er ihr etwas Persönliches mitzuteilen, nahm er die Vorsitzende zur Seite und entfernte sich mit ihr ein paar Schritte von der Gruppe um Schwager Wilfried. Es stellte sich heraus, dass Irmgard und Christiane Krakauer einander aus diversen Künstlerzirkeln gut kannten und die Verlegergattin Irmgard als Kunstkennerin schätzte. Nachdem Löhr angedeutet hatte, dass es mit dem Ehefrieden im Augenblick nicht zum Besten bestellt sei, bot sich ein Themenwechsel an. Im harmlosen Plauderton schlüpfte Löhr in die Rolle des interessierten Beobachters des Falls Oliver Mertens.

»Ich habe gelesen, dass Sie viel mit seiner Frau Angelika zu tun haben …?«

»Viel wäre nun wirklich übertrieben«, säuselte Christiane Krakauer abwehrend.

»Immerhin sitzen Sie regelmäßig im sogenannten Kaffeekränzchen zusammen. Gibt es denn da jemanden, der sich ein bisschen um sie kümmert? Das muss ja ein furchtbarer Schock für sie gewesen sein …«

»Sicher war es das. Aber ich bin zuversichtlich, sie hat genügend Freunde.«

»Wirklich? Nach allem, was man so hört, war Mertens doch ein sehr – wie soll ich sagen – eigentümlicher Mensch …«

»Das war er in der Tat!« Ein deutlicher Unterton von Zorn und Verbitterung war in der Stimme der Verlegergattin zu vernehmen. »Und wenn Sie meine Meinung interessiert, Herr Löhr, dann hat er sich durch seine ›Eigentümlichkeiten‹ selbst in diese Situation gebracht!«

Löhr beugte sich zu ihr und senkte die Stimme: »Er soll um recht hohe Summen gespielt haben …«

»Um *sehr* hohe Summen!«, zischte sie verächtlich.

»… und seinen Kollegen im Vorstand der Bank soll das gar nicht recht gewesen sein.«

»Nicht nur denen und nicht nur seine Spielerei! Er hat sich in vielen wichtigen Fragen gegen die Mehrheit der entscheidenden Bürger in dieser Stadt gestellt!«

»Sie meinen also, dass …«

»Christiane!« Der schrille Begrüßungsschrei einer zu spät gekommenen, tief ausgeschnittenen und mit Gold behängten

Gesellschaftsdame riss die Vorsitzende aus dem Gespräch. Mit der Andeutung eines bedauernden Augenaufschlags ließ sie ihn stehen.

Löhr blickte sich nach der Gruppe um, in der immer noch sein Schwager Wilfried und die junge Frau standen, von der jetzt nun schon zum zweiten Mal innerhalb weniger Tage gesagt worden war, sie sei dessen Frau. Verwundert stellte Löhr fest, dass sich unter ihrem Kleid ein kleiner Bauch wölbte – sie war unzweifelhaft schwanger.

29.

Heinz saß an seinem rot-weiß karierten Tisch, trank Kölsch und spielte Klammerjass mit Conny und einem anderen Stammgast der Germaniaschänke, als wäre die Zeit stehen geblieben. Nur der Verband um seine linke Hand erinnerte daran, dass sie das nicht getan hatte. Für einen Donnerstagabend, an dem hier normalerweise wenig lief, war die Kneipe gut gefüllt, selbst Olli residierte buddhagleich, das Kicker-Büro vor sich, an seinem Stammplatz. Die Einzige, die nicht da war, war Bluna. Georgi hatte ihm gesagt, sie sei gestern hier gewesen und habe ein paar Kölsch getrunken, heute sei sie aber noch nicht aufgetaucht.

Löhr trank Kölsch, was nach dem Zusammenstoß mit dem Nussknacker am Mittag erstaunlich gut ging. Am Nachmittag hatte er noch einige Male das Gefühl gehabt, als sei durch die beiden Schläge in seiner Magengrube irgendetwas kaputtgegangen. Jetzt aber verspürte er außer einer Art Muskelkater keine Schmerzen mehr. Er blätterte im Stadt-Anzeiger vom nächsten Tag, den er beim Hereinkommen vom kleinen türkischen Express-Mann erworben hatte, und wartete auf seinen Stifado. Stifado war eine Spezialität von Ioánna, ein Lammfleisch-Schmortopf. Immer wenn er auf der Tageskarte stand, bestellte Löhr ihn.

Im Lokalteil las Löhr über den Fall Mertens, nach der Obduktion stehe jetzt fest, dass ein Golfballunfall auszuschließen war. Als Tatwaffe kam auch nicht mehr der ominöse »stumpfe Gegenstand« in Frage. Auf den hatte lediglich das äußere Erscheinungsbild der Wunde an Mertens' Kopf schließen lassen. Tatsächlich aber hatte der »stumpfe Gegenstand« eine ziemlich lange Spitze gehabt. Die war, so hieß es, »der Wirkung nach wie ein Eispickel« durch die Schläfe in Mertens' Hirn eingedrungen und hatte ihn auf der Stelle getötet. Zum sonstigen Tathergang stand nichts weiter im Artikel, auch nicht zu der Frage, die Löhr von Anfang an interessiert hatte, nämlich aus welchem Grund Mertens den Tisch mit seinen Mannschaftskameraden verlassen hatte und noch einmal zurück ins Golfplatz-Gelände gegangen war. Zum ersten Mal kam Löhr der Gedanke, dass der Fundort von Mertens' Leiche nicht identisch mit dem Tatort sein musste, dass seine Leiche lediglich auf der Anhöhe neben dem elften Loch abgelegt worden war.

Georgi stellte ihm den Teller mit dem Stifado vor die Nase, und Löhr machte sich heißhungrig darüber her. Schon wieder hatte er den Tag über einfach vergessen, etwas zu essen, und seit dem Tee am frühen Morgen, bevor er zu seiner Vernehmung ins KK11 gegangen war, hatte er auch nichts mehr getrunken. Als ihm das einfiel, bestellte er bei Georgi ein weiteres Kölsch, obwohl sein Glas noch halb voll war.

Während er das neue Kölsch trank und dabei den Teller vor sich leer kratzte, versuchte er, die Informationen zu sortieren, die er in den zwei Tagen seit Mertens' Tod über ihn zusammengetragen hatte. Natürlich ließ sich aus keiner einzelnen davon auf ein unmittelbares Tatmotiv schließen. Aber vielleicht, wenn man alles nebeneinanderlegte und zusammen betrachtete – konnte sich da nicht so etwas wie ein Hintergrundrauschen oder gar ein Muster ergeben, das Mertens' Situation vor seinem Tod erklärte?

Nach zehn Minuten Gehirnakrobatik und einem weiteren Kölsch stand für Löhr fest, dass der Schlüssel zur Beantwortung aller seiner Fragen in einer Schublade von Fischenichs Schreibtisch lag. Doch bevor er sich morgen früh mit dem Problem beschäftigen konnte, wie er an diesen Schlüssel herankam, musste er ein anderes aus dem Weg räumen.

Löhr drehte sich zum Eingang der Kneipe um. Gleich neben der Tür saß an einem der Zweiertische sein neuer Bewacher, wieder einer dieser kahl rasierten Söldnertypen, trank Cola und blätterte im druckfrischen Express, den er gleich nach Löhr ebenfalls beim kleinen Türken gekauft hatte. Löhr hatte keine Ahnung, ob sie seine Spur in oder vor der Galerie Himmel oder auf dem Weg von dort nach hier oder erst vor der Germaniaschänke selbst wieder aufgenommen hatten. Das war ihm auch egal, Hauptsache, sie klebten morgen früh nicht an ihm dran und bekamen mit, wie nahe er sich der Lösung des Falls befand. Er kramte den Zettel aus der Jackentasche, auf den der Fingerabschneider ihm in der Nacht, als seine Mutter gestorben war, seine Telefonnummer geschrieben hatte, und tippte sie in sein Handy ein.

»Ja?«

»Löhr. Kann ich Sie treffen?«

»Warum?«

»Es gibt noch ein kleines Problem.«

Schweigen am anderen Ende der Leitung. Löhr konnte im Hintergrund Männerstimmen und das Klirren von Tassen hören.

»Okay«, ließ sich der Fingerabschneider wieder vernehmen. »Ich bin im Café Marlène. Kommen Sie in zehn Minuten.«

Löhr bestellte noch ein Kölsch, strich, nachdem Georgi es ihm hingestellt hatte, langsam die Feuchtigkeit von der Außenwand des Glases und dachte darüber nach, dass er und Büb nur ein Mal gemeinsam Kölsch getrunken hatten. Das war, als Büb zum ersten Mal aus dem Jugendknast gekommen war und Löhr ihn vom Bahnhof abgeholt hatte. Sie waren in eine Kaschemme auf dem Gereonswall gegangen, wo sie nicht nach ihrem Alter und ihren Personalausweisen gefragt wurden. Nach zehn Kölsch war Büb so besoffen gewesen, dass Löhr ihn nach Hause tragen musste. Danach hatte Büb nie wieder einen Schluck Alkohol getrunken. Löhr versuchte sich zu erinnern, worüber sie damals immer gesprochen hatten, wenn sie sich trafen. Es fiel ihm nicht ein.

Er trank sein Kölsch aus und sagte Georgi, falls Bluna noch komme, solle er ihr sagen, er sei in einer halben Stunde zurück. Dann schlug er den Weg aufs Klo ein, beobachtete dabei über die Schulter seinen Bewacher, der auch ihn im Auge behielt. Als der Kahlköpfige sichergehen konnte, dass Löhr im nächsten Augenblick hinter der Klotür verschwand, und seinen Kopf wieder über den Express senkte, ging Löhr ein paar Schritte zurück und verließ durch den hinter dem Tresen liegenden Küchendurchgang den Gastraum. In der Küche stand Ioánna am

Herd, Löhr tätschelte ihre Schulter, gratulierte ihr zum wie immer gelungenen Stifado und verließ die Küche durch die Tür, die zum Hausflur des Hauses führte. Ein paar Sekunden später ging er unbehelligt die Aachener Straße hinunter Richtung Rudolfplatz.

Auf den ersten Blick sah Fingerabschneiders Stellung aus, als habe er sich mit Schwarz in eine nicht mehr aufzulösende Verteidigung eingeigelt, die jede Initiative seiner Offiziere blockierte. Aber nach zwei weiteren Zügen wurde Löhr klar, dass dieser Schein trog. Mit dem nächsten Zug rochierte Schwarz, sein Turm stellte den weißen König in ein Abzugsschach, dem ein Turm zum Opfer gefallen wäre, und Weiß gab auf. Der Gegenspieler, ein hagerer Iraner, der ewig im dunkelblauen Trainingsanzug im Café Marlène saß und hier als guter Schachspieler galt, steckte Fingerabschneider unter dem Tisch wortlos einen Geldschein zu. Der Fingerabschneider stand auf, nickte dem hinter ihm stehenden Löhr zu und deutete mit dem Kopf in Richtung eines freien Tisches.

»Wo haben Sie gelernt, so gut Schach zu spielen?«

»In der Armee.«

»Ach ja, ich erinnere mich. Sie sind ja in der serbischen Armee zum Einzelkämpfer ausgebildet worden und haben dann im Krieg 1999 die Fronten gewechselt ...«

Einen Augenblick lang meinte Löhr, so etwas wie Erstaunen in Fingerabschneiders Miene zu entdecken, im nächsten Augenblick aber nahm sie wieder die gewohnte Ausdruckslosigkeit an.

»Welches Problem?«

Löhr berichtete von seinem unangenehmen Zusammentreffen mit Stricker und dem Nussknacker und dass ihm ununterbrochen einer der Typen der All-Protect an den Fersen klebte.

»Und was habe ich damit zu tun?«

»Ich befürchte, dass mir langsam die Tricks ausgehen, sie abzuschütteln.«

»Müssen Sie sie denn abschütteln?«

»Morgen früh schon.«

Der Fingerabschneider sah ihn schweigend an, Löhr hörte ein leises Klicken. Er blickte an ihm hinunter und sah, dass der Fingerabschneider wieder seine Kette mit den schwarz lackierten großen Holzperlen durch die Finger gleiten ließ. Büb hatte zwar kein Schach gespielt, aber in den Fingern hatte er auch immer etwas gehabt. Löhr versuchte, sich zu erinnern, was es gewesen war, verzweifelte einen Augenblick lang an seinem löchrigen Gedächtnis, dann fiel es ihm ein. Büb hatte immer zwei silberne Würfel in der Hand gehabt und sie elegant zwischen den Fingern tanzen lassen. Diese Fähigkeit, zu reden und gleichzeitig so komplizierte Bewegungen mit den Händen zu vollführen, hatte Löhr an Büb immer bewundert. Die Art, wie der Fingerabschneider die Holzperlen durch seine Finger gleiten ließ, nämlich so, dass es aussah, als täten sie das ganz von allein, forderte Löhr jetzt auch so viel Respekt ab, dass er für einen Augenblick vergaß, zu was sonst diese Finger noch imstande waren.

»Okay.« Der Fingerabschneider beendete sein Schweigen und sagte leise: »Ich kümmere mich drum. Bin Ihnen ja noch was schuldig.«

»Ist nett, dass Sie dran denken. Aber was ich nicht verstehe, ist«, entgegnete Löhr, »warum Sie trotz meiner Warnung, dass nach Ihnen gefahndet wird, hier in aller Seelenruhe rumsitzen und Schach spielen.«

Zum ersten Mal, seit er ihn kannte, nahm Löhr ein offenes, ja fast sympathisches Lächeln am Fingerabschneider wahr. »Machen Sie sich keine Sorgen, Löhr. Ich passe schon auf mich auf.« Nach einer kleinen Pause setzte er hinzu: »Und auf Sie morgen früh auch.«

»Wenn das alles vorbei ist ...«, sagte Löhr, den zu seiner eigenen Überraschung ein fast freundschaftliches Gefühl für den Mann überkam, den er vor ein paar Tagen noch zu Recht für einen ernst zu nehmenden Feind hatte halten müssen, »wenn das alles vorbei ist, dann sollten wir vielleicht einmal eine Partie Schach zusammen spielen.«

»Das sollten wir unbedingt«, sagte der Fingerabschneider, und tatsächlich lächelte er wieder dabei.

Auf dem Weg zurück zur Germaniaschänke rief Löhr Esser unter seiner Handynummer an. Es dauerte eine Weile, bis Esser dranging. Seine Stimme klang, als hätte Löhr ihn geweckt.

»Tut mir leid, Rudi, dass ich so spät anrufe. Soll ich morgen noch mal?«

»Ist schon gut«, schnorchelte Esser. »Bin vor dem Fernseher eingeschlafen. Was gibt's?«

»Das wollte ich dich fragen. Irgendwas Neues im Mertens-Fall, was morgen nicht in der Zeitung steht?«

»Wir interviewen gerade alle, die er am Tattag im Golfklub getroffen hat.«

»Okay. Schon mal die Idee aufgetaucht, dass Fundort und Tatort nicht identisch sind?«

»Das checkt gerade der Erkennungsdienst. Liegen aber noch keine Ergebnisse vor.«

»Gut. Und hast du an das Protokoll der Aussage gedacht, die Mertens im KK32 gemacht hat?«

Am anderen Ende der Leitung erklang ein lang gezogenes Stöhnen. »Jaaa, Jakob. Du glaubst es nicht, aber da hab ich tatsächlich dran gedacht.«

»Und?«

»Ein solches Protokoll ist nicht in der Akte und offenbar auch nie zur Akte genommen worden. Ich hab sogar in der Stammakte im Archiv nachgeguckt.«

»Und da bist du sicher?«

»Ganz sicher, Jakob.«

30.

Wieder stand er vor dem offenen Grab, aber diesmal ganz allein. Der Sarg im Grab war noch nicht mit Erde bedeckt, und seine Mutter sprach daraus zu ihm. Was sie sagte, konnte er nicht verstehen, obwohl er ihre Stimme deutlich hörte. Er bat sie, es zu wiederholen. Sie tat es, aber er verstand immer noch kein Wort. Er bekam Angst, dass sie ihm etwas Wichtiges mitteilen wollte, sich aber nicht richtig artikulieren konnte. Deshalb schrie er, so laut er konnte: »Mama! Was ist mit dir los, Mama?«

Er wurde von seinem eigenen Geschrei wach, riss die Augen auf und erkannte Bluna, die sich über ihn beugte.

»Alles okay mit dir?«

»Ich hab bloß geträumt.«

»Ja. Du hast auch geschrien. ›Mama‹.«

»Ich weiß. Seit der Beerdingung träum ich von ihr.«

Er sah auf die Uhr. Halb sieben. Sie mussten sowieso bald aufstehen. Trotzdem ließ er den Kopf zurück ins Kissen sinken und schloss noch einmal die Augen.

»Ist es nur das?«, fragte Bluna.

»Was?« Er öffnete die Augen und sah, dass Bluna weiter über ihn gebeugt war und ihn anblickte.

»Da hast so gehetzt ausgesehen gestern Abend ...«

»Ja?«

»So als ob du ...« Sie stockte.

»Als ob ich was?«

»Als ob du Angst vor irgendetwas hättest.«

Statt gleich zu antworten, schloss er erneut die Augen. »Nein«, sagte er schließlich. »Mach dir keine Sorgen. Wenn alles klappt, ist vielleicht heute Abend schon alles vorbei.«

»Was meinst du damit?«

»Findest du nicht auch, dass das Essen in der Germaniaschänke langsam ein bisschen langweilig ist?«

»Wie kommst du jetzt da drauf?«

»Wir könnten doch mal was anderes ausprobieren. Ich lade dich ein, heute Abend.«

»Wenn du meinst – warum nicht? Ich hätte auch schon ‘ne Idee, wo.«

»Und wo?«

»Im Hasen auf der Sankt-Apern-Straße. Weißt du, wo der ist?«

»Den werde ich schon finden.«

Sie frühstückten, wie immer nach ihren gemeinsamen Nächten, im Sankt Michael. Als Löhr Bluna bat, die Telefonnummern zu tauschen, lachte sie.

»Das hätte ich nicht geglaubt, dass das noch mal passiert!«

»Wieso nicht?«

»Na, ich dachte, du lässt es einfach weiter drauf ankommen.«

Löhr hätte es als unhöflich empfunden, ihr zu sagen, dass er das am liebsten auch getan hätte und ihn nur seine jetzige Situation dazu nötige. Also sagte er: »Aber jetzt sind wir doch fest verabredet. Und wenn einem was dazwischenkommt?«

Nach ihrem Frühstück machte Löhr sich auf den Weg zur Straßenbahnhaltestelle am Rudolfplatz. Ein paarmal wechselte er abrupt die Straßenseite und blickte sich dabei um. Niemand folgte ihm. Fingerabschneider schien also Wort gehalten und sich bereits um seinen heutigen Verfolger gekümmert zu haben. Denn dass sie die Beschattung von sich aus aufgegeben hatten, glaubte Löhr nicht. Als er mit Bluna am Abend vorher die Germaniaschänke verlassen hatte, hatte sich derselbe Schatten an ihn geheftet, den er zuvor durch den Kücheneingang abgehängt hatte. Wahrscheinlich war er die ganze Zeit, während er im Café Marlène gewesen war, einfach an seinem Tisch sitzen geblieben und hatte auf ihn gewartet.

Als Löhr in die 1 einstieg, folgte ihm immer noch niemand. Jedenfalls fiel ihm beim Einsteigen niemand auf, der einem Beschatter ähnlich gesehen hätte. Trotzdem hatte er während der ganzen Fahrt über den Eindruck, beobachtet zu werden. In der überfüllten Bahn hatte es zwar keinen Sinn, einen Verfolger identifizieren zu wollen, trotzdem drehte er sich ein paarmal um in der Erwartung, ein Augenpaar auf sich gerichtet zu sehen. Aber niemand schien sich für ihn zu interessieren.

An der Haltestelle Kalk Post stieg er aus, ging aber nicht zum Ausgang, sondern wechselte lediglich den Bahnsteig. Wieder fiel ihm dabei niemand auf. Er war jetzt sicher, sich nach einem ganzen Tag Dauerbeschattung das Verfolgtwerden nur mehr einzubilden. Er sah auf die Uhr. Es war halb neun. Wenn er heute keinen Urlaub genommen hatte oder in seinem Kommissariat nichts Außergewöhnliches anlag, würde Fischenich wie jeden Tag in fünf Minuten aus der 1 aus Bensberg klettern. Löhr kannte Fischenichs Morgenrhythmus deshalb so gut, weil er über Jahre den gleichen gehabt hatte – nur dass er aus der entgegengesetzten Richtung mit der U-Bahn kam. Den anschließenden Weg von der Haltestelle bis zum Präsidium hatten sie viele Male gemeinsam zurückgelegt.

»Gott! Löhr! Mittlerweile haben Sie echt was von einer Zecke!«

»Es würde mir nichts ausmachen, in die Haut von noch ganz anderen Viechern zu klettern, Fischenich, das kann ich Ihnen flüstern!«

Der Ton in Löhrs Stimme ließ Fischenich, der tatsächlich aus der aus Bensberg kommenden 1 gestiegen war, stutzen. Löhr wies auf die Rückseite eines U-Bahn-Kiosks, die einen leidlichen Blickschutz bot. Draußen, auf dem Weg zum Präsidium, wäre es sicher nicht sehr günstig gewesen, sich mit Fischenich sehen zu lassen. Widerstrebend ließ der sich von Löhr zur düsteren Schattenseite des Kiosks lenken.

»Die Aussage, die Sie vergangenen Mittwoch von Mertens zu Protokoll genommen haben«, kam Löhr gleich zur Sache, »enthält den Schlüssel für das Motiv seines Mordes und wahrscheinlich auch einen direkten Hinweis auf seinen Täter.«

»Müsste mir das nicht aufgefallen sein?«, konterte Fischenich sarkastisch.

»Als er bei Ihnen seine Aussage machte, kannten Sie die Zusammenhänge nicht. Mertens lag mit dem restlichen Vorstand der Rhein-Bank, vor allem wahrscheinlich mit Jens Schreiner, dem Vorstandsvorsitzenden, in entscheidenden Fragen der Geschäftspolitik über Kreuz.«

Da Fischenich nichts sagte, sondern Löhr nur ansah, deutete Löhr das als Zustimmung. Also musste sich Mertens in seiner Aussage tatsächlich in diese Richtung geäußert haben.

»Gleichzeitig hatte sich Mertens mit der Pietsch-Holding überworfen. Offenbar stellte er sich gegen ein Geschäft, das die Pietsch-Holding über die oder mit der Rhein-Bank einfädeln will.« Das war zwar ein Schuss ins Blaue, doch an der Reaktion Fischenichs merkte Löhr, dass er damit so falsch nicht lag. Denn Fischenich sagte immer noch nichts, sondern zog bloß die linke Augenbraue hoch.

»Weil Mertens sich auf nichts einlassen wollte und sie mit ihrem Geschäft wahrscheinlich unter Zeitdruck stehen, haben sie ihn unter Druck gesetzt und ihm mit einem Trick die albanische Wettmafia auf den Hals gehetzt.«

»Davon hat er in seiner Aussage nichts gesagt.«

»Die Geschichte war zu dem Zeitpunkt auch schon gegessen.«

»Wieso? Was war da los?«

Eine U-Bahn zischte an ihnen vorbei, und Löhr musste schreien, um sich verständlich zu machen: »Mertens war Pokerspieler. Die Albaner wollten ihn gründlich ausnehmen. Mertens ahnte das und versuchte seinen Einsatz zu verstecken. Die Handlanger der Pietsch-Holding kamen dahinter und klauten ihm das Geld, damit er es dann den Albanern schuldig bleiben musste.«

»Davon wusste ich überhaupt nichts. Wie ist er denn da wieder rausgekommen?«

»Durch mich!«, schrie Löhr. Da der U-Bahn-Zug im selben Augenblick an ihnen vorüber und im Tunnel verschwunden war, hatte sein Ruf keinen Geräuschwiderstand mehr und hallte laut durch den Bahnhof. Fischenich legte ihm beruhigend die Hand auf den Arm, blickte sich um und senkte die Stimme:

»Aber wieso? Was hatten Sie überhaupt mit Mertens zu tun?«

»Bin durch einen blöden Zufall an ihn geraten. Aber das ist jetzt zu kompliziert. Jedenfalls sind mir seitdem die Security-Leute von der Pietsch-Holding auf den Fersen, beschatten mich und versuchen, mich zu stoppen.«

»Warum stoppen?«

»Warum wohl? Weil ich offenbar auf der richtigen Spur bin.«

Fischenich sagte nichts. Er sah ihm lange in die Augen und deutete dann ein Nicken an. »Da könnte schon was dran sein, an Ihren Vermutungen, Löhr ...«

Löhr ersparte sich eine besserwisserische Bemerkung und nickte nur bescheiden.

»Ich schau mir das Protokoll noch mal genauer an. Und wenn ich zu der gleichen Meinung gelange wie Sie, gehe ich damit ins KK 11 und red mit den Kollegen darüber. Die müssten das Protokoll ja inzwischen durch die Staatsanwaltschaft bekommen haben.«

»Nein«, sagte Löhr. »Haben sie nicht. Das Protokoll ist nicht zur Akte Mertens genommen worden.«

»Was? Ich hab's doch an Paluchowski gegeben, und Paluchowski ist doch für den Fall Mertens zuständig.«

»Eben. Paluchowski«, sagte Löhr.

Die Worte hatten auf Fischenich offenbar eine ähnliche Wirkung wie die beiden Schläge, die Löhr am Tag vorher vom Nussknacker verpasst bekommen hatte. »Das ist nicht möglich!«, flüsterte er.

»Wäre es unter diesen Umständen nicht vielleicht von Vorteil«, sagte Löhr höflich und leise, »mich einmal einen Blick in Ihr Exemplar werfen zu lassen?«

31.

Auf dem Bürgersteig des McDonald's auf der Rolshover Straße, einer Seitenstraße der Kalker Hauptstraße, saß ein halbes Dutzend palavernder Männer und Frauen auf hellbraunen Plastikkorbstühlen um zwei Tische herum. Sie tranken Kaffee aus Pappbechern und unterhielten sich laut und mit Inbrunst über die ewigen Themen der Stadt, den Verkehr, die Staus und den FC.

Es war eine fast schon sommerliche Szene. Seit dem frühen Morgen spannte sich ein wolkenloser Himmel über der Stadt, und die Aprilsonne verbreitete jetzt, um halb zehn, schon eine fast mediterrane Wärme.

Löhr war nicht in der Stimmung, das Wetter zu genießen. Er ging ins düstere Innere des Ladens, kaufte an der Theke einen Milchkaffee, setzte sich damit an einen der Tische in der abgeschiedensten Ecke, schüttete aus einem Tütchen ein wenig Zucker in seinen Kaffee, rührte um und wählte aus dem Speicher seines Handys Essers Büronummer.

»Was gibt's schon wieder, Jakob?«

»Du weißt, ich stecke da ziemlich tief drin, Rudi – ich muss auf dem Laufenden bleiben.« Löhr versuchte, seinen Ton nicht allzu flehend klingen zu lassen. Obwohl ihm auch das nichts mehr ausgemacht hätte. In seiner Situation waren Eitelkeiten inzwischen ein Luxus.

»Und worüber genau willst du auf dem Laufenden gehalten werden?«

»Bist du ganz sicher, dass das Protokoll der Aussage, die Mertens vor Fischenich gemacht hat, nicht in der Akte ist?«

»Hab ich dir doch schon gesagt.«

»Es war auch nie da drin?«

»Kann ich mir nicht vorstellen. Über so was Wichtiges wäre doch zumindest gesprochen worden.«

»Eben.«

»Sonst noch was?«

»Gibt's was Neues zum Tathergang?«

»Gibt es. Inzwischen scheint einiges dafür zu sprechen, dass Mertens nicht auf dem Golfplatz, sondern irgendwo anders getötet worden und erst circa zwölf Stunden später auf dem Golfplatzgelände abgelegt worden ist.«

»Und was spricht dafür?«

»Unter anderem Hämatome, die ihm post mortem zugefügt wurden. Die Leiche muss über 'ne längere Strecke getragen und geschleift worden sein.«

»Gibt es schon Tatverdächtige?«

»Nein. Aber wir können jetzt welche ausschließen. Und zwar alle, die mit ihm auf der Terrasse im Golfklub gesessen haben. Die sind alle zusammen bis spät in die Nacht – also über den Zeitpunkt seines Todes hinaus – im Klub geblieben.«

»Clever«, murmelte Löhr.

»Was hast du gesagt?«

»Und wo war Mertens, als seine Kollegen und Sportsfreunde gemütlich im Klubhaus zusammensaßen?«

»Es gibt mehrere Aussagen, dass er eine Stunde nach Beendigung des Spiels das Klubgelände verlassen hat.«

»Okay. Und was ist mit neuen Spuren?«

»Wie kommst du darauf?«

»Wenn man feststellt, dass eine Leiche transportiert wurde, guckt man anschließend doch noch mal genauer hin. Ein Tater hinterlässt bei einem Transport zwangsläufig mehr Spuren, als wenn er das Opfer einfach am Fundort tötet.«

Am anderen Ende schwieg Esser ein paar Augenblicke. »Alle Achtung, Jakob«, sagte er schließlich. »Der Erkennungsdienst hat tatsächlich neue Spuren gefunden. Haare an Mertens' schickem Kaschmirpullover, die nicht ihm gehörten.«

»Und die haben sie beim ersten Mal übersehen?«

»Offenbar. Wahrscheinlich haben sie, nachdem feststand, dass er auf dem Golfplatz bloß abgelegt worden ist, noch mal gründlicher nachgesehen.«

»Und?«

»Die DNA-Analyse ist noch nicht da ...«

»Rufst du mich an?«

»Ach Jakob«, stöhnte Esser.

Löhr steckte das Handy in die Jackentasche. Dort stieß seine Hand auf ein Stück Papier. Es war die Einladung der »Gesellschaft zur Förderung junger bildender Künstler«, die er am Abend zuvor in der Galerie Himmel eingesteckt hatte. Er schlug den aufwendig gemachten, aus mehreren vierfarbig bedruckten Seiten bestehenden Folder auf, blätterte ihn durch und stellte fest, dass er nicht die Liste der geladenen Gäste enthielt, wie er zuerst geglaubt hatte, sondern die Namen und Anschriften der Mitglieder der Gesellschaft. Er warf einen Blick auf das Who's who des Kölner Geldadels und entdeckte auch den Namen seines Schwagers Dr. Wilfried Winterberg. Unter seinem Namen stand allerdings nicht die Adresse am Stadtwaldgürtel, sondern eine in der Bayenthaler Bernhardstraße. Achselzuckend steckte Löhr den Folder wieder zurück in die Jackentasche.

Fischenich schien in der Stunde, die er in seinem Büro verbracht hatte, um fünfzehn Jahre gealtert zu sein. Seine Gesichtsfarbe war aschgrau, in seine Mundwinkel hatten sich tiefe Krater gegraben, und sein Gang war müde und schleppend wie der eines Greises. Er ließ sich Löhr gegenüber auf einen Stuhl sinken, als sei er kurz vor dem Zusammenbrechen.

»Sie haben wirklich ein Talent, in die Scheiße zu packen, Löhr ...« Seine Stimme war tonlos und matt und das, was er sagte, fern jeden Humors und bar aller Ironie. »In die allerdickste Scheiße.«

»Soll ich Ihnen ein Wasser holen, Fischenich?«

Fischenich winkte ab. Er sah Löhr fest in die Augen. Zuerst dachte Löhr, er wolle ihn irgendwie strafend fixieren. Aber dann schien es ihm eher so, als suche er mit seinem Blick Halt.

»Wenn das wirklich stimmt«, sagte er schließlich, »dann stecken wir in einem Komplott, das Sie ruhig mit Watergate vergleichen können.«

»Bisher ist nur der Vorstandssprecher einer Provinzbank umgebracht worden. Ich wusste gar nicht, dass Sie zu Verschwörungstheorien neigen, Fischenich.«

»Ich auch nicht. Und ich wünschte, ich würde mich irren oder ich wäre verrückt geworden oder irgendwie in den Traum von einem Verrückten geraten oder sonst was ...«

»Wenn Sie vielleicht mal anfangen könnten zu erzählen, was passiert ist?«

Wieder sah Fischenich Löhr in die Augen. Jetzt war sein Blick fragend, wurde hilflos, schwamm weg. Dann senkte er den Kopf und sprach so leise, dass Löhr sich über den Tisch zu ihm hinüberbeugen musste.

»In mein Büro ist eingebrochen worden. Jemand hat aus meinem Computer die Festplatte ausgebaut und gestohlen ...«

»... mit Ihrem Protokoll von der Mertens-Vernehmung?«

»Darum ging es wohl, ja«, nickte Fischenich.

Löhr schwieg. Er brauchte eine Weile, um die Information zu verarbeiten. Aber dann stellte er fest, dass sie ihn doch nicht so überraschte, wie er im ersten Augenblick gedacht hatte. Eigentlich passte sie ins Bild, und das Bild begann sich mit ihr zu runden.

»Haben Sie denn keinen Ausdruck?«, fragte er.

Fischenich schüttelte den Kopf. »Den einzigen Ausdruck habe ich Paluchowski gegeben.«

»Warum? Sie sind doch sonst so ein Papierfetischist!«

»Warum, warum?« Fischenich klatschte sich mit der flachen Hand gegen die Stirn. »Ich weiß es nicht, Löhr! Ich habe keine Ahnung, warum ich nicht zwei Ausdrucke gemacht habe, wirklich nicht. Wahrscheinlich hab ich gedacht, das geht mich eigentlich nichts an, was dieser Mertens mir erzählt hat. Wenn da eine Akte und ein Fall draus wird, bleibt das sowieso nicht bei mir. Keine Ahnung. Jedenfalls hab ich den einzigen Ausdruck auf den Dienstweg gebracht und an den zuständigen Staatsanwalt geschickt. Paluchowski.«

»Paluchowski«, wiederholte Löhr gedehnt und fuhr dann langsam und jedes Wort betonend fort: »Und Paluchowski reicht das Protokoll nicht weiter. Das hat mir Esser eben noch mal bestätigt.«

Sie schwiegen.

»Denken Sie, was ich denke?«, fragte Fischenich schließlich.

»Ich glaube schon. Und ich kann mir jetzt auch so ungefähr vorstellen, was Ihnen Mertens geflüstert hat.«

Fischenich nickte bedächtig. »Ja. Es ging um Klenk. Und um die Million an Beraterhonorar, die er von der Rhein-Bank kassiert hat.«

»Und auch darum, wofür er sie kassiert hat?«

»Ja, natürlich. Um das Butzweiler-Hof-Gelände in Bickendorf, auf dem die Pietsch-Holding die Kölner Cinecittà bauen will.«

»Und Klenk hat eingefädelt, dass die Stadt der Pietsch-Holding das Gelände für kleines Geld überlässt ...«

»Um es dann für horrende Mieten an Fernsehsender und Filmproduktionen zu verpachten ...«

»Und die Stadt dabei als Bürgen in Haftung zu nehmen, falls das Geschäft nicht läuft.«

»Das Übliche eben.«

Wieder schwiegen sie. Löhr drehte den leeren Pappbecher vor sich zwischen den Fingern. Fischenich sah ihm dabei geistesabwesend zu.

»Tja. Und jetzt ist Mertens tot und seine Aussage auf immer verschwunden ...«

»Ich könnte ein Gedächtnisprotokoll anfertigen«, schlug Fischenich so kraftlos vor, dass Löhr nur müde lächelte, statt zu lachen.

»Klenk hat die besten Anwälte. Und er hat, wie Sie jetzt gerade wieder einmal bewiesen bekommen haben, sogar mächtige Freunde bei der Staatsanwaltschaft.«

»*Einen* mächtigen Freund«, korrigierte Fischenich. »Und der heißt Paluchowski.«

»Der reicht aber«, sagte Löhr, »um Ihr Gedächtnisprotokoll vor Gericht als eine Geschichte aus Tausendundeiner Nacht aussehen zu lassen. Erinnern Sie sich, dass wir beide als psychopathische Hasser eines völlig zu Unrecht verfolgten Klenk bereits mehrfach aktenkundig geworden sind?«

»Das war ja überhaupt der Grund, warum Mertens zu mir gekommen ist und ein persönliches Gespräch gesucht hat. Weil er wusste, dass ich schon mal gegen Klenk ermittelt habe.«

»Persönliches Gespräch? Und er hat es Sie trotzdem protokollieren lassen?«

»Er hatte wohl schon so eine Ahnung.«

»Die ihn nicht getrogen hat«, nickte Löhr.

Fischenich seufzte. »So ist es wohl. – Aber Sie haben schon recht. Das mit dem Gedächtnisprotokoll ist 'ne Schnapsidee.«

»Nicht wenn wir noch einen zusätzlichen Beweis vorlegen könnten«, sagte Löhr.

Fischenich sah ihn überrascht an. »Schwebt Ihnen da was Bestimmtes vor?«

»Ja«, sagte Löhr. »Dazu müsste ich aber jetzt genauer wissen, was Mertens Ihnen zu sagen gehabt hat.«

Fischenich sah Löhr einen Augenblick lang an, als hege er Zweifel an dessen Integrität. Dann nickte er bedächtig.

32.

Die U-Bahn war fast leer, und Löhr begutachtete jeden einzelnen Fahrgast daraufhin, ob er sein Beschatter sein könnte oder nicht. Er kam zu dem Ergebnis, dass er keinen Beschatter mehr hatte, und tatsächlich heftete sich auch niemand an ihn, als er am Rudolfplatz ausstieg und den Weg die Aachener Straße hinunter einschlug. Er konnte es nicht verhindern, dass so etwas wie ein Gefühl der Dankbarkeit gegenüber dem Fingerabschneider in ihm aufkam. Skrupel, der Fingerabschneider könnte eine wenig elegante Methode angewandt haben, ihm die Kletten der All-Protect vom Hals zu schaffen, hatte er nicht mehr. Dafür spürte er noch zu deutlich seinen Magen, wo ihn die Schläge des Nussknackers getroffen hatten. Auch sein Freund Büb, kam ihm in den Sinn, hatte damals keine Samthandschuhe angezogen, um ihm aus der Patsche zu helfen. Sie waren neunzehn gewesen und mit zwei Mädchen unterwegs. In einer Kneipe auf der Friesenstraße hatte es Stress mit einem Zuhältertypen gegeben, der meinte, er könnte Löhrs Mädchen imponieren, indem er ihn anrüpelte. Als es dann darauf ankam und Löhr in ernste Bedrängnis geriet, war Büb dazwischengegangen und hatte den Typen mit einem kurzen Kopfnicken ausgeschaltet. Wirkliches Mitleid hatte Löhr auch damals nicht empfinden können, als er den Typen vor sich mit gebrochenem Nasenbein den Boden vollbluten sah.

Während der U-Bahn-Fahrt hatte er versucht, Angelika Mertens anzurufen. Sie hatte nicht abgenommen, und auf gut Glück wollte er den Weg nach Marienburg nicht noch einmal riskieren. Also entschloss er sich, in der Germaniaschänke etwas zwischen einem zweiten Frühstück und einem frühen Mittagessen zu bekommen und dabei, wenn sich die Möglichkeit ergab, vielleicht das eine oder andere zu klären.

Bis auf Mirko, der unverdrossen den Spielautomaten fütterte, war der Laden leer, Georgi hinter der Theke in die Lektüre des Express vertieft. Löhr bestellte ein Mineralwasser und einen strammen Max.

Gerade tupfte er mit einer Brotkante die letzten Reste Eigelb vom Teller, als Olli den Kopf zur Tür hereinsteckte, um zu schauen, ob schon Kundschaft da war. Er war der, mit dem Löhr noch ein paar Fragen zu klären hatte. Er winkte ihn zu sich.

»Ich hab nicht viel Zeit«, sagte Olli und schüttelte gleichzeitig den Kopf, weil Georgi ihn gefragt hatte, was er trinken wolle.

Löhr kaute höflicherweise zuerst zu Ende, bevor er sprach. »Ein bisschen Zeit wirst du dir schon nehmen müssen. Schließlich hast du mir den Scheiß eingebrockt.«

»Moment!« Olli legte demonstrativ sein Kicker-Büro zwischen sich und Löhr auf den Tresen, als wolle er damit eine Mauer zwischen ihnen errichten. »Es hat dich kein Mensch gezwungen, für Heinz den Aufpasser zu machen.«

»Aber viel anderes blieb mir überhaupt nicht übrig – und genau damit habt ihr gerechnet.«

»Wer soll denn jetzt ›wir‹ sein?«

»Du und deine albanische Freunde.«

»Ich hab keine albanischen Freunde.«

»Wetten, dass doch?«

Löhr fixierte Olli, sah ihm so lange in seine fast schwarzen Knopfaugen, bis er den Blick senkte und sich mit der flachen rechten Hand das ohnehin glatt zurückgegelte Haar noch ein bisschen glatter strich.

»Warum waren die so scharf darauf, ausgerechnet Mertens über den Tisch zu ziehen?«

»Weil er genug Kohle hat, um immer weiterzuspielen.«

»Von der Sorte gibt's noch ein paar andere.«

Olli schwieg. In seinem maskenhaft unbewegten Gesicht regte sich nichts.

»Mertens ist tot und inzwischen zu einem Mordfall für die Kripo geworden. Und ich bin von der Kripo, Olli, falls du das vergessen haben solltest«, erinnerte Lohr mit sanfter Stimme. »Also! Warum Mertens?«

Olli zögerte noch einen Moment, dann hatte er sich entschieden, zumindest ein wenig gesprächiger zu werden. »Das ist doch einfach. Von einem, der im Brand ist, kannst du die eine oder andere Gefälligkeit verlangen.«

»Und um welche Gefälligkeiten ging es bei Mertens?«

»Da könntest du echt auch selbst drauf kommen, Kripomann.« Das Wort »Kripomann« klang mindestens doppelt so ironisch wie das »Polizist«, mit dem Olli sonst seine leise Verachtung für Löhrs Beruf auszudrücken pflegte. »Mertens ist der Boss von 'ner Bank!«

»Und weiter?«

»Und 'ne Bank hat doch bestimmt die eine oder andere Möglichkeit, Schwarzgeld zu waschen, oder?«

»Verstehe«, murmelte Löhr, dachte einen Augenblick nach und trank den letzten Schluck Wasser aus seinem Glas. »Aber wieso«, dachte er laut weiter, »wieso machen die so einen Riesenumweg und den ganzen Mist von wegen Heinz den Finger abschneiden, um Mertens zu einem Spiel zu kriegen?«

»Weil Mertens ein extrem misstrauischer Zocker war. Der hat noch lange nicht mit jedem gespielt.«

»Das hab ich jetzt kapiert. Aber warum haben die Albaner denn überhaupt diesen Umweg über die Zockerei gemacht? Die hätten Mertens das Geschäft doch direkt anbieten können?«

»Haben sie auch. Sie haben einen Strohmann vorgeschickt, der hat das Thema mal vorsichtig bei ihm angepikst ...«

»Und?«

»Da war nichts zu machen. Mertens hat sich nicht darauf eingelassen. Soweit ich das mitgekriegt habe, war der nicht zu kaufen.«

»Interessant«, sagte Löhr »Ich meine, einer von seiner Sorte lässt doch so ein Angebot nicht einfach liegen.«

»Der schon.« Olli nahm seinen Kicker von der Theke und rollte ihn zusammen. »War's das, Kripomann?«

»Eigentlich schon«, sagte Löhr, der allmählich begriff, dass er Mertens bisher irgendwie in eine falsche Schublade eingeordnet hatte.

Olli wandte sich zum Gehen. Doch da fiel Löhr noch etwas ein:

»Noch eine Kleinigkeit ...« Er legte eine Hand auf Ollis rechten Unterarm. »Warum haben sie sich ausgerechnet Heinz als Lockvogel für Mertens ausgeguckt?«

»Heinz war im Brand bei ihnen, und sie haben ihm 'ne Chance gegeben, da wieder rauszukommen. Das weißt du doch.«

»Ja, weiß ich. Aber ich glaub nicht, dass das der Grund war. Da hätte es genügend andere gegeben.«

»Mehr weiß ich auch nicht.«

»Und da bist du ganz sicher?«

Statt einer Antwort hob Olli die linke Augenbraue um zwei oder drei Millimeter. Das machte Löhr sicher, dass er log. Er ließ Ollis Unterarm nicht los. »Ihr habt Heinz wegen mir ausgesucht! Ich war von Anfang an in eurer Planung einkalkuliert.«

»Ich hab keinen Schimmer, wovon du redest, Kripomann. Vor allem nicht, wenn du ›ihr‹ sagst. Ich hab nichts mit denen zu tun, hab für die nur ein paar Kontakte gemacht.«

»Und ihnen geflüstert, dass ich Heinz' Neffe und ein Bulle bin und sie deswegen mit Heinz auf der sicheren Seite sind.«

Natürlich ließ Olli auch diese Frage unbeantwortet.

Nachdem er gegangen war, bezahlte Löhr, ging hinaus auf die Straße, suchte im Speicher seines Handys die Nummer von Mertens und drückte die Wahlwiederholung. Diesmal ging seine Witwe ran. Er rechnete damit, dass sie ihn abwimmeln und nicht noch einmal empfangen würde. Also musste er seine einzige Trumpfkarte ziehen: »Es geht nur noch um ein einziges Detail. Ich stehe kurz vor der Aufklärung.«

33.

Löhr stieg am Heumarkt in den 106er Bus, fuhr damit die Rheinuferstraße entlang und nahm im Vorbeifahren den monumentalen Umbau des Rheinauhafens in Augenschein. Er kannte eine Menge Leute, die das neue Stadtquartier mitsamt der protzigen drei Kranhäuser und des kunstvoll restaurierten »Siebengebirges« für chic hielten und behaupteten, damit schaffe das verschlafene und stadtplanerisch rückständige Köln endlich seine Ankunft im 21. Jahrhundert. Da war sicher etwas dran, dachte Löhr dann immer, aber er stellte sich gleichzeitig vor, er müsste dort leben oder arbeiten, und dann gruselte ihm. Wenn die abweisende Kälte des neuen Viertels und das Machtgehabe seiner Architektur wirklich das Gesicht des 21. Jahrhunderts sein sollten, dann bevorzugte er doch eher, dort noch nicht angekommen zu sein.

An der Ecke Goltsteinstraße und Bayenthalgürtel stieg er aus und schlug den Weg quer durch Marienburg ein. Nachdem er eine Weile an dichten Hecken und hohen Mauern entlanggegangen war und auf die dahinterliegenden Parkgrundstücke und die inmitten mächtigen alten Baumbestands versteckten Villen nur dann einen Blick hatte werfen können, wenn eine der vergitterten Toreinfahrten zufällig einmal offen stand, musste er sein Urteil über das 21. Jahrhundert doch ein wenig korrigieren. Was die Kälte und Überheblichkeit der Architektur der Reichen anging, hatte ihm das 20. Jahrhundert und wahrscheinlich auch alle vorhergehenden Jahrhunderte kaum nachgestanden.

Die Witwe trug diesmal Schwarz, und das Schwarz stand ihr überaus gut. Löhr stellte leicht erstaunt fest, dass Angelika Mertens über eine durchaus ansehnliche Figur verfügte. Auch hatte sie sich diesmal dezent geschminkt und frisiert und offenbarte die vor dem Verwelken stehende, aber gerade deswegen so reizvolle Schönheit, die Löhr beim letzten Besuch nur erahnt hatte. Außerdem hatte sie Löhrs Andeutung am Telefon offenbar so neugierig gemacht, dass sie ihn im Unterschied zum letzten Mal fast freundlich empfing. Sie führte ihn wieder in das wintergartenähnliche Wohnzimmer mit Blick auf die Terrasse und bot ihm Gebäck und Tee an.

»Und um welches Detail soll es sich handeln?«, fragte sie, während sie Löhr aus einer schweren silbernen Kanne grünen Tee in eine hauchzarte flache Tasse eingoss.

»Ich vermute, es handelt sich um ein Aktenstück. Einen Vertrag oder ein Gutachten, etwas in der Richtung.«

»Und wie kommen Sie darauf, dass das zur Aufklärung des Mordes an meinem Mann beitragen könnte?«

Löhr nahm Untertasse samt Tasse in die Linke, lehnte sich in die Tiefe seines Sessels zurück und sah Angelika Mertens, die auf der Couch ihm gegenüber saß, in die Augen. »Drei Tage vor seinem Tod war Ihr Mann bei einem Kollegen von mir, einem für Wirtschaftsdelikte zuständigen Kriminalkommissar, und hat dort eine umfassende Aussage über gewisse Vorgänge in der Rhein-Bank gemacht.«

»Also doch!« Das helle Blau der Augen Angelika Mertens' blitzte auf. Sie entfaltete ihre Beine, die sie gerade übereinandergeschlagen hatte, stellte sie nebeneinander und beugte sich leicht zu Löhr vor.

»Er hat mit Ihnen darüber gesprochen?«, fragte Löhr.

»Er hat angedeutet, dass er etwas in der Richtung vorhabe, wenn sich die Dinge weiter so entwickelten …«

»Welche Dinge?«

»Das weiß ich nicht. Ich habe Ihnen doch schon beim letzten Mal gesagt, dass er mit mir nicht über Geschäfte sprach.«

»Wir vermuten, es ging um ein von der Rhein-Bank finanziertes Geschäft der Pietsch-Holding, das die Erschließung und Nutzung des städtischen Geländes am alten Flughafen Butzweiler Hof betraf.«

Angelika Mertens deutete ein Nicken an. So ganz ahnungslos war sie dann offenbar doch nicht.

»Sie haben beim letzten Mal durchblicken lassen«, sagte Löhr,

»dass es zwischen Ihrem Mann und seinen Vorstandskollegen in der Bank einen Konflikt gab …«

Wieder nickte sie, sah Löhr aufmerksam an und tastete, ohne den Blick von ihm zu lassen nach der Zigarettenpackung auf dem Couchtisch. Löhr war inzwischen zu der Auffassung gelangt, dass er grünen Tee nicht noch einmal zu probieren brauchte, und stellte die halbvolle Tasse auf den kleinen Beistelltisch neben seinem Sessel ab.

»Wir nehmen an«, sagte er, »dass es sich bei diesem Konflikt um ebendieses Butzweiler-Hof-Geschäft gehandelt hat. Jedenfalls hat er bei seiner Aussage zu Protokoll gegeben, dass er es für unsauber hielt.«

»Unsauber?«

»Es gibt ein Gutachten, wonach das Gelände durch verrottete Munition aus dem Zweiten Weltkrieg kontaminiert ist. Dieses Gutachten hat den Preis für das Grundstück erheblich gedrückt. Die Pietsch-Holding hat es von der Stadt entsprechend für einen Bruchteil des üblichen Verkehrswertes gekauft.«

Angelika Mertens hatte sich, während Löhr sprach, eine Zigarette angesteckt, rauchte und sah Löhr konzentriert an. »Und weiter?«

»Die Gutachter waren bestochen, das Gutachten ist falsch, und Ihr Mann wusste das. Das war der Grund, warum er mit seinen Kollegen nicht mehr am selben Strang zog, sondern aus dem Geschäft aussteigen wollte.«

»Und das war auch der Grund, warum er ermordet wurde?«

»Ich glaube, es wäre nicht verkehrt, weiter in diese Richtung zu denken und zu ermitteln.«

Angelika Mertens war wie versteinert, ihr Blick starr auf Löhr gerichtet, die Zigarette hielt sie abgespreizt in die Höhe, die Asche daran drohte jeden Augenblick herunterzufallen. Fast ängstlich behielt Löhr sie im Auge.

»Wann, sagten Sie, hat mein Mann diese Aussage gemacht?«, fragte sie schließlich, ohne ihre Haltung zu verändern.

»Vergangenen Mittwoch«, antwortete Löhr und beobachtete, wie der Aschekegel zu zittern begann.

»Er wird niemandem etwas davon gesagt haben, nehme ich an?«

»Davon gehe ich auch aus.«

»Und trotzdem hat er mit dieser Aussage sein Todesurteil unterschrieben?«

Löhr nickte. Dann sah er, wie sie die Zigarette zum Aschenbecher beförderte, ohne dass der Aschekegel abstürzte. Nachdem er fasziniert diesem mit größter Beiläufigkeit zelebrierten Jongleurstück zugeschaut hatte, wandte er den Blick von ihr ab, um nicht den Eindruck zu erwecken, er starre sie an. Er sah hinaus auf die Terrasse. Wieder saß da ein ganzer Schwarm kleiner Singvögel in und um das Futterhäuschen und pickte eifrig.

Angelika Mertens zog eine neue Zigarette aus der Schachtel. »Wie kann das sein? Wie sind die anderen dahintergekommen, dass er definitiv aussteigen und mit der Sache zur Polizei gehen wollte?«

»Das werden wir noch herausfinden«, sagte Löhr. Hier Paluchowskis Rolle ins Spiel zu bringen, erschien ihm zu kompliziert.

»Seine Mörder sitzen also im Vorstand der Bank?« Ihre Stimme klang sachlich, so wie die von jemandem, der entschlossen ist, sich kalten Blutes auf den Kriegspfad zu begeben.

Löhr schüttelte den Kopf. »So einfach ist es sicher nicht. Jedenfalls haben sie es nicht selbst getan und sich für die in Frage kommende Tatzeit gegenseitig ein Alibi gegeben. Sie saßen gemütlich im Golfklub, während Ihr Mann den gerade verließ und kurz darauf seinen Mörder traf.«

Sie wiegte ein schweres goldenes Feuerzeug in der einen, die neue Zigarette in der anderen Hand. »Haben Sie denn wenigstens eine Ahnung, wer es war?«

Löhr hob beide Hände. »Irgendein gedungener Mörder, der schon längst abgetaucht ist? Wer weiß. Aber selbst wenn wir ihn hätten ...«

»... hätten Sie immer noch nicht die Hintermänner beziehungsweise seine Auftraggeber?«, sagte Angelika Mertens durch den Rauch der Zigarette hindurch, die sie sich gerade angesteckt hatte.

»Die ausfindig zu machen ist nicht das Problem. Das Problem ist, ihnen etwas zu beweisen.«

»Und dazu brauchen Sie die Papiere aus dem Tresor meines Mannes?«

»Sie wussten die ganze Zeit, dass er solche Unterlagen hat?«

»Nein. Ich hab nur zufällig gesehen, wie er vor ungefähr zwei Wochen einen Umschlag darin deponiert hat. Und da er sonst den Tresor so gut wie nie benutzte, müsste es sich dabei um das handeln, was Sie suchen.«

Sie erhob sich und drückte die kaum zur Hälfte gerauchte Zigarette im Aschenbecher auf dem Couchtisch aus.

»Warten Sie. Ich bin gleich zurück.«

Sie verschwand durch eine Glastür im Flur, Löhr schaute ihr hinterher, wurde aber durch das laute Gezeter der Vögel auf der Terrasse abgelenkt. Wie bei seinem letzten Besuch musste sie irgendetwas aufgeschreckt haben. Wild flatternd stoben sie in die Höhe und davon. Löhr stand auf und tat einen Schritt auf das Fenster zu. Doch wieder konnte er weder eine Katze noch eine Elster entdecken, dafür sah er, wie sich die Zweige eines Eibenstrauchs unmittelbar hinter der Terrasse und dem Vogelhäuschen kurz und heftig bewegten. Den Verursacher konnte er nicht erkennen, aber er musste entschieden größer als eine Katze oder eine Elster gewesen sein. Er starrte in das Gebüsch, aber es bewegte sich nichts mehr, und er konnte auch nichts Auffälliges erkennen.

Angelika Mertens kam mit einem DIN-A4-großen braunen Umschlag zurück. Der Umschlag war offen, sie zog mehrere Papiere daraus hervor. Es waren, wie Löhr nach kurzem Durchblättern feststellte, ein zwanzig Seiten starkes Baugrundgutachten mit der Überschrift »Butzweiler Hof« und zwei nicht unterschriebene Verträge oder Vertragsentwürfe. Der eine, ein bloß zweiseitiges Papier, betraf eine Vereinbarung zwischen Dr. Gottfried Klenk und der Rhein-Bank, der andere umfasste mehr als zehn Seiten und sollte eine Vereinbarung zwischen dem Liegenschaftsamt der Stadt Köln und einer Grundstücksentwicklungsgesellschaft regeln, deren Name Löhr nicht kannte, die mit Sicherheit jedoch zum Reich der Pietsch-Holding gehörte.

»Das wird es wohl sein«, sagte er und reichte ihr die Papiere zurück. »Wir müssten sie natürlich noch genauer unter die Lupe nehmen.«

Angelika Mertens steckte die Dokumente wieder in den Umschlag, zögerte jedoch, ihn Löhr zu geben. »Wenn man damit wirklich beweisen kann, wer hinter der Ermordung meines Mannes steckt, lebt man nach dem, was bisher passiert ist, doch ziemlich gefährlich?«

»Ich bin Polizist«, sagte Löhr. »Und in einer halben Stunde liegen die Papiere im Polizeipräsidium.«

34.

Er nahm denselben Weg, den er gekommen war, und wollte in der Goltsteinstraße in den Bus zurück in die Stadt steigen. Es gab so gut wie keinen Verkehr auf den Straßen in Marienburg, die Menschen, die hier lebten, kamen nicht wie die anderen freitagnachmittags zwischen drei oder vier von der Arbeit nach Hause – weil sie entweder länger oder weil sie gar nicht arbeiteten. Fußgänger gab es hier ohnehin selten. Es herrschten die besten Bedingungen, um festzustellen, ob man beschattet wurde oder nicht.

Nachdem Löhr ein paarmal die Straßenseite gewechselt und sich dabei aufmerksam umgeschaut hatte, war er sicher, dass niemand ihm folgte. Trotzdem hatte er seit der Beobachtung auf Mertens' Terrasse das beklemmende Gefühl, beobachtet zu werden. Er schaute in jedes geparkte Auto, in jede Seitenstraße, die er passierte. Wenn er bereits auf dem Hinweg beschattet worden war, dann kannten seine Beschatter seinen Weg und lauerten ihm vielleicht auf, jetzt, wo sie hatten beobachten können, wie Angelika Mertens ihm die Dokumente gab. Er ärgerte sich darüber, das nicht verhindert zu haben. Er hätte sie irgendwie dazu bringen sollen, ihm die Papiere an einem Ort auszuhändigen, wo man sie von außen nicht sehen konnte. Zu spät. Sie würden jetzt alles daransetzen, in den Besitz der Papiere zu kommen, auch wenn sie gar nicht wussten, worum es sich handelte. Allein die Tatsache, dass Löhr sie an sich genommen hatte, musste sie zu der Überzeugung bringen, dass es etwas für sie Wichtiges war.

Er fragte sich, wie es dazu kommen konnte, dass der Fingerabschneider die Kontrolle über die Beschatter verloren hatte. Hatte er sich ihnen gegenüber möglicherweise doch nicht klar genug ausgedrückt? Oder hatte der Fingerabschneider inzwischen das Interesse an der Geschichte verloren? Löhr hätte es ihm nicht verdenken können. Schließlich verband sie nichts, und er hatte ihn bloß um eine Gegengefälligkeit gebeten. Löhr konnte keinen Anspruch auf seine Dienste und erst recht nicht auf seine Freundschaft erheben. Büb fiel ihm wieder ein. Zwischen ihnen hatte es nie Verpflichtungen gegeben. Da sie in zwei vollkommen verschiedenen Welten gelebt hatten, konnten sie sich in größter Unabhängigkeit begegnen, ihre Freundschaft hatte auf nichts als Sympathie und gegenseitiger Wertschätzung beruht. Und doch war es Löhr in dieser Freundschaft immer so gegangen, dass er sich in Bübs Gegenwart sicher gefühlt hatte; immer war ihm so gewesen, dass, egal, was geschehen würde, ihm nichts passieren konnte, solange Büb bei ihm war. Büb, erst jetzt wurde sich Löhr dessen bewusst, Büb war der einzige Mensch in seinem Leben gewesen, der ihm dieses Gefühl gegeben hatte.

Bevor er Mertens' Villa verlassen hatte, hatte er die Papiere auf ein Format gefaltet, das in die Innentasche seines Jacketts passte. Es war ein dicker Papierpacken geworden, der genau über der Stelle saß, wo seine Waffe im neuen Gürtelholster steckte. Löhr überlegte, ob er dem Rat des Schießtrainers folgen und sie durchladen sollte, doch dann verwarf er die Idee wieder. Auf offener Straße und am helllichten Tag würden die All-Protect-Typen sich ihn wohl kaum vorknöpfen, und bald würde er die gefährliche Fracht auch los sein. Und damit auch die meisten Sorgen.

Er hatte inzwischen Fischenichs Dienstnummer in seinem Handy gespeichert und drückte sie jetzt. Sie hatten verabredet, dass Löhr zu Fischenich kommen würde, sobald er im Besitz der erhofften Dokumente war, und sie damit dann gemeinsam zu Urbanczyk gehen würden. Urbanczyk war der Staatsanwalt, mit dem Löhr bisher keine schlechten Erfahrungen gemacht und der ihn vor allem bei seinen früheren Ermittlungen gegen Klenk weitgehend unterstützt hatte. Es stand nicht zu befürchten, Urbanczyk könne die Geschichte ähnlich behandeln wie sein Kollege Paluchowski.

Unter Fischenichs Nummer meldete sich niemand; auch der Anrufbeantworter war nicht eingeschaltet. Es blieb Löhr nichts anderes übrig, als es später noch einmal zu versuchen.

Als er an der Haltestelle Goltsteinstraße ankam, konnte er den Rücklichtern des gerade abfahrenden Busses hinterhersehen. Während er überlegte, ob er zu Fuß zum Heumarkt gehen sollte, fiel ihm ein, dass die Bernhardstraße, die sein Schwager Wilfried Winterberg im Mitgliederverzeichnis der »Gesellschaft zur Förderung junger bildender Künstler« als Adresse angegeben hatte, nur einen Steinwurf entfernt war. Obwohl Löhr klar war, dass er sich im Augenblick dringend auf seine eigenen Angelegenheiten konzentrieren sollte – ein wenig neugierig war er schon, was sich dahinter verbergen mochte. Außerdem, dachte er, könnte er durch einen kleinen Umweg seinen möglichen Beschatter zwar vielleicht nicht abhängen, aber doch wenigstens verwirren.

Er ging den Bayenthalgürtel ein paar Meter hoch in Richtung Bonner Straße und bog dann in die Bernhardstraße ein. Im Unterschied zu Marienburg präsentierten sich hier die Häuser offen hinter ihren Vorgärten. Es waren Ein- oder Zweifamilienhäuser, die meisten stammten aus der Zeit vor dem Krieg, und bis auf ein paar Ausnahmen waren sie in einem gepflegten Zustand: Die Fassaden waren neu verputzt und die kleinen Rasenflächen neben den Garageneinfahrten sauber eingefasst. Eine Straße der »gehobenen Mittelschicht«.

Löhr wurde der Mühe enthoben, im Mitgliederverzeichnis die Hausnummer seines Schwippschwagers nachzuschlagen. Zwanzig Meter vor sich sah er die junge Frau, in deren Begleitung ihm Wilfried im Golfklub und bei der Vernissage begegnet war. Sie holte gerade in der Garagenzufahrt eines sich ein wenig edler als die übrigen ausnehmenden Hauses einen Klappkinderwagen aus dem Kofferraum eines Golf. Löhr verlangsamte seinen Schritt und begab sich in die Pose des müßiggängerischen Flaneurs. Wenn er nicht immer noch das Gefühl gehabt hätte, beschattet, beobachtet und verfolgt zu werden, wäre ihm diese Rolle nicht schwergefallen. Doch jetzt trieb ihn etwas, sich ständig umzuschauen und mit zusammengekniffenen Augen seine unmittelbare Umgebung abzutasten. Als Flaneur musste er eine ziemlich unglaubwürdige Figur abgeben, doch die junge Frau achtete gar nicht auf ihn, denn sie mühte sich damit, den Kinderwagen aufzuklappen, was offenbar mit technischen Schwierigkeiten verbunden war. Außerdem drang aus dem Inneren des Autos das Weinen eines kleinen Kindes.

»Kann ich Ihnen helfen?« Löhr trat hinzu und deutete auf den Kinderwagen.

»Ach, das wäre wirklich lieb, ich bin so ungeschickt …«

»Lassen Sie ruhig und sehen Sie nach dem Kind, ich mach das schon.« Löhr musste über sich selbst staunen. Als gönnerhaften Onkel hatte er sich bisher noch nie erlebt.

Während er mit ein paar Handgriffen den Kinderwagen auseinanderfaltete und die richtigen Haken fand, ihn zu stabilisieren, holte die Frau das Kind – einen knapp einjährigen blonden Jungen – aus dem Auto, nahm es auf den Arm, strich ihm über den Kopf und beruhigte es.

»Vielen herzlichen Dank«, sagte sie, als sie sah, dass Löhr mit seiner Arbeit fertig war.

»Keine Ursache«, sagte Löhr und richtete sich auf. »Sagen Sie, kennen wir uns nicht?«

Die Frau sah ihn an, offensichtlich konnte sie ihn nicht einordnen.

»Gestern Abend, bei der Vernissage der ›Gesellschaft zur Förderung junger bildender Künstler‹ …«

»Aber natürlich!«, rief sie. »Ein Bekannter oder Verwandter von Wilfried!«

»Bloß ein entfernter Verwandter«, winkte Löhr ab und drehte sich zum Haus hinter ihnen um. »Ich wusste gar nicht, dass Wilfried hier in der Gegend wohnt …«

»Das tun wir auch noch gar nicht so lange«, sagte sie und fiel dabei in einen von Besitzer- und Familienstolz getränkten Plauderton. »Wir haben es erst vor einem halben Jahr gekauft. Für zwei Kinder wäre die alte Wohnung ja viel zu klein gewesen …« Dabei strich sie sich mit der freien Hand über die Wölbung ihres Bauchs.

»Herzlichen Glückwunsch!«, sagte Löhr. »Zum neuen Kind und auch zum Haus. Wirklich hübsch!«

»Nicht? Ist es nicht schön? Möchten Sie mal reinkommen und es sich anschauen?«

»Das ist sehr nett von Ihnen, aber leider bin ich hier sozusagen nur auf der Durchreise. Vielen Dank. Und grüßen Sie mir den Wilfried!«

35.

Während der Busfahrt überlegte Löhr, ob es Kaltblütigkeit oder Dreistigkeit war, die seinen Schwippschwager dazu brachte, in solcher Offenheit eine Doppelexistenz zu leben. Er erinnerte sich, dass Charles Lindbergh, der auch mehrere Familien parallel unterhalten hatte, dies in verschiedenen Ländern und gar Kontinenten tat, um sie voreinander geheim zu halten. Aber Wilfried wanderte gerade einmal zwei oder drei Kilometer Luftlinie von einer Familie zur anderen und legte sich in der Öffentlichkeit wenig Zurückhaltung auf, sich zu der jeweils einen oder anderen zu bekennen. Wenn Mechthild davon bisher nichts mitbekommen hatte, konnte es um ihre Intelligenz, auf die sie sonst so große Stücke hielt, tatsächlich nicht ganz so gut bestellt sein.

Am Ende seiner Überlegungen entschloss sich Löhr, Mechthild nichts von seiner Begegnung und den Schlüssen, die daraus zu ziehen waren, zu erzählen. Wohin hätte das auch geführt? Ihr Misstrauen hätte sich in Unglück verwandelt, und das Unglück hätte sich vermehrt, und statt einer Person wären zwei komplette Familien unglücklich geworden, und das würde am Ende auch den Ernährer dieser beiden Familien in eine Krise stürzen. Die wiederum hätte zwar möglicherweise den ausgleichenden Effekt, dessen Omnipotenzgefühl zu unterminieren, aber beruhte nicht gerade darauf zumindest das materielle Glück der beiden Haushalte? So viel Verantwortung zu übernehmen sah sich Löhr im Augenblick außerstande.

Zum dritten Mal versuchte er, Fischenichs Büronummer zu erreichen. Immer noch ging er nicht ran. Löhr tippte die Nummer der Geschäftsstelle des KK 32 ein. Der Geschäftsstellenleiter meldete sich.

»Löhr vom KK 72. Ich erreiche den Heiner Fischenich nicht unter seinem Anschluss …«

»Tut mir leid, aber der hat sich auch bei uns seit seiner Mittagspause nicht mehr zurückgemeldet. Keine Ahnung, wo der steckt.«

»Mittagspause? Wann ist der denn in die Mittagspause gegangen?«

»Warten Sie mal, ich glaube, der hat sich bei mir so gegen halb zwölf abgemeldet.«

»Danke«, sagte Löhr.

Fischenich war also nach dem Treffen mit ihm nicht mehr in sein Büro zurückgekehrt. Die Papiere jetzt ins Kommissariat zu bringen, ohne dass Fischenich sie selbst in Empfang nehmen konnte, erschien Löhr als zu riskant. Für den, der in Fischenichs Büro und Computer eingebrochen war, dürfte es auch kein Problem sein, Unterlagen aus der Geschäftsstelle zu klauen. Solange er Fischenich nicht erreichte, musste er selbst auf die Papiere aufpassen. Die einzige andere Möglichkeit wäre, sie Urbanczyk zu übergeben. Aber den musste er vorher anrufen, und das konnte er nicht vom Handy aus, weil er dessen Nummer darin nicht gespeichert hatte. Also musste er zuerst nach Hause. Da hatte er auch Fischenichs Privatnummer.

Am Heumarkt stieg er aus dem Bus aus und wartete auf die nächste Bahn Richtung Rudolfplatz. Als er einstieg, überkam ihn wieder das unbestimmte Gefühl, beobachtet zu werden. Er verzögerte das Einsteigen, drehte sich dabei umständlich einmal um sich selbst, aber es fiel ihm niemand auf.

Vielleicht, dachte er während der Bahnfahrt, ist es zu riskant, allein mit den Papieren durch die Gegend zu laufen. Jetzt, wo sie wussten, dass er sie hatte, würden sie alles daransetzen, sie auch zu bekommen. Und wenn sie mit zwei oder mehr Leuten kämen, würde ihm auch seine Waffe nicht unbedingt helfen. Vielleicht sollte er jemanden zur Verstärkung rufen? Aber außer Esser fiel ihm niemand ein. Und Esser war so ziemlich der Ungeeignetste für eine solche Aufgabe. Der Fingerabschneider? Der hatte offenbar das Interesse an ihm verloren. Sonst hätte er sich darum gekümmert, ihm die Kletten vom Hals zu schaffen.

Zu Hause schloss er die Wohnungstür sorgfältig hinter sich ab und kramte sein Telefonverzeichnis aus dem Sekretär. Nach dem dritten Klingeln meldete sich ein Anrufbeantworter, von dem er Fischenichs Handynummer erfuhr. Eine verheulte Frauenstimme meldete sich. Löhr fragte, ob er Heiner Fischenich sprechen könne.

»Das ist im Moment ganz schlecht«, sagte die Frau schniefend, »mein Mann hatte einen Unfall und liegt im Krankenhaus.«

»In welchem?«

»Im St. Eduardus in Deutz.«

Abgesehen davon, dass er in einem Bett lag, unter den Augen tiefe Ränder hatte und mehr oder weniger vor sich hin döste, schien Fischenich der Alte zu sein. Wenn da nicht der in Gips verpackte Arm gewesen wäre, der, statt neben ihm zu liegen, an einem Galgen seitlich über ihm hing.

»Ganz komplizierte Brüche«, erklärte Fischenichs Frau, die am Kopfende des Bettes saß. »Sie haben bis vor drei Stunden operiert …«

»Wie ist das passiert?«

»Ein Raubüberfall, mitten am Tag! Stellen Sie sich das vor!«

Fischenich öffnete die bis dahin halb geschlossenen Augen einen Spalt weit und berührte mit seiner gesunden Hand die Hand seiner Frau. Sie sah ihn an, und er gab ihr mit einem Kopfnicken ein Zeichen. Sie stand sofort auf.

»Ich red mal mit den Stationsschwestern wegen deiner Diät …«

Nachdem sie das Krankenzimmer verlassen hatte, winkte Fischenich Löhr zu sich. Löhr zog den Stuhl zum Kopfende und beugte sich so nahe zu ihm, dass Fischenich bloß zu flüstern brauchte. Fischenichs Kräfte reichten offenbar nicht zu mehr, außerdem konnte der zweite Patient im Zimmer, ein alter gelbgesichtiger Mann, der in seinem Bett den Express las, so nicht mithören.

»Das war kein Raubüberfall«, wisperte Fischenich heiser. »Der Typ hat mich mit einem Totschläger bearbeitet.«

»Und was war das für ein Typ?«

»Meinen Sie, der hat sich vorgestellt? Wahrscheinlich derselbe, der vorher in mein Büro und in meinen Computer eingebrochen ist.«

»Was wollte er denn noch? Das Protokoll hat er doch schon.«

»Er wollte wissen, was ich Ihnen gesagt habe und was Sie als Nächstes vorhaben.«

»Und was haben Sie ihm gesagt?«

Fischenich schloss die Augen und atmete tief, und um zu verstehen, was er sagte, musste Löhr sein Ohr ganz nahe an dessen Mund bringen. »Alles, was ich weiß.«

Löhr suchte die Hand Fischenichs und drückte sie sanft.

»Aber erst nachdem er mir den einen Arm zerschlagen hatte und drohte, sich jetzt den nächsten vorzunehmen«, fügte Fischenich noch leiser hinzu.

»Das tut mir sehr leid, Fischenich«, sagte Löhr und drückte seine Hand ein wenig fester. »Wie sah der Kerl aus?«

»Pah! Wie solche Typen eben aussehen. Untersetzt, dunkler Teint, dunkle Haare, schwarze Lederjacke …«

»Nichts Besonderes?«

»Nein, außer dass er ein Profi ist. Der hat so was gelernt.«

»Aber wie konnte er so nahe an Sie ran?«

»Sie waren zu zweit, haben mich in ihr Auto gezogen. Das ging alles so schnell. Hab noch nicht mal das Kennzeichen mitgekriegt. Das hätte ich nicht für möglich gehalten.«

»Und was haben Sie den Kollegen gesagt?«

»Raubüberfall. Erschien mir irgendwie plausibel.«

»Warum?«

»Damit die Sache nicht im KK 11 landet. Da wäre Ihnen der Lauterbach, glaube ich, ziemlich schnell in die Quere gekommen.«

»Das glaube ich auch«, nickte Löhr.

»Und Sie sind ja wohl so weit, dass Sie die Sache jetzt ohne die zum Abschluss bringen können?«

»Ich denke schon«, sagte Löhr.

»Dann machen Sie das, Löhr. Und zwar schnell!«

36.

Der Eingang des Eduardus-Krankenhauses befand sich in einem Tunnel. Irgendwann einmal war er tiefergelegt worden, um Krankenwagen und Taxis die Vorfahrt zu erleichtern. Löhr ging rasch aus dem Tunnel ans Licht, trat auf den Bürgersteig und blickte sich um. Es hatte zu dämmern begonnen. In einer halben Stunde würde es dunkel sein. Mögliche Verfolger hätte er jetzt schon nicht mehr ausmachen können. Also würde er eine Weile Haken schlagen müssen. Zuerst aber musste er Urbanczyk erreichen. Er drückte dessen Handynummer, die er zu Hause in sein Handy eingespeichert hatte. Nach dem siebten oder achten Klingeln ging Urbanczyk dran.

»Hab schon gehört, dass Sie wieder mal ordentlich Kapriolen schlagen, Löhr.«

»Um die geht es.«

»Ich werde den Teufel tun und mich da einmischen. Sie wissen, dass Paluchowski den Fall hat.«

»Es geht nicht um den Fall«, verbog Löhr ein wenig die Wahrheit. Anders hätte er bei Urbanczyk keinen Erfolg gehabt.

»Sondern?«

»Um Beweisstücke in einer Gottfried Klenk betreffenden Sache.«

»Auch da bin ich nicht zuständig, Löhr. Gegen Klenk ist zurzeit nichts anhängig.«

»Das könnte ja dann noch werden.«

»Ach?«

Löhr hatte gehofft, Urbanczyk damit ködern zu können. Er, Fischenich und Urbanczyk schienen die Einzigen in der ganzen Stadt, die Klenk gerne ein Bein gestellt hätten. Was möglicherweise daran lag, dass die Übrigen, die vielleicht auch einmal ein solches Interesse gehabt hatten, inzwischen von Klenk gekauft oder erpresst wurden. Oder wie Mertens umgebracht.

»Und welche Beweisstücke?«

»Können wir das unter vier Augen klären?«

»Von mir aus. Aber nicht mehr heute. Ich habe meiner Frau versprochen, mit ihr ins Theater zu gehen.«

»Morgen früh!«

»Morgen ist Samstag, Löhr!«

»Es ist dringend, Herr Staatsanwalt. Es interessieren sich auch noch andere für meine Beweisstücke.«

Urbanczyk zögerte kurz. »Also schön. Morgen um neun in meinem Büro.«

Löhr ging die Markomannenstraße hinunter, überquerte den Gotenring und bog in die nächstbeste Straße ein. Er hatte keinen Plan, wie er seine Verfolger abschütteln konnte. Und er war sicher, dass er welche an den Fersen hatte. Auch hatte er keine Vorstellung, wie und wo er die Nacht verbringen sollte. Ihm war nur klar, dass sie, auch wenn es ihm gelang, sie abzuschütteln, ihn so lange verfolgen würden, bis sich ihnen eine Gelegenheit bot, ihm die Papiere abzunehmen. Obwohl der Auftritt von Nussknacker ihn hätte warnen müssen, hatte er die Typen von der All-Protect unterschätzt. Und er hatte den Fingerabschneider offenbar überschätzt. So überzeugend war sein Auftritt dann offenbar doch nicht gewesen, als dass er die All-Protect-Typen dauerhaft hätte einschüchtern können.

Nur einmal, erinnerte Löhr sich plötzlich beim Gedanken an den Fingerabschneider, hatte er Büb nicht ganz so souverän erlebt. Aber da waren sie sechzehn oder siebzehn gewesen, Büb hatte sein erstes Jahr Jugendknast zwar schon hinter sich, war aber noch nicht der kalte Gangster, als der er dann wenig später auf ewig in Löhrs Gedächtnis eingehen sollte. Sie waren mit ein paar anderen aus dem Eigelsteinviertel nachts im Müngersdorfer Schwimmstadion über die Mauer und dann den Zehnmeterturm hochgeklettert. Als sie oben standen, stellte sich heraus, dass es so dunkel war, dass sie nicht erkennen konnten, ob im Becken unter ihnen Wasser war oder nicht. Sie beschlossen, trotzdem zu springen. Aber als es darum ging, wer zuerst springen sollte, hatte Löhr bemerkt, wie Büb, der bei so etwas sonst immer an vorderster Front war, eine Sekunde lang zögerte, sich zu drücken versuchte, bis er dann schließlich doch als Erster sprang. Das hatte dann für einige Zeit einen Schatten auf sein Bild von Büb geworfen.

Er lief kreuz und quer durch das immer dunkler werdende Deutz, achtete sowohl auf die Passanten wie auf vorüberfahrende oder ihm entgegenkommende Autos, jetzt, wo er wusste, wie die Typen arbeiteten. Zwischendurch klingelte sein Handy. Löhr nahm das Gespräch nicht an, es hätte seine Aufmerksamkeit zu sehr abgelenkt. Ohne es aus der Jackentasche zu nehmen, schaltete er das Gerät aus und ging weiter. Auf einer Straße kurz vor der Deutzer Freiheit sah er eine Chance. Ein Pärchen verließ gerade einen Altbau, die Haustür stand noch offen, Löhr konnte in den Flur und das daran anschließende Treppenhaus sehen. Er wartete ab, bis die beiden auf der Straße waren, und drückte sich hinter ihnen in den Hausflur, kurz bevor die Tür zufiel.

Mit schnellen Schritten ging er in den Flur hinein und dann die Treppe zum Keller hinab. Er wusste, dass Häuser dieser Bauart vom Kellerabgang einen Zugang zum Innenhof besaßen. Wenn er Glück hatte, war die entsprechende Tür nicht abgeschlossen.

Nachdem er die ersten Stufen hinabgestiegen war, hielt er inne und lauschte. Er wartete eine Weile. Aber weder wurde irgendwo im Haus geklingelt, noch öffnete sich sonst wie die Haustür. Er rechnete damit, dass sie es für cool hielten, einfach draußen auf ihn zu warten. Dann hatte er eine Chance. Aber natürlich war die Tür zum Innenhof abgeschlossen. Er inspizierte das Schloss. Es war noch eines für Bartschlüssel. Die nächste Chance. Einen solchen Bartschlüssel hatte er am Schlüsselbund – für seinen eigenen Keller in der Mozartstraße. Manchmal waren sich die Schlüssel so ähnlich, dass man mit ein bisschen Fummelei auch fremde Schlösser damit öffnen konnte.

Er hatte gerade damit begonnen, seinen Schlüssel vorsichtig ins Schloss zu schieben, als er den Summer der Haustür hörte. Gleich darauf wurde sie aufgestoßen, und energische Schritte näherten sich dem Treppenhaus. Hastig fuhrwerkte Löhr mit seinem Schlüssel im Schloss herum, drehte ihn nach rechts und nach links, aber nichts bewegte sich. Er hielt inne und lauschte. Die Schritte hielten ebenfalls inne. Offenbar stand derjenige, der hereingekommen war, am Fuße der Treppe und war unschlüssig, ob er nach oben oder nach unten gehen sollte. Löhr atmete ganz flach und tastete mit der Rechten nach der P30. Dann klirrte im Flur ein Schlüsselbund, und er hörte, wie sich die Schritte über die Treppe nach oben entfernten. Er atmete tief durch.

Nach drei Minuten Fummelei hatte er den Dreh raus, wie er mit seinem Schlüssel den entscheidenden Riegel im Zylinder des Schlosses bewegen konnte. Als er ins Freie trat, sah er, dass er sich nicht in einem Innenhof, sondern auf einer großen, von ein paar Bäumen bestandenen Rasenfläche zwischen vier Häuserblöcken befand. Die Eltern seines Vaters hatten in einem ähnlichen Wohnblock gewohnt, und er erinnerte sich, dass seine Großmutter die Rasenfläche die »Bleiche« genannt hatte, weil die Bewohner dort ihre Wäsche zum Trocknen aufhängten. Er überquerte den Rasen, und bei der fünften Tür, deren Klinke er herunterdrückte, hatte er Glück. Er stieg in den Hausflur des Hauses hoch und kam auf dem Reischplatz heraus. Es war inzwischen dunkel geworden.

37.

Auf dem Fußgängersteig der Hohenzollernbrücke war er endgültig sicher, keinen Verfolger mehr hinter sich zu haben. Er war der einzige Passant, der von der Deutzer Seite Richtung Dom über die Brücke ging, und er war immer noch der einzige, als er sie am Hauptbahnhof verließ. Er sah auf die Uhr. Es war halb acht. Um acht war er mit Bluna zum Essen verabredet. In Anbetracht der Situation, in der er sich befand, hielt er es für das Beste, auf ein Treffen mit ihr zu verzichten. Auch wenn er im Augenblick ohne Verfolger war, würde die Gefahr erst am nächsten Morgen und auch dann erst wirklich vorüber sein, wenn er in Urbanczyks Büro auf der Luxemburger Straße saß und ihm die Papiere übergeben hatte. Sollte er Bluna eines Restaurantbesuchs wegen in die Geschichte hineinziehen? Außerdem hatte er vorgehabt, mit dem Essen die Lösung des Falls zu feiern, und die stand eben erst morgen an.

Er zog das Handy aus seiner Jackentasche, schaltete es wieder an und wählte Blunas Nummer.

»Können wir das mit dem Essen heute Abend verschieben? Mir ist was dazwischengekommen.«

»Schade.«

»Ja, finde ich auch. Kann ich dich morgen wieder anrufen?«

Sie antwortete nicht gleich, schien zu überlegen und sagte dann: »Jakob?«

So hatte sie ihn noch nie angesprochen. Jetzt erst fiel Löhr auf, dass sie sich beide bisher überhaupt nicht mit ihren Namen angesprochen hatten.

»Ja?«

»Ich fänd's trotzdem sehr schön, wenn wir uns gleich kurz sehen könnten …«

Diesmal zögerte er. »Gibt's was Besonderes?«

»Ja. Was Wichtiges.«

»Und was, willst du mir am Telefon nicht sagen?«

»Lieber gleich.«

Noch einmal zögerte er, dann sagte er: »Gut, dann bis gleich.«

Er steckte das Handy zurück in die Jackentasche und knöpfte seinen Trenchcoat, den er bisher offen getragen hatte, zu. Mit Einbruch der Dunkelheit war es empfindlich kalt geworden. So richtig Frühling war noch nicht.

Bluna wohnte in einem Jahrhundertwende-Altbau mit einer eigentlich schönen Jugendstilfassade in der Genter Straße. Allerdings trug die Fassade einen Mangel: Sie war vor Kurzem mit einem stählernen Ständergerüst zugestellt worden, an dem moderne Balkone mit verzinkten Sprossen angebracht waren. Von der eigentümlichen Anmutung der alten Fassade war dadurch kaum mehr etwas übrig geblieben. Als er zum ersten Mal vor dem Haus stand, hatte Löhr Bluna gefragt, wie es zu dieser Verunstaltung an einem immerhin doch denkmalgeschützten Haus hatte kommen können. Sie hatte hell aufgelacht und gesagt, dass die Hausgemeinschaft ein halbes Jahr mit der Stadtkonservatorin über die Balkone gestritten hatte. Die Behörde habe sich auf den Standpunkt gestellt, dass ohne Balkone heute kein Wohnraum zu verkaufen oder zu vermieten sei. Als Löhr darauf meinte, es sei doch nicht Aufgabe des Denkmalschutzes, dafür zu sorgen, dass Wohnraum verkäuflich sei, hatte Bluna wieder laut aufgelacht und gesagt, eben den Eindruck habe sie bei den Verhandlungen mit der Stadtkonservatorin gewonnen, dass die sich genau dafür, nämlich für das Wohl der Immobilieninvestoren und für nichts anderes verantwortlich fühle.

Daran musste Löhr denken, als er den Klingenknopf zu Blunas Wohnung drückte. Und daran, wie man sich diese Immobilieninvestoren vorzustellen hatte, an die korrupte Politiker wie Klenk die Stadt verscherbelten. Und daran, dass zu diesen Immobilieninvestoren auch die Auftraggeber des Killer- und Knochenbrecherkommandos gehörten, das Mertens umgebracht und Fischenich den Arm zertrümmert hatte. Und das ihm, Löhr, immer noch auf der Spur war.

Unmittelbar nachdem er geklingelt hatte, wurde aufgedrückt. Bluna schien auf ihn gewartet zu haben. Auf dem zweiten Treppenabsatz angekommen, wunderte Löhr sich, dass Blunas Wohnungstür geschlossen war, dachte sich aber nichts dabei. Er klopfte, und als sich die Tür öffnete, trat er ein. Im selben Augenblick spürte er einen Schlag auf seinen Kopf, und dann spürte er eine Weile gar nichts mehr.

Als er wieder zu sich kam, saß er auf einem Stuhl an Blunas Küchentisch, und mit leicht getrübtem Blick konnte er erkennen, dass an der anderen Seite des Tisches Bluna saß und ihn in einer Mischung aus Mitleid und gespannter Erwartung anschaute. Zuerst wunderte er sich, wieso er im Sitzen geschlafen haben konnte. Dann realisierte er, dass er das einem Paar kräftiger Arme verdankte, die seinen Oberkörper von hinten festhielten. Er versuchte, sich umzudrehen, um zu sehen, wer das war. Doch der gleiche Schmerz, den er vor über einer Woche bei dem Zusammenstoß auf der Toilette der Germaniaschänke verspürt hatte, hinderte ihn daran. Dafür begann sich sein Blick allmählich zu klären. Er sah, dass auch hinter Bluna jemand stand. Ein paarmal musste er blinzeln, dann erkannte er, dass es der Fingerabschneider war. Der hatte seinerseits ihn beobachtet, und jetzt, wo er sah, dass er wieder aufnahmefähig war, begann er zu sprechen.

»Du kannst ihn loslassen«, sagte er zu demjenigen, der Löhr umklammert hielt.

Die Arme um seinen Oberkörper lösten sich, Löhr holte Luft und merkte dabei erst, wie fest der Griff gewesen war.

»Hier wird keinem was passieren«, fuhr der Fingerabschneider an Löhr gewandt fort. Seine Stimme war ruhig und leise wie immer. »Ich hätte nur gerne die Papiere, die Sie von Frau Mertens bekommen haben.«

Also hatten sie ihn noch nicht durchsucht. Er war nach dem Schlag auf den Kopf wohl nur für ein paar Augenblicke ohnmächtig gewesen, gerade Zeit genug, um ihn auf den Küchenstuhl zu setzen. Löhr ignorierte die Frage des Fingerabschneiders, sah stattdessen von ihm zu Bluna. Sie erwiderte seinen Blick. Löhr konnte keine Angst in ihrer Miene erkennen, auch der Ausdruck von Besorgnis war daraus verschwunden.

»Tut mir leid, Jakob. Sie haben mich gezwungen, dich hierherzulocken.«

»Wie?«

Sie schüttelte den Kopf. Also hatten sie ihr nichts getan. Noch nichts. Fingerabschneider hatte den Blickwechsel verstanden.

»Frauen fasse ich nicht an«, erklärte er sanft, »außer ich werde dazu gezwungen. – Was ist jetzt mit den Papieren?«

»Woher wollen Sie wissen, dass ich sie habe?«

»Ich habe gesehen, wie sie sie Ihnen gegeben hat.«

»Gesehen? Das heißt, Sie haben die All-Protect-Leute nur ausgeschaltet, um selbst deren Job zu übernehmen?«

Der Fingerabschneider hob noch nicht einmal eine Augenbraue. Stattdessen streckte er über Blunas Schulter hinweg die Hand in Richtung Löhr aus. »Die Papiere. Bitte!«

»Und was geschieht, wenn ich Ihnen nicht sage, wo ich sie versteckt habe?«

»Bitte!«, wiederholte der Fingerabschneider sanft.

»Er tut Frauen nicht gerne weh«, hörte Löhr plötzlich die Stimme desjenigen, der ihn umklammert gehabt hatte, es war eine Stimme mit einem schweren Balkan-Akzent. »Aber ich kann da richtig Spaß mit haben.«

Mühsam, er musste dazu den ganzen Oberkörper statt nur den Hals drehen, wandte Löhr sich um. Es war der Typ, der vor einer Woche den schwarzen BMW gefahren hatte. Er grinste Löhr an, ging dann um den Küchentisch herum, stellte sich neben den Fingerabschneider, griff über Blunas Schulter und hob ihre Hände in die Höhe.

Löhr sah, dass sie mit einem weißen Kabelbinder, wie die Polizei sie auch verwendete, so eng zusammengebunden waren, dass sich das Blut in ihnen staute und sie rot und dick angelaufen waren. Bluna ließ es geschehen, ihr Gesicht versteinerte dabei.

»Gut«, sagte Löhr an den Fingerabschneider gewandt. »Dann weiß ich ja jetzt Bescheid. – Was passiert, wenn ich euch verrate, wo die Papiere sind?«

»Nichts«, antwortete der Fingerabschneider. »In dem Moment, wo ich sie habe, lassen wir die Frau frei und sind verschwunden.«

»Okay«, sagte Löhr. »Ihnen glaube ich das. Aber eine Frage hätte ich noch: Arbeiten Sie auf eigene Rechnung, oder haben Sie die Fronten gewechselt?«

Um Fingerabschneiders Mundwinkel zuckte der Hauch eines spöttischen Lächelns. »Habe ich Ihre Intelligenz etwa überschätzt?«

Löhr stutzte einen Augenblick, und dann fiel ihm die Antwort auf seine Frage auch schon ein.

»Tja«, sagte er. »Da hätte ich tatsächlich selbst drauf kommen können. Ihre Leute haben wohl kaum Interesse an den Papieren eines toten Spielers …«

»Was ist jetzt?« Der Fingerabschneider breitete seine Hände aus.

»Mir bleibt ja wohl nichts anderes übrig …«

Der Typ, der Blunas gefesselte Hände immer noch in die Höhe hielt, zog eine Schnute, so als bedauere er Löhrs Entscheidung. Löhr griff an die Knopfleiste seines Trenchcoats, um ihn zu öffnen.

»Moment!« Fingerabschneiders Stimme wurde auf einmal laut und scharf. Mit zwei Schritten war er um den Tisch herum und bei Löhr. »Lassen Sie Ihre Hände oben!«

»Ich wollte nur die Papiere aus meiner Jackentasche holen«, sagte Löhr.

Der Fingerabschneider tastete ihn durch den Trenchcoat hindurch ab, und zwar an der Stelle, an der Löhr bis am Tag zuvor noch die P30 im Schulterhalfter getragen hatte.

»Okay«, nickte er und trat von Löhr zurück. »Dann jetzt die Papiere!«

Löhr zögerte kurz, aber sah ein, dass es keine Alternative gab, zog den dicken Packen aus der Innentasche seines Jacketts und reichte ihn dem Fingerabschneider. »Sie haben sich mit den falschen Leuten eingelassen.«

Der Fingerabschneider reagierte darauf nicht, entfaltete die

Papiere und blätterte sie durch. Dann nickte er dem Typen hinter Bluna zu.

»Wir gehen«, sagte Fingerabschneider und wandte sich zur Tür. Der andere zog Bluna an ihren gefesselten Händen in die Höhe und schubste sie Richtung Tür vor sich her. Bluna öffnete schmerzverzerrt den Mund, schloss ihn aber gleich wieder.

»Moment!«, schrie Löhr, sprang vom Küchenstuhl auf und auf den Typen zu. »Das war nicht abgemacht! Die Frau bleibt hier!«

Er wollte zu seiner Waffe greifen, doch bevor er die Hand unters Jackett schieben konnte, fuhr der Typ ansatzlos seinen Ellbogen aus und traf Löhr damit so hart am Kinn, dass er benommen zurücktaumelte.

Mit ausgestrecktem Zeigefinger deutete der Typ auf ihn. »Du bleibst hier. Wenn nicht, muss ich ihr wehtun.«

Löhr gab die Idee auf, seine Waffe zu ziehen, und sah ohnmächtig zu, wie die drei die Wohnung verließen, der Fingerabschneider die Tür hinter sich zuzog und dann abschloss.

38.

Es hätte eine Ewigkeit gedauert, allein geeignetes Werkzeug zu finden; von der eigentlichen Arbeit, die Tür aufzustemmen, ganz zu schweigen. Löhr hastete ins Schlafzimmer, er wusste, dass es dort einen weiteren Balkon gab. Er riss die Tür auf, war mit einem Schritt am Geländer und sah hinunter. Wie die Balkone auf der Vorderseite ruhten auch diese auf einem Ständerwerk. Löhr kletterte auf die Brüstung und hangelte sich klammeraffenartig an einem der vier stählernen Träger hinunter. Der Stahl war kalt und glitschig, und er hatte Mühe, den Halt daran nicht zu verlieren. Mal rutschten seine Schuhe, mal seine Hände, und er musste alle Kraft aufbringen, um eine unkontrollierte Schlitterfahrt zu verhindern.

Auf dem nächstunteren Balkon blieb er mit dem Mantel in einem Spalt zwischen Träger und Balkongitter hängen – er zog, um sich zu befreien, so heftig an dem Mantel, dass er einriss. Für das letzte Stück benutzte er nicht mehr den Träger, sondern sprang vom Balkon einfach hinunter. Während des Sprungs erwartete er, sich unten einen Fuß zu verstauchen. Aber er kam heil an und rollte seitlich ab.

Die Tür, die vom Innenhof ins Treppenhaus führte, war verschlossen. Allerdings bestand ihre obere Leibung aus Glas. Löhr benutzte den Ellbogen und seinen ohnehin jetzt zum Lumpen gewordenen Trenchcoat, um zuerst das Glas und dann die hölzernen Sprossen zu zertrümmern, bis Platz genug war, dass er hindurchpasste. Natürlich fiel er auf der anderen Seite der Tür in das zertrümmerte Glas, holte sich aber nur an der linken Handkante einen Schnitt. Er machte sich nicht die Mühe nachzuschauen, wie sehr er blutete. Mit sieben, acht langen Schritten war er an der Haustür. Dort bremste er seine Energie, öffnete sie langsam und streckte vorsichtig seinen Kopf hinaus.

Rechts in Richtung Brüsseler Straße war nichts zu sehen, aber auf der anderen Seite, Richtung Brabanter Straße, konnte er erkennen, wie der Fingerabschneider und der andere versuchten,

Bluna in den Fond des schwarzen BMW zu verfrachten. Der Wagen stand halb auf der Straße, halb auf dem rechten Bürgersteig, die Türen zum Bürgersteig hin waren geöffnet, und Bluna wehrte sich, klammerte sich mit ihren aneinandergefesselten Händen an der Dachreling fest und trat mit den Beinen so gezielt und kräftig nach hinten aus, dass die beiden Männer Mühe hatten, überhaupt an sie heranzukommen. Dabei schrie sie so laut um Hilfe, dass sich an den Häusern ringsum die Fenster öffneten.

Löhr wusste, dass der Fingerabschneider sich davon nicht irritieren lassen würde. Der andere Typ tat das allerdings schon. Er ließ von Bluna ab, rannte um den Wagen herum, stieg ein und startete den Motor. Löhr näherte sich dem BMW im Laufschritt, geduckt hinter parkenden Autos Deckung suchend. Die P30 hatte er aus dem Gürtelhalfter gezogen und durchgeladen. Er war jetzt bis auf fünfzehn, zwanzig Meter an den Wagen herangekommen und konnte sehen, wie der Fingerabschneider, um Blunas Geschrei und Getrampel ein Ende zu machen, mit seiner rechten Faust zu einem Schlag gegen ihren Kopf ausholte. Den ersten Schuss aus der P30 feuerte Löhr in die Luft, dann richtete er die Waffe auf den Fingerabschneider – zu spät: Der hatte sich blitzartig zu Boden fallen lassen, rollte hinter den BMW, und das Nächste, was Löhr von ihm sah, war das weiße Mündungsfeuer seiner Waffe. Erst danach hörte er sie, es klang wie ein trockenes Bellen, ein Feuerstoß aus einer kleinen Maschinenpistole, die Geschosse gaben ein kurzes Ploppen ab, als sie neben Löhr das Blech des Autos durchschlugen, hinter dem er sich duckte.

Löhr robbte bis zum Ende des Autos und streckte erst dann wieder den Kopf aus der Deckung. Er sah, wie Bluna vom BMW weglief, und er sah, wie der Fingerabschneider hinter dem BMW aus der Hocke hochkam und seine kurzläufige Waffe auf sie richtete. Der Feuerstoß ging in die Luft, denn Löhr schoss auch, zweimal, dreimal hintereinander, eines seiner Geschosse musste Fingerabschneiders Schussarm getroffen haben. Der schwarze BMW machte einen Satz nach vorn, auf Löhr zu, Löhr sprang zur Seite, er hörte den nächsten Feuerstoß, verspürte einen Schlag gegen seine linke Brust, bekam gleichzeitig den Fingerabschneider wieder ins Visier und schoss, zweimal, dreimal, viermal, schoss, bis das Magazin leer war.

Der BMW raste an ihm vorbei, nahm die Stoßstange des Autos mit, das Löhr Deckung geboten hatte, und schlitterte mit Vollgas Richtung Brüsseler Straße. Löhr fummelte das Ersatzmagazin aus der Jacketttasche, ließ das leere Magazin aus der P30 gleiten und zu Boden fallen, steckte das neue hinein, lud durch und hob wieder den Kopf. Von Bluna war nichts mehr zu sehen, aber da, wo vorhin der BMW gestanden hatte, lag der Fingerabschneider. Einer von Löhrs Schüssen musste noch einmal seinen rechten Arm getroffen und ihm die Waffe aus der Hand geschlagen haben, sie lag einen Meter von ihm entfernt auf der Straße. Die P30 in der ausgestreckten Rechten näherte sich Löhr ihm. Der Fingerabschneider atmete schwer und sah Löhr so gelassen entgegen, als wären sie zum Kaffeetrinken verabredet. Die Lederjacke an seinem rechten Oberarm war zerfetzt, das Geschoss musste hindurchgegangen sein und eine ordentliche Austrittswunde hinterlassen haben. Aber der Fingerabschneider musste noch eine dritte Kugel abbekommen haben, sonst hätte er versucht, an seine Waffe zu kommen. Löhr war jetzt bei ihm und trat gegen die Maschinenpistole. Sie schlitterte drei, vier Meter weiter über den Asphalt.

»Sie haben was gelernt«, sagte der Fingerabschneider. Seine Stimme war leise, und als Löhr sich jetzt über ihn beugte und ihn nach anderen Waffen und den Papieren abtastete, hörte er, dass er röchelte. Er musste seine Lunge getroffen haben.

»Ja, das habe ich«, antwortete Löhr. Die Taschen des Fingerabschneiders waren leer.

»Wo sind die Papiere?«

Der Fingerabschneider versuchte ein Lachen, es gelang ihm nur ein schwaches Röcheln. »Sie haben nicht genug gelernt.«

Löhr blickte sich um. Der schwarze BMW war natürlich längst weg. Aus der Brabanter Straße näherten sich Martinshörner. Er sah dem Fingerabschneider ins Gesicht. Sein Versuch zu lachen war zu einem schiefen Grinsen eingefroren. Er wollte etwas sagen, öffnete den Mund, aber es kam nur eine Art leises Blubbern hervor. Dann sah Löhr, wie seine Augenlider zu flattern begannen.

Er kannte dieses Flattern. Damals hatte er Büb zuerst überhaupt nichts angesehen. Außer dass er vielleicht ein bisschen blasser war als sonst. Und dass auch sein Grinsen vielleicht ein bisschen schiefer war als sonst. Außergewöhnlich war auch, dass er Löhr, statt ihn im Café zu treffen, zu Hause aufsuchte. Das hatte er nicht mehr getan, seit sie Kinder gewesen waren. »Alles klar?«, hatte Löhr gefragt, und Büb hatte mit »Alles klar« geantwortet und sich dann in den hellbraunen Plüschsessel gefläzt, den Fernsehsessel von Löhrs Vater, der an jenem Morgen auf der Arbeit war. Löhr erinnerte sich genau, wie er vor Büb stand, ihn von oben betrachtete und nicht richtig schlau daraus wurde, was er von ihm wollte. Bis er sah, wie sich ein großer roter Fleck auf dem Rückpolster des Sessels ausbreitete und Büb vor Schwäche die Augen zufielen. Später stellte sich heraus, dass drei Geschosse vom Kaliber 7.65 in seinem Rücken und seiner Lunge steckten und ihn verbluten ließen. Und als er dann die Augen aufriss und seine Lider zu flattern begannen, war Löhr klar geworden, warum er ihn in der Wohnung seiner Eltern aufgesucht hatte. Er hatte zu Hause sterben wollen. In den neunzehn Jahren, die er alt wurde, war Löhrs Elternhaus der einzige Ort gewesen, an dem Büb eine Vorstellung von einem Zuhause hatte gewinnen können.

39.

Er hatte geträumt, wusste aber nicht mehr, was, doch er hatte das bestimmte Gefühl, es konnte nichts Angenehmes gewesen sein. Außerdem störte ihn irgendein Geruch. Als er die Augen aufschlug, wusste er, welcher Geruch das war: Es war der gleiche antiseptische Krankenhausgeruch, der ihn vor über einer Woche schon einmal aus dem Schlaf getrieben hatte. Er geriet in Panik, weil er für einen Augenblick glaubte, die Zeit sei stehen geblieben, er hätte alles nur geträumt und läge immer noch im selben Krankenhauszimmer wie vor einer Woche. Er wollte sich aufrichten, aber es ging nicht; sein linker Arm versagte ihm den Dienst, er konnte sich nicht darauf aufstützen. Er blickte an sich hinunter und sah, dass der Arm von der Schulter an einbandagiert war.

»Es ist alles gut gegangen. In ein paar Tagen kannst du hier wieder raus.« Es war Blunas Stimme. Er hatte sie gar nicht gesehen. Sie saß auf der rechten Seite seines Bettes und legte ihm beruhigend die Hand auf seinen rechten Arm. Als er den roten Striemen an ihrem Handgelenk sah, begann er sich zu erinnern.

»Und wieso liege ich hier und nicht du?«

»Weil du 'ne Kugel in der linken Brust hattest.«

»Hatte?«

»Die ist jetzt raus. Sie haben dich in der Nacht noch operiert.«

»Und in welchem Krankenhaus? Doch nicht etwa wieder im Kunibertsklösterchen?«

Sie nickte, und Löhr befiel erneut das Gefühl, sich die ganze Zeit in einem Hamsterrad zu bewegen. Allerdings fiel ihm jetzt ein, was geschehen war, bevor er ohnmächtig neben dem toten Fingerabschneider zusammenbrach. Zuerst waren die Streifenbullen aufgetaucht und dann Klütsch vom KK 11, der gerade Stallwache hatte und der versuchte, mit ihm zu sprechen. Schließlich der Krankenwagen.

»Und deine Handgelenke?«, fragte er Bluna.

»Nichts Schlimmes.« Sie lächelte ihn an.

»Ich hätte verhindern müssen, dass du da mit reingerätst.«

»Wie denn, Jakob? Gegen Typen wie die hattest du keine Chance.«

»Am Ende wohl doch, oder?«

»Na ja, wie man's nimmt.« Blunas Lächeln wich für einen Augenblick einer eher skeptischen Miene. »Aber immerhin lebst du …«

Er sagte nichts. Denn mit einem Mal wurde ihm klar, dass er sich das Treffen mit Urbanczyk, das er für diesen Vormittag verabredet hatte, jetzt sparen konnte. Er hatte nichts mehr in der Hand. Am Ende hatte er wohl doch keine Chance gehabt. Aber es war knapp gewesen. Fast hätte er es diesmal geschafft.

Es klopfte. Bluna sah Löhr fragend an, der nickte und rief: »Herein!«

Es war Esser. Er sah elend aus, trotz seiner wie immer tadellosen Klamotten. Er grüßte Bluna und trat an Löhrs Bett.

»Mensch, Jakob, hab gerade davon gehört.«

Löhr stellte Bluna als »eine Freundin« und Esser als »einen Kollegen« vor. Bluna stand auf und sagte, sie habe noch einiges zu erledigen und melde sich später. Löhr winkte ihr und rief ihr, so kraftvoll er es vermochte, »Danke!« hinterher. Sie war schon an der Tür, drehte sich um und lächelte ihm zu. Doch die Skepsis war noch immer nicht aus ihrer Miene verschwunden.

Esser setzte sich auf den Stuhl, auf dem Bluna gesessen hatte. Bekümmert schüttelte er den Kopf. »Je älter du wirst, umso schlimmer treibst du es, Jakob.«

»Aber umso näher komme ich auch dem Schweinehund, Rudi! So nahe wie dieses Mal war ich ihm noch nie! Einen Tick mehr Glück, und ich hätte ihn gehabt.«

Esser sah ihn verständnislos an.

»Klenk«, erklärte Löhr. »Dr. Gottfried Klenk.«

Esser verdrehte die Augen und murmelte: »Deine fixe Idee. Ich sehe nicht, dass der irgendetwas mit dem Fall Mertens zu tun hat.«

»Eben«, antwortete Löhr. »Das sieht niemand. Und deshalb wird auch niemand den Mordfall Mertens aufklären können.«

»Du meinst, Klenk hat ihm höchstpersönlich einen Eispickel in die Schläfe gejagt, und wir sind alle zu dämlich, ihm draufzukommen?«

Löhr spürte, wie allmählich Energie in ihn zurückkehrte. Er drehte sich auf die rechte Seite und versuchte, sich auf dem rechten Arm ein wenig aufzustützen, sodass er Esser nicht mehr ganz aus der Horizontalen anzublicken brauchte.

»Mertens musste dran glauben, weil er sich gegen ein Projekt gestemmt hat, dass Klenk für die Rhein-Bank und die Pietsch-Holding eingefädelt hat. Dafür hat Klenk übrigens auch das ominöse Beraterhonorar kassiert.«

Esser seufzte genervt. »Jakob, wir haben den Mörder! Ich hab's dir gestern auf die Mailbox von deinem Handy gesprochen.«

»Hab ich noch nicht abgehört. Wer soll es denn sein?«

»Derselbe Typ, der deinem Onkel den kleinen Finger abgeschnitten hat. Jedenfalls haben wir seine DNA am Pullover von Mertens gefunden.«

»Rinor Zogu. Der Mann, den ich gestern erschossen habe«, sagte Löhr tonlos.

Esser nickte und seufzte tief, fummelte in der Tasche seines senffarbenen Jacketts herum und brachte ein Päckchen Zigaretten zum Vorschein.

»Ich hatte nicht den Schimmer einer Ahnung davon, dass sie ihn sich gekauft hatten«, sagte Löhr. »Aber es ist ein genialer Schachzug von ihnen.«

»Von wem sprichst du?«, fragte Esser ohne großes Interesse. Er drehte das Zigarettenpäckchen zwischen den Händen.

»Mich stört es nicht, wenn du das Fenster aufmachst und am Fenster rauchst«, sagte Löhr. »Es ja außer mir keiner hier.« Er deutete auf das mit einer durchsichtigen Plastikfolie überzogene Bett auf der anderen Seite des Zimmers. Esser stand auf, ging ans Fenster, öffnete es und steckte sich eine Zigarette an.

»Rinor Zogu«, sagte Esser, »war Geldeintreiber der albanischen Wettmafia, mit der Mertens zu tun gehabt hatte. Das Motiv für den Mord an ihm ist nach unserem bisherigen Ermittlungsstand in dem Zusammenhang zu suchen.«

»Eben nicht!«, widersprach Löhr. »Das meinte ich ja gerade mit dem ›genialen Schachzug‹. Dass sie es jetzt, nachdem sie ihn gekauft haben, so aussehen lassen können, als wenn Mertens das Opfer seiner Spielleidenschaft geworden wäre.«

Esser stöhnte. »Okay, dann erzähl schon deine Version!«

»Die Leute, denen Mertens im Weg stand, haben es zuerst mit einem Trick versucht, ihn sich gefügig zu machen«, begann Löhr. »Sie ließen ihm seinen Einsatz in einem Spiel gegen eine mafiöse Bande klauen, in der Hoffnung, ihn dadurch erpressen zu können. Das hat aber nicht geklappt. Und zwar, weil ich zufällig ins Spiel gekommen bin, was sie allerdings da noch nicht wussten.«

»Mit ›ins Spiel‹ meinst du die Geschichte mit dem abgeschnittenen Finger auf dem Herrenpissoir …« Esser rauchte und blickte rheinwärts zum Fenster hinaus. Löhr konnte das Stampfen des Motors eines vorüberziehenden Schiffes hören, so nahe waren sie hier dem Fluss.

»Ja, von da an war ich mit drin, und sie haben mich im Visier behalten. Ich war ihnen schon zu nahe gekommen, obwohl ich zu dem Zeitpunkt noch gar nicht ahnte, was da überhaupt gespielt wurde.«

»Und was wurde da gespielt?« Esser gab sich immer noch keine große Mühe, Interesse zu heucheln. Für ihn war der Fall abgeschlossen, schließlich hatte er seinen Mörder und ein Motiv.

»Mertens stand dem Geschäft, das Klenk für die Rhein-Bank und die Pietsch-Holding mit der Stadt eingefädelt hatte, im Weg und …«

»Das hast du schon mal gesagt. Warum stand er im Weg? Was hatte er dagegen?«

»Da blicke ich noch nicht so ganz durch. Ich vermute aber, dass er so was wie moralische Bedenken hatte.«

»Seit wann haben Bankvorstände moralische Bedenken?«

»Mertens tickte, glaube ich, irgendwie anders als die Typen um ihn rum. Er hat sich auf jeden Fall mit ihnen angelegt, daraufhin haben sie ihn gedemütigt, indem sie seine Frau gesellschaftlich achteten, und dann wollte er es ihnen erst recht zeigen …«

»Und wie?«

»Er wollte verraten, wofür Klenk das Beraterhonorar kassiert hat. Damit wäre wahrscheinlich das ganze Geschäft geplatzt. Und nachdem er gemerkt hat, dass sie ihn reinlegen und erpressen wollten, ist er zu Fischenich im KK 32 gegangen und hat alles, was er wusste, zu Protokoll gegeben. Und damit hat er sein Todesurteil unterschrieben.«

»Und wo ist das Protokoll?«

»Fischenich hat das einzige Exemplar Paluchowski gegeben, damit der es an eure MK im KK 11 weiterleitet. Paluchowski hat es verschwinden lassen, und gleichzeitig ist es aus Fischenichs Computer gestohlen worden.«

Esser drückte seine Kippe auf der Fensterbank aus, schloss das Fenster und sah Löhr mit dem Ausdruck tiefsten Mitleids an. »Das ist 'ne Geschichte, Jakob, die glaubt dir kein Mensch.«

»Das war mir klar. Deswegen hatte ich mir auch die Unterlagen besorgt, mit denen ich sie hätte beweisen können.«

»Und wo sind die?«

»Weg!« Löhr brachte sich wieder in die Rückenlage und blickte statt auf Esser gegen die Zimmerdecke. »Darum ging es bei der Auseinandersetzung mit den Albanern. Der, der flüchtig ist, hat sie, und das heißt, sie werden nie mehr auftauchen.«

Esser zog sich den Stuhl neben dem Bett heran, setzte sich, schüttelte müde den Kopf und sah Löhr an wie einen Patienten, dem man sein baldiges Ende nicht mehr verschweigen kann und dem man den Rat geben muss, den Kampf dagegen aufzugeben, weil das nur noch seine Pein erhöht. »Mensch, Jakob, du könntest dir beim Wohnungseinbruch ein so ruhiges Leben machen …«

»Hab ich mir auch schon überlegt«, antwortete Löhr, blickte zur Decke und lauschte dem Stampfen des nächsten Rheinschiffes. »Das werde ich bestimmt auch, wenn ich hier raus bin.«

Peter Meisenberg
Gerd Köster liest:
SCHWARZE KASSEN
Kommissar Löhrs erster Fall
Hörbuch, 3 CDs
ISBN 978-3-89705-545-2

»Der kölsche Maigret hat das Zeug dazu, eine neue kölsche Kultfigur zu werden. Klasse-Krimi mit Kult-Kommissar.« Express

»Kein Geringerer als der kölsche Tom Waits liest den Klüngel-Krimi.« Kölner Stadt-Anzeiger

»Ein Hörvergnügen!« Kölner Leben

Peter Meisenberg
PAPPNASEN
Kommissar Löhrs dritter Fall
Broschur, 176 Seiten
ISBN 978-3-89705-230-7

»Meisenberg illustriert anschaulich das Zusammenspiel von Beziehungen, Begehrlichkeiten und Intrigen in der Kölner Stadtgesellschaft. Brillant sind Andeutungen, in denen wissende Leserinnen und Leser so manche Kuriosität der Kölner Stadtpolitik erkennen.« taz

»Mit seinem dritten Fall hat sich Kommissar Löhr endgültig in der Kölner Krimi-Szene etabliert.« Rheinische Post

Peter Meisenberg
MÜLLGELD
Kommissar Löhrs vierter Fall
Broschur, 192 Seiten
ISBN 978-3-89705-279-6

»Peter Meisenberg hat wieder ein echtes Kölner Skandalthema angepackt. Hier dreht sich alles um die Kommunalpolitik und den Abfall. Die Verwobenheit von Müllgeschäft, Kommunalpolitik und Korruption lassen sich in dem packenden Krimi gut wiederentdecken. Was das Buch besonders liebens- und lesenswert macht, ist seine Hauptfigur.« Kölnische Rundschau

»Ein atmösphärischer Genuss!« Rheinische Post

Peter Meisenberg
TOSKANA KÖLSCH
Kommissar Löhrs fünfter Fall
Broschur, 176 Seiten
ISBN 978-3-89705-319-9

»Peter Meisenberg hat mit Kommissar Löhrs fünftem Fall einen witzigen, lesenswerten kölsch-toskanischen Krimi geschrieben. Es macht Spaß, dem Familienmenschen und Eigenbrötler Löhr bei der Suche nach dem Mörder und dem Ausweg für den verzweifelten Bruder zu begleiten.« Kölnische Rundschau

»Kritische Liebe zu Köln, die sich in den ›Löhr‹-Krimis durchaus politisch und sehr aktuell äußert, zeichnet Peter Meisenbergs unterhaltsame Romanreihe aus.« Kölner Stadtanzeiger

www.emons-verlag.de